나는 글과 오래 논다

강인숙 지음

나는 글과 오래 〰〰〰 논다

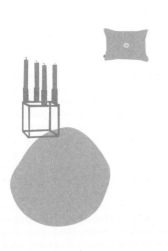

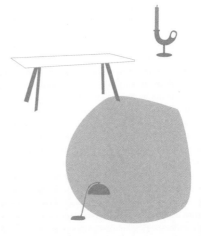

열림원

여기에는 나만 있기 때문이다.
한 인간으로서 내가 있을 뿐이어서
호젓하고 애틋한 기분이다.

그동안 자전적 에세이를 계속 써오다가 12년 만에 눈을 안으로 돌려 나만의 이야기를 썼다. 긴 여행에서 내 방으로 돌아온 것처럼 감개가 깊다. 2012년에 『어느 고양이의 꿈』을 낸 후 처음인가 보다.

80년대부터 쓴 글들이니 내 삶의 황혼기의 추억들이 많다. 내가 좋아하던 세계의 길들과, 이민 가서 죽어가는 형제들이 있는 캘리포니아가 내게 주는 복잡한 의미, 그리고 언어와 문학에 관한 가벼운 글들이 주축을 이룬다. 아무런 제약 없이 정말 쓰고 싶을 때, 쓰고 싶은 양식으로 자유롭게 쓴 글이어서 부담이 없다. 여기에는 나만 있기 때문이다. 한 인간으로서 내가 있을 뿐이어서 호젓하고 애틋한 기분이다. 가족의 삶을 말하지 않아도 되는 개운함 때문이다.

길이도 다양하다. 아주 짧은 것이 있는가 하면 180매가 넘는 것도 있다. 오랜 기간에 걸쳐 쓴 글이어서 글 쓴 연도가 오락가락한다. 그 흔들림 속에서, 누워 시간을 보내는 노년의 게으른 감관感官에 와닿는 이야기들을 주운 것이다.

만약 또다시 에세이를 쓰게 된다면, 그때는 죽음에 대한 것을 쓸 것 같다. 나 자신이 무덤 앞에 다가서 보니, 50년대에는 재미있는 놀이처럼 웃으며 구경하던 할아버지의 말년의 행태에 대한 이해가 조금씩 생겨난다. 죽음은 우리가 절대로 경험할 수 없는 것이지만, 죽음에 이르는 마지막 시기에 인간들이 하는 짓은 뜻밖에도 시공을 초월하여 비슷하다는 것을 발견하니, 백 년 전의 인물들과의 교감도 가능해질 것 같다. 왜 우리 할아버지는 옷이 무거워 가위로 바지를 잘라내면서 자꾸 거리에 나가고 싶어 하셨을까? 왜 우리 할아버지는 밤마다 촛불을 켜 들고 어린 증손의 자는 모습을 들여다보고 계셨을까? 잠 안 오는 밤이면 그런 생각을 하며 시간을 보낸다. 가능하다면 그런 행동의 바닥에 서려 있던 아픔과 외로움을 좀 더 알고 나서 죽고 싶다. 죽음은 누구에게나 오는 것이어서 그건 우리 모두의 마지막 이야기가 될 것이기 때문이다.

늙어서 좋은 것은 시간이 넉넉하다는 것이다. 그래서 나는 늘 그막에 모처럼 글과 오래 놀 시간이 있다. 써놓은 글을 두고두고 고쳐도 되는 시간 말이다. 눈이 나쁘니 오타를 바로 잡는 것만 해도 한 번으로는 안 된다. 그다음에는 글의 틀을 정리한다. 나는 컴퓨터를 제대로 쓸 줄 모르지만, 문장을 아래위로 이동하여 결을 맞추는 것은 할 줄 안다. 그게 너무 좋다. 손으로 쓸 때는 내용을 수정하려면 새 종이에 처음부터 다시 써야 했는데, 블록 이동이 가능해서 고마운 것이다. 그다음에는 내용이 확실하게 드러나도록 구체적으로 길게 쓰는 작업을 오래 한다. 그러고 나서 다음에는 플로베르처럼 형용사 지우기를 한다. 형용사를 하나하나 지울 때마다 전율이 온다. 그 가뜬해진 건조한 글이 적성에 맞기 때문이다. 그래서 제목을 '나는 글과 오래 논다'로 했다. 그건 노동이면서 동시에 놀이이기 때문이다. 재미있고 황홀한 놀이다.

종이책은 나날이 인기가 줄어들어가는 시기인데, 어려움 속에서 책을 내주신 열림원 정중모 사장님과 열림원 출판사의 모든 분들께 감사를 드린다.

2024년 12월

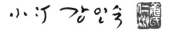

차례

1부   La Strada—길 ————————————

1

La Strada — 길

관광버스의 앞자리

나는 여행지에서 물건을 잘 사지 않는다. 꼭 마음에 드는 물건이 있어도 될 수 있으면 참는다. 맛있는 음식점을 찾아 헤매다니지도 않는다. 선물용 쇼핑도 자제한다. 기념품과 책은 많이 사고 싶지만, 사이즈가 크면 그것도 양보한다. 하지만 양보할 수 없는 것이 있다. 관광버스의 앞자리다. 그 자리만은 무슨 일이 있더라도 꼭 확보하고 싶다. 거기에서는 시야가 180도로 열리니까, 내가 보러 온 나라의 파노라믹한 모습을 잘 볼 수 있기 때문이다.

시계처럼 잠시도 쉬지 않고 움직이는 관광버스에 앉아서 보는 바깥 풍경은 내게 참 많은 것을 남겨준다. 낯선 문명에 대한 윤곽을 다듬어주기도 하고, 그곳의 지정학적 여건이 문명과 가지는 함수관계도 가늠하게 하며, 건축과 수목과 산세를 통하여 한 문명의 참모습을 발견하게도 만든다. 그렇게 문명의 외형에 몰입하게 만들면서도, 길에는 언제나 깊은 페이소스가 있다. 젤소미나(영화 「길」의 여주인공)의 남자 친구가 나팔로 불던 노래 같은 처절한 페이소스가 서려 있는 것이다. 언제 어디에서나 길은 늘 죽음을 보여주기 때문이다. 길은 무한해 보이지만 언제나 종착점이 있다. 인간이 살아가는 과정은 여로와 흡사하다. 유행가 가사처럼 인생은 '나그네길'이다. 그래서 길 위에 서면 종말 의식에서 벗어나기 어렵다.

카메라에 사람을 담지 않고 그 나라의 풍경만 담아 가지고 오던 어떤 학자처럼, 새로운 문명의 다양한 모습을 나는 뇌 속에 모조리 각인시키고 싶어 한다. 자주 여행하는 것이 불가능하니까 관광버스의 앞자리에서 보는 풍경들은 모두 내게는 '두 번 다시 볼 수 없는 것'들이기 때문이다. 그래서 오랜 시간을 차를 타고 이동해도 나는 관광버스에서는 잠을 자거나 옆 사람과 수다를 떨고 싶지 않다. 넓은 창문으로 들어오는 새로운 풍경을 온몸으로 받아들이기 위해 혼신의 힘을 모으고 싶은 것이다. 내가 책에서 얻은 관념적인 지식들을 차는 이동하면서 일일이 시각으로 환산해주기 때문에, 놓치면 그만이다. 보는 일에 집중하기 위해 옆에 누가 오는 것도 반갑지 않다. 혼자 오롯이 앉아 풍경에 몰입하는 것이 내 여행의 최고의 사치다.

마지막에 한 시칠리아 여행은 길동무들이 다 아는 사람들이었고, 내가 설명을 해줄 부분도 있는 데다가, 최고령자(85세)였으니 앞자리가 쉽게 내 차지가 됐다. 하지만 모르는 사람들과 갈 때에는 그 자리를 얻으려면 노력이 필요하다. 버스에 일찍 타는 수밖에 방법이 없기 때문에 휴식 시간이 줄어든다. 나는 10분이건 20분이건 개의치 않고 가능한 한 일찍 버스에 타서 어떻게든 앞자리를 차지하려고 애를 쓴다. 그래도 먼저 와 있는 사람이 있으면 도리가 없다. 앞자리를 원하는 건 나만이 아니기 때문이다. 앞자리를 차지하지 못하면 그날은 많이 불행하다.

나는 경치를 보러 여행하는 일은 잘 하지 않는다. 관심이 문명에 있기 때문이다. 그래서 내가 좋아하는 여행지는 대체로 큰 문명의 발상지다. 거기에서 만날 새로운 문명에 대한 호기심 때문에 나는 여행지를 정하고 나면 몇 달 전부터 잠을 설친다. 그건 욕심이 적은 편인 내가 가지고 있는 가장 치열한 탐욕이다. 여행만 하고, 여행기를 쓰는 일만 하면서 살라고 해도 마다하지 않을 만큼 나는 새로운 문명을 만나는 것을 좋아한다. 그래서 가이드의 설명도 열심히 경청하고, 책도 닥치는 대로 구해서 읽는다. 위가 나쁘니까 평소보다 엄청 많이 걷게 되는 여행은 건강에도 좋아서, 여행은 여러 면에서 적성에 맞는다.

나는 역마살이 단단히 낀 여행광이지만, 가정주부이고 아이 셋 달린 대학의 전임 교수여서, 오랫동안 집을 떠나는 일이 어려웠다. 내가 해외여행을 하기 시작한 것은 아이들이 모두 떠나고 정년 퇴임을 한 후부터였다. 너무 늦은 시간에 시작해서 배낭여행 같은 것은 할 수 없었다. 혼자 하는 여행도 어려웠다. 그래서 좋아하는 가이드가 모집하는 소규모 단체 여행에 동참했다. 하지만 21세기에 본격화된 내 해외여행은 2017년이 되면 끝이 난다. 나이도 나이지만 남편의 암이 전이되어 위중해졌기 때문이다. 여행이 불가능해지니까 스쳐 지나온 길들이 새삼스럽게 그립다. 그래서 길 이야기를 쓰기 시작했다. 그건 내가 방 안에서 하는 또 하나의 여행이다.

2017년 8월

새벽안개가 감싼 오스티아의 옛길

마지막으로 시칠리아에 갈 때, 우리는 공항 근처에 있는 오스티아의 한 호텔에 묵게 되었다. 그래서 오스티아의 옛 가도를 두 번이나 드라이브할 수 있는 행운을 얻었다. 오랫동안 오스티아에 오고 싶었던 나는, 아침에 일찍 일어나서 그 길을 걸어보려고 혼자 밖으로 나갔다. 그런데 신호등도 건널목도 없는 호텔 옆의 도로는 이상하게도 아스팔트로 포장이 되어 있었다. 그 길 너머에 또 하나의 길이 나란히 달리고 있는데, 그 길이 어떻게 생겼는지는 알 수 없었다. 두 길 사이에 나무가 무성한 넓은 완충지대가 있어서 그 너머가 보이지 않았기 때문이다. 그 근처 길에는 표지판도 팻말도 없었으며, 호텔에는 주변의 약도를 그린 안내 책자가 없어서 정보를 얻는 것이 불가능했다.

두 줄기의 길에는 우산같이 생긴 이탈리아 특유의 카라카사

소나무들이 심어져 있었다. 브로콜리 모양으로 윗부분에만 잎을 매단 그 기묘한 나무들은, 풍상을 겪는 동안에 가지가 떨어져 나간 부분이 많았고 이 빠진 곳도 많은 데다가 키도 들쭉날쭉이어서, 가로수다운 정연한 집합미는 이미 없었다. 그 대신에 변화가 많은 느긋한 풍경이 만들어졌다. 우산 같은 부분에서 일부가 사라진 경우가 많은데, 그 부분이 어떤 때는 오른쪽이고 어떤 때는 왼쪽이어서 다양성이 생겨나기 때문이다. 나무들이 우거진 숲 너머에서 아침 해가 솟아오르기 시작했다. 해는 앞쪽에 있는 숲에 가려서 보이지 않았고, 햇살만 나무들 사이사이를 뚫고 서치라이트 같은 직선의 강렬한 빛을 산발적으로 발사하고 있었다.

공항에 가면서 오스티아 옛 가도가 어디에 있느냐고 가이드에게 다시 물었더니, 여기가 모두 오스티아 가도라는 어제와 같은 대답이 돌아온다. 오스티아에 있으니 오스티아 가도라는 게 틀린 말은 아니다. 하지만 지방 도로 규모의 작은 길들 말고, 오스티아 항구로 향하는 로마 시대의 고속도로Via Ostia Antica가 분명히 어딘가에 있을 것 같다. 로마의 외항인 오스티아항은 로마가 해외로 나가는 중요한 관문이었기 때문이다. 오스티아는 로마 제국이 처음으로 확보한 항구였다. 오스티아항을 얻음으로서 로마는 비로소 지중해와 연결되기 시작한다. 그 전의 로마는 바다와의 거리가 멀어서, 해변 도시를 선호하던 그리스인들이 식민지감으로 생각하지 않았다는 글을 읽은 일이 있다.

가이드는 큰 도로를 우리에게 보여주지 못한 대신 오스티아의 유적지를 싸고도는 옛길을 통해 우리를 공항에 데려다주는 친절을 베풀었다. 그래서 차를 타고 천천히 오스티아 유적지를 감상할 수 있었다. 유적지에는 볼만한 것이 많다는데 그걸 볼 시간은 없다. 나무들이 군데군데 심어져 있는 유적지는 끝이 안 보이게 넓은데 예상외로 손질이 잘 되어 있었다. 소나무에 가려진 유적들 사이사이에서 야생화와 잔디와 관목들이 보기 좋게 자라고 있었고, 나무들도 관리 상태가 아주 좋았다. 모든 것이 너무 깨끗해서 무너지다 만 건물의 유적들이 설치 미술 같은 착각을 일으켰다.

기원전 4세기에 오스티아시는 인구가 10만이나 되는 도시였다. 거기에는 극장이 있었고, 바닥에 모자이크로 그림이 그려진 호화로운 병영이 있었으며, 70개의 상점을 가진 넓은 광장이 있었다. 로마 시대에는 시민들이 저녁 후에 테베레강에서 유람선을 타고 오스티아에 와서 야외극을 구경하고 돌아갔다고 한다. 야외극은 완전히 어두워진 후에 시작된다. 광명은 인위적으로 만들어낼 수 있는데 어둠은 그럴 수 없기 때문이다. 남편과 가본 에피다브로스의 야외극은 밤 9시에 시작되었다. 여기도 마찬가지였을 것이다. 지금도 배 타고 와서 야외극을 보고 가는 일이 가능하다고 안내서에 씌어 있었다. 거리가 로마에서 24킬로밖에 안 되기 때문이다. 오늘날의 고속도로 같았던 로마 가도는 속도가 무기였다. 로마 제국은 잘 관리된 고속도로를 가지고 있어서 광활한 영토를 관리하기가 쉬웠고, 원정도 쉽게 할 수 있었다. 하지만 그 속도는 적에게도 똑같은 편의를 제공해서 적들도 그 길을 쉽게 오갈 수 있으니, 나중에 힘이 빠진 로마는 적의 기습을 받기 쉬웠다. 길이 너무 잘 정비되어 있었기 때문이다.

흘러드는 토사와 말라리아 때문에 사람들이 떠나서 오스티아는 4세기에 이미 들판에 버려진 폐허처럼 되어버렸다는데, 그 유적들을 잘 관리해놓아서, 새벽 안개 속에서 보니 고풍스러우면서도 풍요로워 보였다. 길들은 새벽의 서기가 서려 있어 신비해 보여서, 그 성스럽던 새벽이 오랜 시간이 지나도 잊히지 않는다.

2017년 9월

아피아 가도의 우산 소나무

시칠리아에서 귀국하던 날, 자기 차로 우리를 데려다주던 가이드가 우리에게 특별 보너스를 제공했다. 아피아 가도를 보여주겠다고 자청한 것이다. 예상하지도 않았는데 그 길의 가장 예스럽고 한적한 부분을 걸어보게 해주겠다는 사람이 느닷없이 나타나니, 기대하지 않았던 보너스를 받은 기분이었다. 그건 내가 오랫동안 해보고 싶었던 일이었기 때문에 그 행운이 쉽게 믿어지지 않았다. 시간 여유가 있으니 30분만 그 길에서 걷다 오라면서 그는 우리를 아피아 가도가 보이는 건널목에 내려놓았다.

1996년에도 남편과 함께 아피아 가도에 온 일이 있다. 그때는 카타콤베 탐방이 목적이어서 교회와 카타콤베가 즐비한 번화한 구역만 보고 갔다. 그나마도 대부분의 시간을 지하에 있는 카타콤베 안에서 보냈으니, 길의 아름다움을 감상하기 어려웠다. 그 지역은 차가 들어올 수 있어서 관광객이 들끓어 정신이 없었고, 카타콤베 안은 미로여서 가이드를 놓칠까 봐 마음의 안정을 잃었다. 지하에서 일행을 놓친 일본인이 실종된 적이 있다는 것이다.

그런데 마르코가 내려준 구역은 집도 차도 없어 조용하고 한산했다. 그래서 길 자체가 관광의 목적이 된 특별한 관광이 시작되었다. 아피아 옛 가도의 중심이 되는 지역은 5킬로 정도라는데, 승용차를 못 들어가게 해서 사람이 없었다. 우리가 내린 곳이 아파아 가도의 어느 부분인지 확실하게 알 수는 없었지만, 아마 쿠오바디스 교회와 카타콤베가 모여 있는 지역 사이의 어느 부분이었을 것이다. 하지만 어디여도 상관이 없다. 그곳은 아피아 가도의 예스러운 분위기를 그대로 지니고 있었기 때문이다. 그건 내가 오랫동안 걸어보고 싶었던 바로 그 길이다. 그래서 가이드가 내준 30분은 아주 귀한 시간이 되었다.

주차장이 없어서 30분 후에 내렸던 곳에서 만나기로 하고, 일행 셋이 그 길에 내려섰다. 집 하나 보이지 않는 넓은 평원에 우산 소나무가 듬성듬성 서 있는 아피아 옛 가도는 한없이 곧게 뻗어 있었고, 그 주변은 키가 그다지 크지 않은 잡목숲이었다. 2천년의 세월이 지나는 동안에 가로수였던 우산 소나무들은 많이 죽어서 남은 것이 많지 않았고, 군데군데 사이프러스 같은 이질적인 선을 가진 나무가 섞여 있어서 통일감을 저해하고 있었다. 하지만 그곳은 태고를 연상시키는 완벽한 고요에 잠겨 있어서,

2천 년 전의 옛길다운 품격을 지니고 있었다. 마르코 덕에 우리는 기원전 줄리어스 시저가 달리던 길을 걸어볼 수 있게 되었다. 영화 「쿠오바디스」에서 비니키우스가 백마를 타고 개선하던 그 길이다. 그건 베드로가 주님을 만나던 길이었는지도 모르며, 스파르타쿠스의 노예 사단이 십자가에 매달린 채 도열되었던 길이었을 가능성도 있다. 길바닥에는 로마인들이 박아놓은 네모난 돌들이 아직도 정연하게 사선으로 박혀 있었다. 2천 년간 지속된 돌 포장이다.

한니발이 코끼리를 몰고 알프스를 넘어 쳐들어왔고, 고트족이 몰려와서 그 거대한 제국을 산산조각 내던 역사의 소용돌이 속에서 살아남은 옛길이 우리 앞에 있었다. 여기는 카카오톡이 침범하지 못하는 시원始原의 공간이다. 유구한 옛길답게 사람이 거의 없다. 어쩌다가 작은 차 한 대가 지나갔고, 자전거를 탄 커플이 한 쌍 지나갔을 뿐, 30분 동안 거기에는 우리밖에 사람이 없었다. 태곳적과 같은 숭엄한 정적 속에서 대책 없이 몰려오는 고립감, 이유 없는 적막감도 엄습해온다. 그 길에 서니 자신이 죽을 수밖에 없는 필멸의 존재mortal라는 사실이 너무나 자연스럽게 받아들여진다. 옛사람의 말대로 산천은 의구依舊한데 인걸은 간 데가 없기 때문이다.

중국인들이 만리장성을 쌓던 시기에 로마인들이 만든 이 기적적인 고속도로는, 모르타르와 잡석을 섞어서 1미터 두께로 다져 만들어서 요지부동하는 군용도로다. 모든 길이 로마로 통하게 만들어놓은 2천 년 전의 로마 가도街道에는 애초부터 가로수가 심어져 있었고, 차도와 인도가 구분되어 있었으며, 배수로가 설치되어 있었고, 지중해의 빛나는 태양이 풍성하게 내려 쪼이고 있었다. 이동이 신속한 길에 자신이 있던 로마인들은 처음에는 성벽을 쌓지 않았고, 수도에 군인도 상주시키지 않았다. 말을 타고 신속하게 올 수 있는 도로가 사방으로 뚫려 있는 데서 오는 자신감이었다. 하지만 그 기동력은 적에게도 적용된다는 데 문제가 있었다. 백 년도 못 되어 에페이로스 왕 피로스가 타란토에서 로마까지 단숨에 쳐들어왔기 때문이다. 한니발에게 로마가 점령당하자 그들도 드디어 성벽 쌓기를 시작한다.

진시황이 만리장성을 쌓을 무렵에 만들어진 아피아 가도는, 로마를 상징했던 그 유명한 로마 가도의 효시였다. 호라티우스의 말대로 모든 도로의 여왕이었던 것이다. 하지만 우리가 찾은 아피아 가도는 시골스러운 한가함을 맛볼 수 있는 태고의 공간에 불과했다. 그건 길이 아니라 길의 유적이었기 때문이다.

2017년 9월

아그리젠토로 가는 꽃길

　시칠리아에서 한 2017년 5월의 여행도, 길에 홀리게 되어 있
는 일정이었다. 팔레르모에서 아그리젠토를 향해 시칠리아섬을
종단縱斷하는 여정이기 때문이었다. 그 길은 인적이 없는 야트막
한 구릉지대 사이를 지나고 있었다. 그 지역은 온통 대지의 젖가
슴 같은, 완만하고 부드러운 선을 가진 언덕으로 구성되어 있었
는데, 언덕에 색깔이 화려하고 다양한 채소들이 아기자기하게
작은 단위로 심어져 있었다. 식용작물인데도 꽃밭처럼 색깔이
다양했고, 장인이 배색한 조각보처럼 색 조화가 탁월했다.
　길가와 밭둑에는 꽃들이 만발했다. 석류와 유도화 같은 꽃나
무들이 많았고, 나무 밑에는 골든링과 양귀비꽃 같은 야생화들
이 흐드러지게 피어 있었다. 시칠리아는 관개시설이 잘되어 있
고 날씨가 온화해서, 모든 식물들이 생기에 넘쳐 있다. 하늘과

땅이 향기에 휩싸여 있는 평화로운 고장, 사람도 차도 드문 조용한 지역에 저 홀로 피어 난만爛漫한 꽃들을 나는 버스 앞자리에 앉아 마음껏 즐겼다. 그러다가 두어 시간 만에 청명한 하늘을 배경으로 저 멀리 아득한 곳에 있는 고원에 콩코르디아 신전이 나타났을 때의 경이감은 세월이 지나도 잊히지 않는다. 드디어 신전의 계곡에 다다른 것이다.

　아그리젠토에서부터 바다가 나타났다. 구릉을 누비던 길이 슬그머니 바닷길로 바뀐 것이다. 낭떠러지 위에 만들어진 해안 도로를 따라가면, 눈앞에 티레니아해나 이오니아해, 지중해 중의 하나가 대령하는 것이 시칠리아의 해안 도로의 풍경이다. 꽃향기 속에서 바다를 볼 수 있는 5월의 시칠리아의 해안 도로……
그 길에 다시 서보고 싶다.

2017년 10월

카타니아 평원의 밀밭길

아그리젠토를 떠나 내륙을 향해 들어가니 밀밭이 나타났다. 시칠리아는 이집트처럼 밀의 곡창지대다. 카타니아로 가는 고속도로 왼쪽으로 에트나산 쪽을 향해 뻗어 있는 완만한 산자락의 넓은 지역을 온통 밀밭이 덮고 있는 광경은 경이로웠다. 따뜻하고, 부드럽고, 순수하고, 풍요롭다. 시저가 밀 때문에 이집트에 끌렸던 것처럼 로마는 시칠리아 밀에 홀려 있어서, 시칠리아는 식민지가 된 후에도 정복자에게 꿀리지 않았다. 로마의 양갓집 아들들이 유학을 올 정도의 문화적 우월성을 유지하게 만드는 밑천인 풍성한 밀이었기 때문이다. 씨를 뿌려놓기만 하면 저절로 자란다는 순한 작물인 밀이 망한 나라의 자존심을 지켜준 것이다. 성숙기인 듯 카타니아의 광활한 밀밭은 모두 가을의 갈대밭 같은 색깔을 하고 있었다. 곡물이 지니는 그 성숙한 자연의 질감이 마음을 안정시켜준다. 그런 밀밭 사이를 계속 달리는 기분은 가을의 논 사이를 달리는 것과 흡사하다. 사람을 먹여 살리는 실용적인 작물들이 그렇게 품위 있는 색상까지 지니고 있는 것은 얼마나 큰 공덕인가?

2017년 10월

아드리아 바다의 해안 도로

2013년에 아드리아 바닷가를 여행할 때는 잘 자서 아침부터 기분이 좋았다. 두브로브니크에서 몬테네그로로 가는 날이었다. 사람이 적은데 큰 버스가 왔다. 신났다. 발칸반도의 관광버스들은 수입품이어서 좌석도 편안하고 인테리어도 세련되어 있다. 그래서 특급 호텔에 들어 있는 기분이 되는데, 사이즈까지 크니 누구나 2인분 좌석을 차지할 수 있는 호강을 누리게 되었다. 그건 모든 사람이 창가의 자리를 차지하는 것이 가능하다는 의미도 된다. 그날 나는 통로 쪽 팔걸이에 쿠션을 대고 기대고는 다리를 좌석 위에 올려놓은 편안한 자세로 바다와 마주 앉아 있었다. 누구의 방해도 받지 않고 바다를 보게 되었으니 횡재한 기분이었다. 그 지역의 해안 도로는 거의가 다 낭떠러지 위에 있다. 같은 고도의 고원지대여서 길에 고저가 없으니 승차감도 그만이다. 그래서 다리를 좌석에 올려놓고 창을 향해 앉아 있으면, 버스 창문에 바다가 맞닿아 있는 것처럼 보인다. 바닷빛이 곱기로 이름난 아드리아 바다가 앞에 있는 창문에 와서 계속 넘실대고 있는 것이다. 길이 높은 데 있어서 해변이 보이지 않으니, 줄창 바다 위를 달리는 기분이다. 무슨 복으로 이런 호강을 누리는가 싶어 황감했다. 눈이 아리도록 바다만 보면서 한나절을 보냈더니, 한 열흘 밥을 먹지 않아도 배가 고플 것 같지 않게 무언가가 내 안에 가득가득 채워졌다.

발칸반도의 나라들은 역사도 문화도 비슷한 작은 나라들이 서로 붙어 있어서, 거쳐온 나라들의 문화가 자꾸 헷갈리는데, 사방에서 물이 미친 듯이 솟구쳐 나오던 폭포의 도시 플리트비체와 그날 본 아드리아 바다만이 지금도 선명하게 뇌리에 새겨져 있다. 그러니 크로아티아는 온통 물로만 내 머리에 남아 있는 셈이다. 물은 생명이고, 물은 어머니이고, 물은 죽음이기도 하다. 그날의 깊었던 상념들을 오래오래 간직하고 싶다.

2017년 11월

침엽수림과 라벤더 꽃밭 — 홋카이도

　박물관 투어로 홋카이도에 갔을 때는 바다가 아니라 숲이었다. 이상하게도 고속도로가 지면보다 많이 높은 고가도로여서, 종일 침엽수림의 윗부분만 보면서 달린 날이 있었다. 그건 녹색의 바다였다. 지평선까지 닿아 있는 녹색의 삼림들이 잠시도 쉬지 않고 바다처럼 일렁거렸다. 그 끝자락에 라벤더밭이 한없이 펼쳐져 있는 보랏빛 평원이 이어져 있었다. 그 단색의 구도 속에는 인가가 거의 없었다. 홋카이도 사람들은 어디에서 사나 싶게 인적이 없는 고장이었다. 그래서 지구의 가장 청정한 구역 같은 느낌이 들었다. 공기가 너무 맑아서 영혼도 세척한 기분이 되었다. 집 하나 보이지 않는 그런 숲 위를 한나절씩 달리는 여행을 주기적으로 한다면 신경병 환자도 치유될 것 같다고 했더니, 같이 가던 손자가 공감을 표시했다. 고등학교에 다니던 막내 손자와 같이 한 박물관 투어였다. 동행도 숲도 모두 원기가 왕성한 짙푸른 녹색이어서, 나도 젊어지는 기분이 되었다.

2013년 10월

석양을 향해 달려라 — 모하비 사막 도로

1989년 7월에 언니네 가족과 모하비 사막을 종일 드라이브한 일이 있다. 그 지역은 사면이 모두 지평선까지 닿아 있는 끝을 모르는 평원이어서, 미국이 얼마나 넓은 나라인지 실감할 수 있었다. 대지가 끝없이 광활하니 가슴이 확 트이는 기분이었다. 넓은 게 그렇게 좋다는 것을 미처 몰랐던 것 같았다. 하지만 너무 넓으니 곧 싫증이 났다. 변화가 없기 때문이다. 전날 그곳에 내린 우리 부부는 시차를 극복하지 못해서 눕고 싶었다. 오랜만에 만난 두 집 손자들도 처음에는 반가워서 잘 놀았다. 그런데 그들도 곧 싫증을 냈다. 풍경이 너무 단조로웠던 것이다. 그 광활한 공간을 사막이 모두 차지하고 있어, 줄창 그 회색 지대를 달리기만 했으니 무리가 아니다. 차 속은 에어콘을 켜놓아도 점점 더워져 오는데, 내려서 쉴 그늘 하나 없었다.

모하비 사막은 이쁘지 않은 사막이다. 하얀 모래톱이 수시로 모양을 바꾸며 요술을 부리는 환상적인 모래사막이 아니다. 모하비 사막은 움직이지 않는 단단한 회색 돌조각 같은 것이 바닥을 덮고 있는 살벌한 공간이다. 거기에 칠지도七枝刀같이 모든 팔을 하늘을 향해 치켜들고 서 있는 괴기한 조슈아 나무들이 이따금 나타난다. 조슈아 나무는 나무라기보다는 암호문 같은 것을 새긴 거대하고 괴기한 설치 작품 같다. 무기물로 보일 정도로 메말라 있는 기괴한 나무와 회색 바닥이 유일한 볼거리다. 식물까지 목이 말라서 헉헉거리는 것 같은 텅 빈 회색 천지에, 똑바로 그어놓은 아스팔트 길이 지평선을 향해 뻗어 끝날 줄을 몰랐다. 그 위에서 캘리포니아의 작열하는 7월의 태양이 이글거리고 있었다. 시차 적응이 안 돼서 쉬겠다는 것을 형부가 억지로 데리고 와서, 우리 부부도 차츰 짜증이 나기 시작했다. 볼 것이 없으니 앞자리를 차지해도 소용이 없었다.

　그런데 돌아올 때 본 낙조는 진실로 경이로웠다. 서쪽을 향해서 달리고 있어서 시시각각으로 내려앉는 지는 해가 길 앞쪽 하늘에 계속 떠 있었다. 주홍빛 노을이 하늘을 절반이나 덮고 있어 낙조가 황홀했다. 그런 하늘을 보면서 지평선까지 그어진 외길을, 지고 있는 해를 향해 달리고 있는 것이다. 해를 따라잡으려는 놀이 같아서 경건한 기분이 되었다. 가도 가도 해는 여전히 저만치 먼 곳에서 이글거리고 있어서, 끝없는 따라잡기 경주가 계속되었다. 그 길은 태양을 향해 나 있는 직선 도로 같았고, 주변에는 우리밖에 없으니, 일대일로 해와 겨루는 게임을 하고 있는 것 같기도 했다. 해가 오래도록 앞에 같은 높이로 떠 있으니 시간이 정지된 기분이었다. 해는 쉬지 않고 서서히 기울어지고 있는데 우리가 다가가서 그렇게 보이는 것이었다. 호화로운 일몰이었다. 구름이 알맞게 퍼져 있어 서쪽 하늘이 주홍빛 꽃밭 같았다. 그러다가 드디어 해가 지평선 너머로 가라앉는가 싶더니, 어느 순간에 거짓말처럼 꼴깍 그 너머로 사라지고, 조용히 땅거미가 시작되었다.

자던 아이들이 어느새 일어나 일제히 숨을 죽이고 낙조를 구경하고 있더니, 해가 사라진 순간에 모두 약속이나 한 듯이 큰 숨을 내쉬었다. 그 긴 시간을 한순간 한순간 머리에 새기면서, 해가 무한 속으로 사라지는 것을 음미하고 있던 우리 부부도 아이들처럼 큰 숨을 내쉬었다. 사막의 낙일落日에 감동을 받은 것은 형부만이 아니었던 것이다. 형부가 왜 어거지로 우리를 끌고 나왔는지 비로소 알 것 같았다.

홀어머니의 외아들로 자란 형부는 자유롭게 성장해서, 어린애처럼 하고 싶은 일을 하지 못하면 못 견디는 습성이 있으시다. 그날 형부가 하고 싶었던 일은 12인승 벤에 사랑하는 사람들을 가득 태워 가지고 가서 모하비 사막의 경이로운 일몰을 보여주는 것이었다. 그 양반은 좋은 걸 혼자 보지 못하는 비상한 가족

애를 지니고 있었다. 하지만 언니네 식구들은 직선 도로 달리기 자체를 즐기는 형부의 여행 패턴을 좋아하지 않아서 그분과 하는 여행을 모두 내켜하지 않았다. 우리도 피곤해서 내키지 않았다. 내키지 않는 사람의 수가 압도적으로 많았다. 그런데도 형부는 수단과 방법을 가리지 않고 각개격파를 해서, 결국 자기가 같이 가고 싶었던 사람들을 모두 끌어내서 그 장엄한 낙조를 보게 만든 것이다. 일곱 명이 사막으로 가서 두 끼를 먹고 마시면서 하는 여행을 혼자 준비하는 것은 쉬운 일이 아니다. 젊지도 않은데 12인승 벤을 종일 운전하는 것도 쉬운 일이 아니다. 그 모든 수고를 혼자 감내하면서, 자기가 아름답다고 생각한 그 무엇을, 사랑하는 사람들에게 꼭 보여주고 싶어 미치는 형부의 요란한 사랑법이 감동적이었다. 그런 형부 덕분에 우리는, 지는 해를 안으려 한 시간이나 사막을 달리는, 좀처럼 하기 어려운 여행을 할 수 있었다.

태양이 지평선을 넘어 없어진 후에도 직선 도로로 서쪽으로 달려가는 일정은 끝나지 않았다. 계속 달리면 해를 따라잡을 수 있을 것같이 달리고 있던 차 속에서, 결국 우리는 사막의 어둠에 갇히고 말았다. 나는 어둠이 정말로 장막처럼 내려와서 천지를 까맣게 빈틈없이 덮는 것을 보면서, 내일 해가 다시 뜰 것이라는 확신을 가지지 못했던 원시인들처럼 절박한 기분이 되었다. 그래서 그 길을 계속 과속으로 달려가면 어쩌면 절벽이 있을지도 모른다는 엉뚱한 생각이 들었다. 그러면 그랜드캐니언의 계곡을 향해 풀 스피드로 날아가던 「델마와 루이스」의 자동차처럼, 우리 차도 하늘을 날아서 절벽 밑 심연 속으로 곤두박질칠지도 모른다는 생각이 스쳐갔다. 그래도 좋겠다는 기분이 되었다. 해지는 풍경이 하도 압도적이어서 다시 일상으로 돌아가는 길이 끊어진 것 같은 심정이 되어 있었기 때문이다.

『25시』의 작가 게오르규는 사막을 두 개의 무한에 갇힌 공간이라고 표현했다. 유목민들은 하늘과 사막이라는 두 개의 무한에 갇혀 살기 때문에, 또 하나의 무한인 신과 쉽게 가까워질 수 있다는 것이다. 모하비 사막의 일몰 시간에 홀려 있던 동안에는 나도 어쩌면 신을 만나고 있었는지도 모른다.

1989년 11월

이스탄불의 삼중 성벽길

사원의 돔과 미나렛[1]이 삽상한 조화를 이루는 시난[2]의 도시 이스탄불에서 내가 홀린 것은 우선 돔과 미나렛이었지만, 그보다 더 좋아하게 된 것은 성벽이 보이는 길이었다. 성벽은 원래 인간이 만든 가장 견고한 방벽이지만, 가장 무뚝뚝하고 단조로운 구조물이기도 하다. 문도 없는 거대한 벽이 몇 킬로씩 이어져서 변화가 없는 곳도 있다. 그 무렵에 거대한 벽들을 좋아하고 있었던 나는 그 단조로움과 무표정함 때문에 성벽을 보면서 달리는 것을 좋아했는지도 모른다. 그 성벽은 침묵과도 같은 무게를 가진

---

1 이슬람 사원에 부설된 높은 첨탑.
2 16세기 오스만 제국의 건축가. 이스탄불을 비롯하여 튀르키예에 있는 가장 유명한 이슬람 사원들을 건축했다.

가장 장엄한 구조물이었다. 인간이 만든 최강의 구조물, 만리장성은 달에서도 보인다던데, 이 성벽도 거기에서 보였을 것 같은 분위기다.

남한산성과 몇 개의 산성을 빼면 우리나라에는 높은 성벽이 많지 않다. 경복궁이나 창덕궁의 네모난 돌로 만들어진 궁장宮牆들은 너무 낮아서 일인들이 쉽사리 넘고 들어가 왕비를 죽이는 일까지 생겨났다. 요새용 방벽이 아니었기 때문일 것이다. 일본만 해도 성벽들은 우리 것보다는 높다. 요새였기 때문이다. 히데요시가 지은 오사카 성은 난공불락이어서, 젊은 히데요리가 이에야스를 상대로 20여 년을 버틸 정도로 견고하고 높았다. 유럽의 성벽들은 애초부터 요새로 지어졌다. 여러 나라가 한 대륙 안에서 계속 각축을 벌이던 유럽은 성벽의 비중이 더 컸던 것이다. 외적이 무서워서 아예 산 위에 도시를 만들 정도였으니까 성벽의 높이가 높을 수밖에 없다. 이스라엘 성벽이 높이가 15미터였다는 글을 보고 너무 놀란 일이 있다. 5층 빌딩의 높이이기 때문이다. 유럽의 성들은 산꼭대기에 있는 일이 많으니 계곡 같은 곳은 더 높은 부분도 있을 수 있을 것 같다.

이스탄불의 성벽은 높이만 엄청났던 것이 아니다. 두께도 놀라웠다. 천 년 동안 난공불락이었다는 그 성벽은 너비가 합치면 60미터나 되었다니, 대포로 한 달을 공략해도 뚫리지 않을 두께를 지닌 것이다. 그런 성벽이 육지에만 6.5킬로나 세워져 있었다니 기함을 할 일이다. 동로마의 테오도시우스 2세가 413년에 지었다는 이 성벽은 유럽 대륙 최강의 성벽이기도 했다. 1453년에 메메트 2세가 23회나 대포로 공략을 해도 안 되었다니 그 강도強度를 짐작할 수 있다. 어느 나라에서나 성벽은 견고함과 거창함을 과시하고 있지만, 그중에서도 삼중으로 만들어진 이스탄불의 성벽은 더 엄청났던 것 같다. 규모를 적어놓은 종이를 보고 깜짝 놀랐다.

깊이 7미터에 너비가 18미터나 되는 물이 가득 찬 해자가 있고, 그 안에 부벽이 있으며, 그다음에 성벽보다 두 배 되는 너비를 가진 15~20미터 높이의 사각형 감시탑이 곳곳에 서 있고, 그 너머에 8미터 높이에 두께가 2미터나 되는 외벽이 있는 식이다. 다시 공터가 나오고 다시 탑들이 서 있는 그 뒤에 비로소 내벽이 나타난다. 13.4미터의 높이를 가진 엄청난 장벽이다. 그런 거창한 성벽이 어마어마한 부피로 둔중하게 6.5킬로나 이어져 있었다니, 보는 이들이 압도당했을 것이다. 더구나 그것은 평지에 있었다.

그곳의 성벽은 돌벽돌로 만들어져 있고, 일정한 간격을 두고 가로로 붉은 벽돌 선이 둘러쳐져 있어 아름답지 않았다. 그런 데다가 2천 년 가까운 옛날에 세워진 것이어서 훼손된 곳이 많았다. 키는 원형을 헤아리기 어렵게 주저앉았고, 형체도 알아보기 어렵게 망가졌으며, 무너진 자리에서 풀들이 돋아나고, 어떤 곳은 곡식도 심어져 있어 도심의 성벽은 옛 모습을 가늠하기 어려 웠다. 폐허도 아름답지 않았다. 벽돌로 지은 구조물의 폐허여서 남은 유적들이 여기저기 모서리가 도드라져, 상처 입은 거인처 럼 아파 보였다. 붉은 벽돌로 두른 정연한 띠가 형체가 망가져가 는 벽돌 덩어리에 생생하게 남아 있는 것도 좋아 보이지 않았다. 자연석을 써서 시간이 지날수록 모서리가 다듬어지는 만리장성 같은 차분한 분위기는 생겨나지 않는 것이다. 하지만 탑 구조물 의 크기가 워낙 압도적이어서 덜 상한 부분은 집합미가 경이롭 다. 그런 성벽이 계속 이어지면 압도당할 수밖에 없다.

15세기까지 천 년 동안 이 성벽은 어느 외적도 넘어본 일이 없는 난공불락의 요새였다. 만리장성은 인간이 만든 가장 긴 성 벽이지만, 이스탄불의 성벽은 어쩌면 인간이 만든 가장 높고도 견고한 성벽이었는지도 모른다. 길이가 만 리나 되면 다 지키기 가 어려워서 여기저기 구멍이 뚫리기가 쉽지만, 이곳은 한 도시 니까 견고함에서는 더 우세했던 것 같다. 대포를 가지고 있던 메 메트 2세가 23번이나 공략해도 안 되어서 결국 배를 산으로 끌 고 올라가는 비상수단을 쓰지 않을 수 없었으니 말이다.

어느 적도 침범할 수 없는 성벽을 그렇게 겹겹이 둘러치고도 마음이 놓이지 않아서, 동로마 황제는 적의 배가 이스탄불에 접 근하지 못하게 해협 어구 양쪽에 대형 말뚝을 박고 견고한 쇠줄 을 걸어 필요하면 외국 선박에게는 해협을 완전히 봉쇄해버릴 수 있게 만들어놓았다. 그런데 메메트 2세의 배들은 바다가 아니라 뒷산에서 쏟아져 내려와서 도시를 장악해버린다. 어떤 견고한 성벽도 뒷산에서 내려오는 선단船團은 어찌할 수 없을 것이다. 덕택에 성벽은 무너지지 않았지만 나라가 무너졌다. 동로마천 년의 빛나던 비잔틴 제국이 망해버린 것이다.

성벽은 벽이 아무리 두꺼워도 안에 배반자가 하나라도 있으면 순식간에 존재 의미를 상실하는 허점이 있다. 트로이 성도 그렇게 무너졌고, 로마의 성벽들도 그렇게 무너졌다. 하지만 이스탄불의 난공불락이던 성벽은 내통하는 자가 있어 망한 것이 아니다. 뒷산에 배를 끌고 올라갈 기발한 생각을 한 적을 만나 망한 것이다. 성벽은 아무리 두꺼워도 난공불락일 수가 없다는 것을 깨우쳐주는 증인 같은 성벽. 그래서 그 성벽을 보고 있으면 인간이 경영하는 일의 허망함이 뼈에 사무치게 다가온다. 사람은 결국 모두가 자기 몫의 성벽을 만들며 사는 존재들이기 때문이다.

나는 그 도시에 두 번 갔는데, 갈 때마다 성벽 길을 지나다녔다. 탑이 90개가 넘었던 그 장대한 성벽의 엄청난 구조와, 그럼에도 불구하고 제구실을 다하지 못해서 지금은 벽돌 더미 사이에서 풀들이 돋아나는 폐허에 지나지 않는다는 허망함에 한바탕 넋을 잃어보기 위해서다. 볼 때마다 그 무뚝뚝한 구조물의 잔해의 거창함과 스케일의 크기에 압도당한다. 그걸 보면 세상에 못 할 일이 없을 것 같아 힘이 생긴다. 그러면서도 그걸 보면 무얼 해도 소용이 없으리라는 절망감이 몰려와서 착잡하다.

처음 갔던 1996년의 이스탄불은 인플레가 얼마나 심했는지, 환율이 미화 1달러에 만오천 리라라고 했던 것 같다. 그러니 관광객들이 겁을 먹어 돈을 못 썼다. 거기에서 생겨나는 문제를 그 나라에서는 'zero problem'이라고 부른다고 한다. 너무 많은 동그라미에 질려서 우리도 돈을 쓸 엄두를 못 냈는데, 그럼에도 불구하고 계속 지출한 한 가장 큰 명목은 성벽 길을 드라이브한 택시 값이었다. 그건 어쩌면 그렇게 허망하게 나라를 잃을 줄을 모르고 그토록 장중한 성벽을 쌓아 올린 한 놀라운 문명에 대한 오마주였는지도 모른다.

아무리 견고하게 성벽을 쌓아도 세상에 영원히 지속되는 왕국은 존재하지 않는다는 사실은, 인간의 한계에 대한 절망감을 몰고 온다. 하지만 그 절망감에는 기시감이 있다. 우리는 젊지 않아서, 인간의 능력으로는 안 되는 일이 많다는 것을 이미 알고 있기 때문이다. 비록 한 제국을 영원히 지켜주지는 못했지만, 이스탄불의 삼중 성벽은 인간이 만든 건축물로서의 장대한 위용을 뽐내면서, 아직도 장중한 부피로 완강하게 동로마 제국의 영광을 과시하고 있다. 그런 엄청난 성벽을 쌓은 동로마 제국의 멸망은, 높이 날려다가 추락해 죽은 이카로스를 보는 것처럼 누구에게나 애잔한 슬픔을 느끼게 만든다. 사람은 누구나 한 번은 이카로스처럼 높이 날아보고 싶었던 기억을 간직하고 있기 때문이다.

심미적인 건축가 시난이 수백 개의 모스크를 지어서 만들어낸 도시 이스탄불은, 사원들이 아름다워서 도시 전체의 실루엣이 동화의 나라 같다. 그 상큼한 도시의 스카이라인을 감상하면서 단조로워 보이는 무너진 성벽 길을 열심히 지나다니던 첫 이스탄불 여행 때, 우리 부부는 여러 번 행운을 만났다. 거기에서 우리는 가이드가 달려 있는 관광버스를 단둘이 탄 일도 있다. 불황 때문이다. 그래서 미술 강사인 가이드의 독과외를 받으면서, 유럽과 아시아를 함께 품고 있는 튀르키예 문화에 대해 많은 것을 배울 수 있었다. 그의 권유로 예정에 없던 트로이에도 갈 수 있었다. 1인당 2백 달러씩만 내면 당일로 트로이에 갔다 와주는 택시가 있다는 것을 그가 알려주었던 것이다. 달러로 액수를 말하니 비로소 엄두를 낼 수 있었다. 동그라미 수에 질려서 손이 움츠러들지 않았던 것이다. 그런데 승객은 이번에도 우리 둘뿐이었다. 그래서 우리는 아주 느긋하게 택시로 마르마라해를 끼고 가면서 이스탄불의 특이한 도시미를 마음껏 감상할 수 있었고, 도시 전체가 매연에 쌓여 있는 것같이 공기가 혼탁해 보이는 저녁 무렵의 '부르사'를 일정에서 빼버릴 수도 있었다.

마르마라해를 건너 두 시간쯤 가니 히사를리크 언덕에 다다랐다. 트로이 목마의 레플리카가 언덕 위에 서 있었다. 트로이 성은 트로이 전쟁 이전에도 지진으로 여러 번 가라앉은 일이 있어서 여러 층의 유적이 쌓여 있었다. 그래서 걸어다닐 범위가 아주 넓었다. 다리가 허락하는 대로 켜켜이 묻혀 있던 옛 도시의 흔적들을 답사하고 나서, 언덕에 있는 기념품 가게에도 들렀다. 기념품들이 조잡해서 트로이에 관한 책과 인형만 샀다. 하지만 그 허술한 상점에는 다른 곳엔 없는 것이 있었다. 파리스와 헬레나가 그려져 있는 화장실이다. 승객이 우리뿐이어서 아무 데서나 쉴 수 있는 자유가 있었지만, 그 자유가 튀르키예의 불황에서 오는 것이라는 사실을 생각하면 차마 그것을 행운이라고 부를 수 없었다. 식민지인 예루살렘에도 15미터의 높은 성벽을 둘러치던 거인 황제 쉴레이만이 보면, 그 무렵의 튀르키예는 얼마나 가슴 아팠을 것인가? 같은 땅, 같은 민족인데, 왜 튀르키예는 저렇게 위축되어버렸을까? 아무리 강대하던 제국도 결국은 인간처럼 어느 날 숨을 거두고야 마는 것이 운명이었을까? 하늘 아래 영원한 것은 없다는 느낌에 발이 오그라드는 것 같다.

2004년 10월

아말피로 가는 벼랑길

아말피로 가는 길은 시작부터 끝까지 높은 산 중턱의 비탈 위에 있었다. 언제나 북쪽은 우산 소나무나 사이프러스 같은 나무들이 우거진, 벼랑같이 가파른 산비탈이고, 남쪽은 아득한 저 아래 아주 깊은 심연 같은 곳에 바다가 있다. 아페닌 산맥이 바다를 향해 질주해오다가 무언가에 놀라서 급정거를 한 것처럼 끝이 뭉툭한 채 바다에 잠겨 있는 산비탈은, 경사도 급하고 산세도 험한데, 갈피마다 빨간 지붕의 집들이 산 위까지 다닥다닥 붙어 있다.

높은 산 중턱에 나 있는 도로니까 전망 하나는 끝내준다. 바다도 보통 바다가 아니라 밝은 남색의 투명한 티레니아 바다다. 지중해는 수심이 깊어서 바닷빛이 곱다고 하더니, 이곳의 바다도 수심이 어지간히 깊은 모양이다. 바닷빛이 짙으면서도 밝고 선명한 남색이어서 영혼이 빨려들어갈 것 같은 흡인력을 지닌다. 그 바다에는 배가 드물다. 이따금 보이는 배도 놀이배가 주종이다. 하얀 돛을 단 배가 한가하게 떠 있고, 이따금 모터보트가 나타날 뿐이다. 검은 연기를 뿜는 화물선 같은 것은 출입금지를 당한 듯 보이지 않는다. 배들이 남기고 가는 하얀 물이랑이 아물거리다 사라진다. 그런 정갈한 바다를 반나절이나 보며 드라이브를 했으니 최상의 호강이다.

소렌토로 가는 해안 도로에는 왼쪽에 카라카사 소나무가 유난히 많아서 경치가 더 좋았다. 소나무의 머리 부분이 단원이 그린 기생들의 요란스러운 가체加髢 더미 같다. 굽이치는 산모퉁이가 숨이 막히게 아름다운 곳이 나타나자 고맙게도 전망대가 설치되어 있었다. 소렌토에서 동쪽으로 50킬로 더 가면 아말피가 나온다. 산허리에 난 길인데도 자그마한 터널이 있다. 터널 출구를 통해 바다와 다시 만나는 부분의 경치가 환상적이다. '절경絶景'이라는 말에 딱 맞는 풍경이 계속된다. 조금씩 취향을 달리하면서 산과 바다는 손을 잡고 계속 새로운 절경을 만들어낸다. 종일 보아도 물릴 것 같지 않다. 바다를 물릴 때까지 볼 수 있으니 신나는 여정이다. 바다를 좋아해서 '광해군狂海君'이라는 별명을 가진 나는 "오늘은 티레니아 바다를 실컷 보았으니 여한이 없겠네" 하고 자신에게 말을 건다.

아슬아슬한 절벽 위를 종일 달리니 줄창 위기감을 느껴서 발바닥이 간질간질하다. 길은 2차선인데 대관령처럼 꼬불꼬불 도니까 우리가 탄 것 같은 20인승의 소형 은빛 버스들이 주로 다닌다. 재미있는 것은 그 좁은 자동차 전용 도로에 신호등이 있는 것이다. 차들이 몰려오거나 사고가 나면, 이따금 상행선과 하행선을 교대로 정지시켜 교통정리를 해주는 순경들이 나타난다.

그 가파른 산비탈에 턱을 쌓아 손바닥만 한 평지를 만들어 농작물을 심어놓은 것을 보면, 인간이 얼마나 부지런한 동물인지 알 것 같다. 비탈에 만든 다랑이밭에서 밀이 잘 자란 걸 보면, 그 생명력에 가슴이 벅차다. 어떤 절경이 앞에 있어도 먹어야 산다는 생물로서의 기본명제는 불변의 권위를 지니고 있기 때문이다. 아말피에는 바다만을 구경하러 가는 것 같은데, 우리도 포시타노의 휴게소를 건너뛰지는 못한다. 먹어야 생존이 가능하기 때문이다. 육체의 그 완강한 정직성이 신선하다.

2018년

못 가본 유적

여행사를 따라 짧은 시일 내에 여러 도시를 돌다 보면 꼭 보아야 할 것을 못 보는 경우가 많다. 파에스툼의 신전과 타오르미나의 그리스 극장 등이 시칠리아 여행에서 보지 못한 아쉬운 곳이다. 파에스툼은 로마에서 비행기로 팔레르모에 가니까 일정에서 빠져 있었고, 타오르미나는 G7 정상회담이 열리고 있어서 출입이 금지되어 있었다. 그래서 남아 있는 신전 중에서 가장 아름답다는 그리스 신전을 보지 못했고, 시칠리아에서 가장 아름다운 도시라는 타오르미나도 보지 못했다. 아그리젠토에 갔는데 그곳에서도 못 본 곳이 있다. 로마인들이 만든 호화 빌라들이다.

그리스에는 개인 빌라가 남은 것이 거의 없다. 신전만 중시하는 문화여서 그렇기도 했겠지만 더 큰 이유는 가난일 것이다. 전성기였던 페리클레스 시대에, 별로 크지도 않은 파르테논 신전

을 짓는데도 델로스 동맹의 공금에 손을 대야 할 정도로 아테네
는 가난했다. 로마는 그렇지 않았다. 로마는 광대한 식민지에서
속주세를 받아 풍족하게 살아서 귀족들의 생활 문화가 발달했
다. 3백 년 동안 계속된 팍스 로마나가 생활의 심미화審美化를 기
능하게 한 것이다. 그런 여건에서 '빌라 데스테'나 '빌라 하드리
아누스' 같은 예술적인 호화 빌라들이 생겨났다. 궁궐보다 규모
가 작지만 더 아름답고 격이 높은 로마의 빌라들은, 헬레니즘 속
의 심미주의가 생활 속에서 구체화된 것이라 의미가 깊다.

　최고의 지성과 최고의 심미안을 가진 최고의 부자 지성인들이
전 재산을 바쳐서 지상에 이룩해놓은 생활 문화의 금자탑이 로
마의 빌라들이다. 그런 호화 취미가 로마 쇠망의 원인을 형성한
다고 보는 사람들이 있을 정도로 로마의 빌라들은 호사스럽다.
로마가 망한 것은 그리스인들의 탐미주의적 취향을 흉내 낸 때
문이라고 반反그리스파들이 생각할 만도 하다. 그런데 막상 그
리스에 가보면 옛 건물들이 전혀 호화롭지 않다. 그리스인들이
가장 공력을 들여 지은 신전들도 장엄하고 아름다울 뿐 호화롭
거나 거창하지는 않다. 그리스의 신전들은 인간이 만든 가장 아
름다운 건물로 간주되고 있지만, 스케일은 크지 않다. 그리스인
들은 거창한 것을 좋아하지 않았기 때문이다. 그들이 선호한 것
은 휴먼 스케일에 맞는 건물이어서, 파르테논 신전도 기둥 여덟
개에 높이가 13미터를 넘지 않는다. 그 대신 그 신전은 건물 전

체가 조각 같다고 할 정도로 미적인 완성도를 지니고 있다. 균형과 절제의 미학이 정점을 이루고 있는 것이다.

그리스 신전은 신만이 있는 곳이다. 신도들과 공유하는 예배당이 아니다. 일상성을 완전히 배제한 완벽한 신성 공간인 것이다. 그리스에는 이집트나 로마처럼 거대 취미가 없었고 호화 취미도 없었다. 신전이 호화롭지 않으니 일반 주택은 더 말할 필요도 없다. 그리스인들은 비교적 검소했다. 가난하여 소비 지수가 낮았고, 생활을 향락할 여유가 없었던 덕분에 그리스인에게는 아고라에 모여 토론할 시간이 있었다고 보는 사람도 있을 정도다.

로마는 그렇지 않다. 로마는 식민지 경영을 잘해서, 속주에서 들어오는 돈만 해도 엄청났는데 무역도 활발하게 진행되어, 생활을 심미적으로 각색할 여유가 있었다. 그리스인들보다 덜 사변적인 로마인들의 현세주의적 경향도 주택의 호화화에 기여한 바가 많았을 것이다. 그래서 로마에는 유명한 빌라들이 많다. 로마 근교에는 어떤 교황이 있는 재물을 다 털어서 만든 물의 궁전이 있다. 티볼리에 있는 '빌라 데스테'다. 물의 움직임이 천 갈래 만 갈래의 형상으로 구현되어 있는 그 숨 막히는 분수 정원은, 하나의 절정이어서 다른 사람이 흉내를 낼 수가 없을 정도다. 하지만 그건 신의 거처가 아니다. 신성 공간이 아닌 것이다. 빌라는 최고로 심미화된 생활공간이다.

시엔키에비치의 『쿠오바디스』를 보면 그런 빌라에서 로마인들의 어떻게 살았는지 짐작할 수 있다. 당대 최고의 지성인인 『사티리콘』의 작가 페트로니우스가 모델이다. 그의 빌라는 우선 건물이 아름답다. 돌 하나, 나무 하나에도 완벽한 아름다움이 깃들도록 정성을 들여 지은 예술품 같은 저택이다. 거기 사는 사람은 육체와 정신을 최고의 경지까지 갈고 닦는 데 힘을 기울인다. 의상도 최고의 품격을 지녀야 하며, 음식 문화도 절정을 이루어야 한다. 세상에서 가장 맛있는 음식을 먹고, 세상에서 가장 아름다운 서재에서 책을 읽다가, 몸을 단련하기 위해 운동도 하면서, 페트로니우스는 사람이 누릴 수 있는 최고의 심미적인 삶을 살고 있는 것이다. 심미주의자인 네로 황제는 그의 지성과 심미안을 높이 산다. 그래서 그가 마음에 안 들어도 죽이지 못한다. 자신이 쓴 시를 꼭 그에게서 칭찬받고 싶기 때문이다.

하지만 반란에 연루되어 더 이상 사형을 모면하지 못할 형편이 되자, 페트로니우스는 자살을 결심한다. 그는 죽음을 자신이 직접 기획한다. 우선 네로에게 마지막 편지를 쓴다. 거기에서 그는 황제에게, 그가 저지른 다른 죄는 다 용서해줄 수 있지만, 유치한 시를 낭독해서 사람들의 귀를 더럽힌 죄는 절대로 용서할 수 없다고 말한다. 아름다움을 최고의 가치로 생각하는 네로에게는 가장 아픈 곳을 찌른 치명적인 모욕이다. 편지를 쓰고 나서 그는 죽을 준비를 한다. 그런데 죽는 방법이 희한하다. 사랑하는 사람들을 모두 초대해서 호화로운 만찬을 베푸는 것이다. "황금과 보석으로 장식된 잔"을 들고, "눈 속에 파묻어 차게 만든 포도주를 마시는" 초호화 향연이다. 그 자리에서 그는 친구들에게 네로에게 보낼 편지를 읽어준다. 그리고 그리스 의사에게 손목의 동맥을 끊게 한다. 할 말이 있으면, 잠시 출혈을 정지시키도록 하는 자율적인 방법으로, 그는 인간이 죽을 수 있는 가장 세련된 죽음을 실연하는 것이다.

페트로니우스에게는 마음에 걸릴 처자가 없다. 자유인으로 살기 위해 가족을 만들지 않았기 때문이다. 그의 곁에는 여신 같은 미모를 지닌 에우니케라는 그리스인 노예만 있다. 그들은 연인 사이여서 여자도 남자를 따라 동맥을 끊는 일을 선택한다. 여자를 안고 그녀가 숨이 넘어가는 것을 확인한 후, 페트로니우스는 출혈을 정지시켰던 핀셋을 뽑고 자신도 숨을 거둔다. 죽음까지도 자신이 직접 기획하는 가장 인간다운 방법으로 이승을 떠나는 것이다. 마지막 장면이 너무 인상적이어서, 70년 전에 읽은 책인데 잊혀지지 않는다. 로마의 황금기에는 그런 심미적 한량들이 많아서 로마에는 국보급 빌라들이 많았던 것이다. 그건 그리스인들이 누려보지 못한 호사다.

시칠리아에도 그런 예술적인 빌라가 많이 있다고 한다. 아그리젠토도 마찬가지다. 자연이 아름답고 기후가 온화하니 본국의 한량들이 몰려와서 호화로운 빌라를 지은 것이다. 신전의 계곡 서쪽에는 '헬레니스틱 로마 지구'가 있다. 로마 시대 부자들의 주거 지역이다. 거기에는 주랑이 특출하게 아름다운 저택도 있고, 모자이크가 유명한 빌라도 있다 한다. 하지만 우리의 일정표에는 빌라 관광이 들어 있지 않았다. 일정이 짧기 때문에 신전에 역점이 주어진 것이다.

보지 못한 것은 그것만이 아니다. 루이지 피란델로(1867~1936)의 문학관도 신전의 계곡과 가까운 곳에 있는데, 그것도 일정에 들어 있지 않았다. 1934년에 노벨상을 받은 피란델로는 아그리젠토 출신의 극작가다. 지척에 문학관을 두고 보지 못하니 많이 아쉬웠다. 그다음에 보고 싶었던 곳은 '튀르키예인의 계단'이라고 불린다는 해안가의 계단식 절벽이다. 튀르키예 해적들이 그곳을 너무 자주 기어 올라와서 그런 이름이 붙여졌다는 것이다.

아그리젠토는 세계적인 유황의 산지라는데, 유황의 계곡도 역시 보지 못했다. 신전의 계곡 나무들이 생기가 없는 이유가 어쩌면 지층에 스며 있는 유황 성분 때문이었는지도 모른다는 생각을 했을 뿐이다. 전에 일본에서 유황 계곡을 본 일이 있다. 하코네 근처였다. 악마의 늪처럼 땅이 연기를 뿜으며 종일 고약한 유황 냄새를 풍기고 있었고, 지면이 지글지글 끓고 있는 곳을 케이블카를 타고 지나갔다. 아름다운 호수가 있고 후지산이 코앞에 있는 유명한 휴양지에 그런 계곡이 있다니 믿어지지 않았다. 유황 계곡은 지옥의 모습을 하고 있었기 때문이다. 핀다로스가 세계에서 가장 아름다운 도시라고 불렀다는 아그리젠토에 유황 계곡이 있다는 것 역시 믿어지지 않는 일이다. 기차를 타고 오면 보인다는데, 우리가 지나온 버스 길에서는 그런 것이 보이지 않았다.

그날 우리의 오전 일정은 신전의 계곡을 보는 것으로 한정되었다. 그래서 우리는 넓은 산 여기저기에 서 있는 신전들을 관람했다. 헤라 신전도 보았고, 형체가 말짱한 콩코르디아 신전도 보았다. 그런데 도리스식의 그 장엄한 신전은 황토빛을 하고 있어서 나를 기함하게 만들었다. 그다음은 제우스 신전의 방대한 돌더미였다. 규모가 하도 엄청나서 압도당하게 생긴 로마식 신전 터였다. 그러고 보니 우리도 그리스인들처럼 빌라보다는 신전에 신경을 쓴 셈이다. 절들은 크고 반듯하며 질서정연한데, 우리나라에도 빌라는 없다. 민간인은 99간 이상의 집을 지을 수 없었기 때문이다.

인간은 어차피 하고 싶은 것을 다 하고 죽을 수는 없는 피조물이다. 여행도 마찬가지다. 보고 싶은 곳을 다 볼 수는 없으니 우선순위를 정할 수밖에 없고, 우선순위는 여러 사람이 필요로 하는 보편성이 기준이 되는 수밖에 없다. 배낭여행을 할 나이도 아니니 다시 올 가망이 없어서, 보지 못한 것들은 가슴에 접어두는 일에 미련이 생기는 것뿐이다.

2017년 5월

인도의 나무들

사는 일이 힘에 겨워 어디론가 도망을 가고 싶어지는 때면, 나는 팔베개를 하고 누워 인도를 생각한다.

어포인트먼트가 필요 없다는 나라. 공작새가 깃을 벌리고 아스팔트 위를 유유히 걸어다니고, 아직도 쇠똥을 연료로 쓰는 여인들이 사는 고장. 문스톤보다 책값이 비싼, 그 태고와 현대가 뒤죽박죽으로 뒤섞여 있는 나라는 이상하게도 첫눈에 나를 매혹시켰다. 그래서 나는 늙어 기력이 쇠잔해지면 인도에 가서 쉬고 싶다는 생각을 하게 되었다. 영혼을 정화시킨다는 그곳의 강물에 이따금 발을 담그고, 조금씩 먹고 조금씩 사는 슬기를 배우면, 죽음을 기다리는 노년의 세월이 아주 평화로울 것 같은 느낌이 들었던 것이다. 그것은 어쩌면 인도의 나무들이 풍기는 열반 같은 정밀靜謐의 분위기 때문이었는지도 모른다.

몇 해가 지났는데도 나는 인도에서 처음 맞은 그 새벽의 신비한 풍경을 잊을 수 없다. 땅에서 안개가 조용히 피어오르고 있었다. 그 안개 너머에 겨울인데도 부겐빌레아의 꽃이 무더기로 피어 있었다. 그리고 나무들이 있었다. 당산에 있는 신목神木과도 같고 성황당에 서 있는 느티나무와도 같은 장엄한 거목들이 넓은 사원의 잔디밭 사이사이에 띄엄띄엄 떨어져서 우뚝우뚝 솟아 있었던 것이다. 밑동이 안개에 가려져 있어 나무들은 수면에 뜬 섬 같은 인상을 주었다.

그런 거목들은 어디에나 있었다. 인디언 게이트의 여유 있는 녹지대, 유채꽃이 한없이 피어 있는 아그라 근처의 노란 들판, 파테푸르 시크리로 들어가는 길섶 같은 곳에서 나는 수시로 그 신목 같은 장엄한 나무들을 만났다.

이상하게도 그 나무들은 늘 땅을 떠나 있어, 잎만 뭉게구름처럼 풍성하게 이고 있는 형상을 하고 있었다. 때로는 안개가, 때로는 땅거미가, 때로는 들판을 가득 채운 유채꽃이 나무의 짧은 밑동을 가려버리기 때문이다. 그래서 그것은 섬과 같았고, 어떤 때는 또 뭉게구름 같았다. 그 그늘 아래 누우면 무사無私의 정밀경靜謐境에 도달할 것 같은 안심스러운 마음이 저절로 솟게 하는 신비한 힘을 가진 나무들이었다.

며칠 후에 대사관 차로 시내 구경을 할 기회가 있었는데, 그 차 속에서 나는 인도의 나무에 대한 놀라운 이야기를 듣게 되었다. 인도의 나무는 수종樹種과 연륜年輪을 가리지 않고 모두가 여름이면 꽃을 피운다는, 믿기 어려운 이야기였다. 하지만 그건 사실이란다. 나는 눈을 감고 풍성하게 널려 있는 거대한 나무들의 뭉게구름 같은 잎 사이에서 일제히 원색의 꽃들이 피어나는 광경을 상상해보았다. 그것은 풍요롭고 황홀한 구도였다. 풍토의 여건에 따라 어느 나무나 다 꽃을 피울 수 있다는 사실은 얼마나 달가운 하나의 계시인가. 나는 그런 계절에 다시 인도에 찾아와 그 무변의 광활한 땅이 꽃으로 뒤덮이는 광경을 꼭 보고 싶었다.

하지만 내가 그 소원을 입 밖에 내자, 우리의 안내인은 펄쩍 뛰며 질색을 했다. 그 계절은 바로 인도의 지옥이라는 것이다. 나무마다 꽃을 매달게 하는 그 원동력은 다름 아닌 인도의 살인적인 더위 그것이기 때문이란다. 더위 때문에 해충이 모조리 죽어버리는 끔찍한 고장이 여름의 인도라 한다. 벌레가 그 생명을 유지하지 못할 정도의 혹서라면, 인간의 생존인들 얼마나 고달플까?

세상에 어둠을 수반하지 않는 밝음이란 없는 것, 그냥 공짜로 밝음만 주어지는 그런 지복至福의 상태는 있을 수 없다는 엄숙한 깨달음이, 꽃으로 뒤덮이는 인도에 대한 나의 황홀한 꿈을 산산이 부수어버렸다. 결국 섬 같기도 하고 뭉게구름 같기도 한 거목들의 위용은 벌레도 살 수 없는 열혈 지옥을 참고 견딘 인고의 역정에 대한 신의 보상이었던 것이다. 거창한 나무 밑동마다 제단을 쌓고 싶어 한 옛사람들의 마음을 이해할 것 같은 기분이 되었다. 그렇다면 더위는 나무의 질곡인 동시에 구제가 아니겠는가.

그랬는데 세월이 다시 흐르고, 쌓이는 연륜이 내게 감당할 수 없는 힘든 일을 자꾸만 떠맡기는 시간이 거듭되자, 혹서의 참담한 신화는 내 속에서 삭아 자취를 감추고, 풍요의 상징 같은 거목의 느긋한 여유와 정밀靜謐만이 남아 나날이 그 부피가 커져갔다. 늙으면 그곳에 가 쉬고 싶다는 생각이 다시 살아나는 것이다.

그렇게 편리한 심리적 전환이 가능한 것이 여행객이 누리는 특권이요 축복이다. 내가 아는 인도는 날씨가 청명하고 쾌적한 1979년 2월의 뉴델리와, 알라를 부르는 영검스러운 음향이 하얀 대리석 벽면에 신비하게 메아리치던 타지마할, 그리고 아그라밖에는 없다. 얻어들은 더위의 무서움에 대한 이야기는 사실상 나와 무관하다. 내게 있어서 인도는 아직도 시원한 곳이고, 거기에는 풍성한 잎을 인 무우수無憂樹들이 벌레를 모르는 푸르름 속에서 여전히 신목처럼 권위 있게 빛나고 있을 뿐이다.

1982년 3월

시간 너머에 있는 나라

　내 머릿속에 남아 있는 인도는 시계가 없는 나라이다. 한밤중에 뉴델리 공항에 내려 그곳 시간을 알려고 청사 안을 두리번거렸는데, 아무리 찾아봐도 시계가 없었다. 7억의 인구를 가진 대국의 수도의 국제공항에 시계가 없는 것이다.

　하기야 1979년의 일이다. 하지만 그때 이미 일본에서는 신문 구독자를 늘리기 위해 싸구려 시계를 보너스로 줄 정도로 시계가 흔해져 있던 때였다. 요즘 세상에 시계가 없는 국제공항이 어디 있겠는가?

　설마 가난 때문은 아닐 것 같고, 기계문명의 후진성 때문도 아닐 것 같다. 인도는 그때 이미 핵무기를 가진 나라였다. 그렇다면 공항에 시계가 없는 것은 인도 사람들의 시계에 대한 무관심에서 온 것이 아닐까 하는 생각이 문득 떠올랐다. 인도인들의 외모 때문이었던 것 같다. 인도에는 수천 년을 살아온 사람들처럼 시간을 초월한 것 같은 풍모를 지닌 노인들이 많고, 아이들도 도통한 사람처럼 무심한 얼굴들을 하고 있어, 시침이나 초침과는 인연이 없는 인종 같은 느낌을 주고 있었다.

그 느낌은 적중했다. 인도인들은 우선 서두는 법이 없다. 교통순경이 없어도 교통사고가 별로 나지 않는 나라가 인도라는 것이다. 다음 날 시내를 안내해준 대사관 직원에 의하면 인도는 "life without appointment"라는 말로 요약되는 나라여서, 시간 약속을 하더라도 미리 많이 에누리를 해서 대비하는 편이 좋단다.

시간 약속 같은 것에 구애를 받지 않는다는 건 시계의 세계에서 초월해 있다는 뜻이 된다. 하기야 '겁劫' 같은 것을 시간의 단위로 생각하며 영원 속을 윤회하면서 사는 사람들에게 일부인日附印 같은 것이 무슨 의미가 있으며, 시계가 지시하는 연대기적 시간chronos이 무슨 중요성을 지니겠는가? 인도인들은 역사를 중요시하지 않는다는 소리를 들었을 때, 히브리어에는 chronos에 해당되는 단어가 없다던 말이 생각났다. 종교는 chronos와 무관한 세계이고, 그래서 인도의 공항에는 시계가 없었던 모양이다.

그러자 나는 갑자기 자유로워지는 느낌이 들었다. 한국에서의 내 생활은 늘 분초를 쪼개는 각박한 것이었고, 그래서 나는 너무나 시계의 구속 속에 갇혀 살아왔던 것이다. 모처럼 이런 신기한 나라에 온 김에 이쪽도 한번 시계의 얽매임에서 벗어나보는 거다 싶어 마음을 느긋하게 잡고 하루를 아주 자유롭게 보냈다. 거리에 즐비해 있는 택시를 아예 대절해서 가고 싶은 곳을 마음대로 누비면서 그날 나는 날개가 달린 사람처럼 해방감을 만끽했다. 인도의 택시값은 종일 타도 10달러밖에 나오지 않았고, 인도에는 발 닿는 곳마다 유적이 있어 나의 하루는 무한히 풍요로울 수 있었다.

하지만 그 해방감은 그리 오래가지 못했다. 다음 날 시간 약속을 할 일이 생겼기 때문이다. 갑자기 네팔에 가기로 의견이 모아져서 사진이 필요해진 나는 회의장에 모여든 사진사 중 하나를 붙잡고 증명사진을 찍었던 것이다. 다음 날 아침 9시까지 그가 사진을 가져와야 일행이 모두 네팔에 가게 되기 때문에 귀에 못이 박히도록 시간을 일러주었는데, 11시가 되어도 그는 나타나지 않았다. 할 수 없이 단체 사진을 오려 비자 신청을 하고 있는데 12시가 다 되어 겨우 나타난 사진사의 손은 비어 있었다. 너무 급해서 사진을 잊어버리고 몸만 왔다는 것이다. 그 말을 곧이들은 나는 택시를 잡아타고 그와 함께 사진관이 있다는 올드 델리로 갔다. 그런데 차가 들어갈 수 없는 좁은 골목 앞에 차를 세우더니 잠깐만 기다리라고 말하고 간 그가 한 시간이 지나도 나타나지 않았다.

올드 델리의 지저분한 골목에 차가 멎자 거지 애들이 차를 에워쌌다. 운전수가 다급하게 문을 잠그라고 소리 질렀다. 어느새

차창에 뱀을 목에 감은 사람들이 몰려오는 차 속에서, 운전수는 내게 인도의 문제는 자식을 부양할 능력이 있는 사람들은 산아 제한을 하는데 이 동네처럼 극빈자들이 사는 곳에서는 아이를 무제한으로 낳는 데 있다고 일러주었다. 그래서 간디 여사가 불임수술을 강행하게 되었는데, 게으른 관리들이 머리수만 채우려 총각들까지 마구 불임수술을 해서 결국 간디는 실각했다는 것이다. 그래도 자기들 같은 'small peaple'을 사랑한 것은 현 정권이 아니라 간디 정권이었다고 그는 파열음을 모두 된소리로 발음하는 인도식 영어로 설명해주고 있었다. 하지만 그의 설명을 들으며 한정 없이 기다리고 있을 수는 없었다.

내가 회의장으로 돌아오고도 한 시간이 더 지나서 사진사는 나타났다. 이륜차를 타고 온 걸 보니 자기 깐에는 서두른 모양이다. 성자 같은 어진 웃음을 만면에 띤 그는 내게 소리 없이 여덟 장의 사진을 내밀었다. 미안해서 잘못된 것까지 모두 인화해온 것이다.

그의 표정을 보니 나는 맥이 쑥 빠져서 욕도 나오지 않았다. 그는 내가 왜 화를 내는지 아는 것 같지 않았다. 다만 자기로 인해 한 인간의 심기가 불편해진 것만 미안했던 것이 아닐까? 그로 인해 객지에서의 금쪽같은 하루가 완전히 허비되고 만 것을 생각하니 울화통이 터져 견딜 수 없는데, 그는 마치 병든 아이를 지켜보는 어머니 같은 표정을 하고 있는 것이다.

돌이켜 생각해보니 하루를 허송한 것은 나만이 아니었다. 그도 종일 내 일로 시간을 보냈다. 게다가 넉 장 줄 사진을 여덟 장이나 주었고, 리키샤까지 타고 왔으니 그는 이중으로 공친 셈이다. 공작 부채 하나가 백 원밖에 안하는 나라에서 하루를 공쳤으니 그는 어쩌면 가족과 함께 굶고 잘지도 모른다. 그런데 어떻게 저런 한가로운 표정을 지을 수 있을까.

그것은 어쩌면 시계의 세계를 무시하는 데서 오는 여유일지도 모른다는 생각이 들었다. 허름한 도티[1]를 입은 그 맨발의 사진사는 태초의 인간처럼 그 영혼에 현세의 때가 묻어 있지 않았고, 그래서 그를 보고 있으면 부처님이 살던 그때의 인간을 보는 느낌이 들어 마음이 차분히 가라앉았다.

그렇다. 그것은 태초의 세계다. 비단 그 사람뿐 아니다. 인도 전체가 그 아득한 태초의 세계와 이어져 있다. 새벽마다 그악스럽게 울어대는 까마귀 소리, 국도에서 어슬렁거리며 한가롭게 걸어다니는 낙타와 공작새들, 바늘을 대지 않아도 입을 수 있는 여인들의 옷, 맨발의 아이들, 연료로 쓰이는 쇠똥…… 그 모든 것들이 태초의 시간들을 간직하고 있다. 사람이 아직도 대지와 이어져 있던 그 세계, 루카치의 말을 빌리면 인간의 내면에 심연

---

1 인도의 남성들이 입는 전통 의상.

이 생기기 이전의 그 축복받은 세계를……

　비록 핵무기를 가지고 있다 하더라도 인도는 아직도 원초의
들판이다. 그리고 그것이 인도의 매력이다.

　　　　　　　　　　　　　　　　　　　　　1984년 7월

어느 고양이의 꿈

우리 어머니는 큰 방에서 사는 걸 좋아하셨다. 집이 작으면 다른 부분을 생략하더라도 큰 방 하나는 꼭 확보하신다. 단칸방에 살더라도 방 하나는 파격적으로 커야 하니까 셋방살이를 하지 못한다. 그것 때문에 피난을 가서도 세를 드는 대신에 하꼬방을 지어 살았는데, 그때도 안방은 네 평이 넘었다.

어머니의 안방이 커야 하는 이유는 칠남매나 되는 아이들을 모두 한 방에서 재워야 한다고 생각했기 때문이다. 어머니는 아이들이 전부 당신 시야 안에서 잠든 것을 보는 때가 제일 행복하시단다. 비단 자녀들뿐 아니다. 어머니는 방에 사람이 가득 차는 것 자체를 좋아하셨다. 외딸인 데다가 아기 때 모친을 여읜 어머니는, 늘 외로워서 사람이 가득 찬 방을 선호했던 것 같다.

성장기의 이런 여건은 여러 가지 부작용을 낳았다. 사춘기가 되어도 반항할 엄마가 없었던 우리 어머니는, 맏아들이 커서 당신에게 반항하는 심리를 전혀 이해하지 못하셨다. 혼자 있고 싶어 하는 것도 마찬가지다. 그래서 아이들이 사춘기가 되어 반항하거나 각방 쓰기를 원하면 어머니는 세상이 무너지는 것처럼 불안해지셔서 무조건 화부터 내셨다. 월남하기 전에 살던 우리 집에는 방이 다섯 개가 있었다. 함경도의 집들은 양통식으로 되어 있다. 건물의 가운데가 가로로 막히고 앞쪽과 뒤쪽으로 방들이 나뉜다. 큰 집은 정지방[1] 말고도 밭 전(田) 자 모양으로 방이 네 개가 있다. 넉 자 정도의 넓은 툇마루가 달린 앞쪽이 남자들의 거처다. 정지는 앞뒤 방 두 개를 합친 넓이를 가지고 있어 아주 크다. 게다가 부엌, 바당(토방)과 이어져 있고, 그 너머에 광과 외양간이 붙어 있다. 정지칸[2]은 거의 건물의 반을 차지한다.

　함경도의 정지방은 온 가족이 모여 생활하는 거실과 식당, 침실을 겸하는 공간이다. 거기에는 신과 가축의 자리도 있다. 추운 지방이라 소의 월동을 위해 외양간을 부엌 맞은편에 만든 구조인데, 여물을 주기 좋으라고 소들을 정지방을 향해 매놓아서, 자

1　'정주간'의 북한어. 부엌과 안방 사이에 벽이 없이 부뚜막에 방바닥을 잇달아 꾸민 공간. 부뚜막의 열기가 보존되는 따뜻한 공간으로, 식사나 손님맞이 등 다용도로 사용된다. 함경도 지방에서 많이 볼 수 있으며, 줄여서 '정지'라고도 한다.
2　정지방과 주변의 토방이나 광 등을 포함하는 공간.

다 깨보면 눈을 끔벅거리며 소가 우리를 보고 있는 것을 발견하게 된다. 신이 거하는 공간은 부엌 동쪽에 있다. 부엌 동쪽 벽에 그릇을 올려놓는 여러 층의 선반이 만들어져 있는데, 함경도에서는 그곳을 조왕이라 부른다. 조왕신이 거하는 공간, 신성 공간이다. 그래서 아낙네들은 그곳을 열심히 단장한다. 뙴질[3]을 오래 해서 마호가니빛이 나게 만든 선반 꼭대기 층에는 신줏단지와 씨앗단지들을 올려놓는다. 우리 집은 어머니가 크리스천이어서 신줏단지는 없었고, 청색으로 모란이 그려진 하얀 항아리에 씨앗을 담은 것이 가지런히 놓여 있었다. 맨 아래 칸에 놓이는 모랭기(작은 목기 함지)들도 잘 뙴질을 해서 고운 빛을 내고 있었고, 가운데 두 칸은 사기나 유기 등으로 만든 일상적인 그릇이 차지했다. 목숨 수壽 자나 복福 자가 새겨진 그릇들도 아름답지. 잘 닦인 유기그릇도 아름답다. 그래서 조왕은 외양간까지 있는 어수선한 정지칸에서 가장 아름다운 부분이 된다.

조왕 아래 부엌 바닥에는 물이 열 동이쯤 들어가는 물두멍이 있고, 그 옆의 중앙 부분에 정지와 같은 높이로 솥이 네 개 걸려 있다. 무쇠로 된 솥들도 목기들처럼 기름칠이 잘 되어 역시 봐줄 만하다. 문제는 '바당'이라 불리는 토방과 외양간이다. 토방은

---

3 목기에 기름을 발라 광을 내는 것을 뜻하는 함경도 사투리.

정지보다 1미터쯤 낮고, 거기에는 땔감과 소여물, 작두 같은 것들이 널려 있어 언제나 지저분하다. 한 여자는 바당에서 소에게 여물을 주며 불도 때고, 다른 여자는 반찬도 장만하고 밥도 푸면서 정지에서 일하는 것이 함경도의 정지 풍경이다. 아늑한 것을 좋아하고 지저분한 것을 견디지 못하는 나는 그 휑하니 크고 어수선한 정지칸과 바당을 몹시 싫어했다. 잠이 안 오는 밤에 어둠 속에서 소가 되새김질하는 소리를 듣는 것도 끔찍한 일이었다.

그런데 어머니가 툭 터진 공간을 좋아해서 우리는 언제나 정지에서 생활해야 했다. 유난히 컸던 우리 집 정지에는 끼니때가 되면 대형 두레반[4]이 두 개나 펼쳐졌다. 대가족인 데다 객식구까지 곁들인 푸짐하고 넉넉한 식탁 풍경이다. 식후에는 같은 곳에서 각자가 자기 맡은 일을 한다. 할머니와 동네 여자들은 왼쪽 치마를 무릎까지 걷어 올린 자세로 무릎에 비벼가며 삼베 실을 잣고, 어머니는 발틀에 올라앉아 바느질을 하며, 아이들은 두레반에 모여 숙제를 한다.

밤이 되면 노존[5]이 즐비하게 깔린 정지는 그대로 식구들이 모여 자는 침실이 된다. 할아버지는 작은댁에, 오빠와 아버지는 서

---

4 여럿이 둘러앉아 먹을 수 있는 크고 둥근 상.

5 일본의 삿자리 상품.

울에 살고 있어서, 남동생과 조카를 빼면 어머니의 정지는 언제나 여자로 가득 찼다. 우리 집에만 여자가 여덟이니 저절로 여인국이 되는 것이다. 어머니는 자리가 모자라면 머리를 마주 대고 자게 할망정 아이들에게 딴 방을 주는 일은 절대로 없었다. 어머니는 조왕신이 보는 앞에서 뜨개질을 하면서 자녀들의 자는 얼굴을 관찰했다. 보기만 해도 건강 상태와 심리 상태가 다 나타나기 때문에 여러 아이를 건사하기에는 편리한 면도 있었을 것이다. 아버지는 외지에서 딴살림을 하고 있었지만, 그 원시적인 정지칸에서 어머니는 풍요 신처럼 늘 거룩하고 당당했다.

어머니의 정지에서 같이 자던 풍속도는 지금도 자취가 남아 있다. 어쩌다 내가 로스앤젤레스에 가면 거기 있는 네 자매가 모여들어 나랑 한방에서 잔다. "우리 오늘 같이 자자아!" 그러면서 언니들이 눈을 빛낸다. 오랜만에 살을 비비며 같이 뒹굴면 어머니의 정지에 돌아간 기분이 되기 때문이다. 하지만 시차로 인해 잠을 못 이루는 나는 형제들이 다 잠들면 다른 방으로 가서 혼자 책을 읽는다. 그러면 자다 깬 작은언니가 와서 말한다. "어이구야. 넌 아직도 고양이구나!"

'고양이.' 그건 혼자 있는 것을 좋아한다고 어머니가 내게 붙인 별명이다. 문제는 사람이 벅적대는 방을 좋아하는 어머니가 '괭이처럼' 혼자 있기를 좋아하는 나를 낳은 데 있다. 다른 자식들은 모두 그런 분위기에 이의가 없는데, 나만 그걸 못 견뎌 했다. 위가 약하고 빈혈이었던 나는 북적거리는 어머니의 정지 분위기를 아주 싫어했다. 자다가 깨보면 소가 눈을 멀뚱멀뚱 뜨고 우리를 들여다보고 있는 것도 질색이었다. 군선[6]에 있는 왕고모님은 우리보다 훨씬 전에 집을 지었는데도, 정지와 부엌 사이에 미닫이를 달아서 훨씬 아늑하고 문화적이었다. 하지만 툭 터진 것을 좋아하는 우리 어머니는 부엌에 펌프까지 들여놓으면서 칸막이 문은 달지 않았다. 그런 어머니의 정지에서 나는 안정을 잃어 늘 잠을 설쳤고, 항상 흔들리는 배에 타고 있는 것처럼 멀미가 났다. 나는 빈방에 혼자 조용히 있고 싶었다. 그래서 초등학교 3학년 때 "오빠가 쓰던 윗방에 가서 혼자 자면 안 되느냐"고 어머니에게 물어본 일이 있다. 그 방은 1년에 열 달은 비어 있으니 전혀 문제가 없어 보였다. 오빠 방에는 유리에 그림이 그려진, 현대화된 의걸이[7] 2층 장이 있고 축음기와 책상이 있어 깔끔했을 뿐 아니라, 사방을 막아주는 벽도 있어서 아늑했다.

그런데 내 말을 들은 어머니는 질색을 하셨다. "괭이처럼 혼자 있는 걸 좋아하면 외롭다"는 것이 어머니가 펄쩍 뛰는 이유였다. 어머니는 그걸 믿어 의심치 않았다. 그래서 쪼그만 계집애가

---

6 함경도에 있는 지명.

7 위는 옷을 걸 수 있고 아래는 반닫이로 된 장.

혼자 있고 싶어 하는 걸 몹시 불온하게 생각하셨다. 마치 무슨 나쁜 병에나 걸린 것같이 끔찍하게 여겼던 것이다. 해방이 되어 아버지와 같이 살게 되었을 때도 어머니의 안방 풍속도는 변하지 않았다. 그때는 피난살이였으니까 한방에서 사는 일에 나도 이의가 없었다. 하지만 작은 마님과 단둘이 오붓하게 살던 아버지는 달랐다. 열 살짜리 남동생이 부산을 떨면 짜증을 내셨다. 페미니스트인 아버지는 원래 남자아이를 별로 좋아하지 않았다. 불행하게도 그 아이가 아버지와 한방에서 산 지 석 달 만에 폐렴에 걸려 죽자, 그 일은 어머니를 많이 노엽게 만들었다. 그래서 아버지에게 어머니가 오금을 박으면서 한 말이 "괭이처럼 혼자 있기를 좋아하니 늘그막이 외롭겠다"는 예언이었다.

카산드라의 불길한 예언처럼 그 말은 적중했다. 어머니는 육남매가 지켜보는 가운데서 이승을 떠나셨다. 그런데 아버지는 외아들을 잃고 딸들도 다 이민 가서 나 하나만 있는 데서 외롭게 노년을 보내셨다. 어렸을 때 어머니를 독점하고 싶어서 "외딸이었으면 좋겠다"는 생각을 한 적이 있는 나도, 외딸이 짊어져야 하는 부담과 고독 앞에서 몸서리를 쳤다. 나도 자리를 비운 사이에 아버지가 임종하신 날, 나는 우리 부녀가 둘 다 고양이 같아 벌을 받는 것 같다는 생각을 했다.

합숙소 같은 어머니의 정지 풍경은 우리가 더 큰 집에 이사 가서 안정된 생활을 할 때에도 여전히 계속되었다. 원효로에 있던 우리 집은 방이 다섯 개 있는 적산 가옥이었는데, 결혼한 자녀 둘이 하나씩 차지했다. 그러고도 방이 세 개나 남았는데, 미혼 자녀들이 딴 방에서 자는 것을 싫어한 어머니는 아버지와 밑의 네 아이를 데리고 큰 방을 같이 쓰셨고, 나머지 방 두 개는 고향 피난민들에게 내주었다. 그 일에는 아버지도 이의를 달지 않았다. 피난민들은 모두 당신을 의지해 월남한 사람들이었기 때문이다. 방만 주는 것이 아니라 입히고 먹이는 일까지 부담하는 규모가 큰 구호 사업이 시작되었다. 식구가 스무 명도 넘어서 남자 식모가 쌀을 한 말씩 삶아대야 하는 그 난리 속에서 나는 신경쇠약에 걸려 나날이 여위어갔다.

하지만 그 일은 오래 계속되지 못했다. 아버지의 탄재炭材 회사가 망했기 때문이다. 아버지가 부양 능력을 상실하자 피난민들은 자동적으로 떠나갔고, 오빠네와 형부네와 작은 언니는 취직해서 군산으로 내려갔다. 그때 어머니는 대지를 잃은 지모신처럼 풀이 죽고 왜소해 보였다. 사람들이 모여들지 않는 것이 어머니를 못 견디게 한 것이다. 하지만 나는 식구가 단출해지는 것이 좋아서 가난이 닥쳐오는 것도 개의치 않았다. 우리는 작은 방 세 개가 있는 연립주택(나가야)으로 왕창 줄여서 이사를 했는데, 다다미 석 장짜리나마 내 방을 가지게 된 것은 그 작은 집에서였다. 그건 내 오랜 숙원의 성취였다. 나는 큰 방을 원한 것이 아니기 때문이다. 하지만 생활이 어려워져서 곧 2층은 세를 주고 우리는 다시 지렁이 가족처럼 한방에서 엉겨 살게 되었다.

나만의 공간을 확보하기 위한 노력은 그 후에도 몇 년이 지난 다음에야 성취되었다. 아이로니컬하게도 부산에서 역사상 가장 작은 집을 지을 때, 그 일이 이루어졌다. 여남은 평의 작은 판잣집을 지으면서, 어머니는 서울대에 들어간 나를 위해 폭 넉 자짜리 골방을 따로 만들어준 것이다. 어머니는 아마 당신의 팔 하나를 잘라내는 것 같은 비장한 심정으로 그 방을 내게 주셨을 것이다. 드디어 소원을 이룬 나는 그 골방에서 행복했다. 비가 올 때마다 도배종이가 들뜨는 서푼 판자벽에 시험지 같은 것으로라도 번번이 새로 도배를 하면서, 나는 그 작은 방에서 밤을 새우며 서정주와 정지용, 보들레르, 도스토옙스키, 카뮈 등의 작품들을 읽었다.

다행히도 나는 혼자 있는 일을 죄로 여기지 않는 남자를 만나 결혼했고, 그래서 고양이인 것이 흉이 되지 않는 세월을 편하게 살았다. 하지만 아이가 셋이 생기니까 나의 정지도 조용할 틈이 없었다. 아이 셋이 모여 떠들고 장난치고 난리를 부리는데, 손님들도 줄창 들락거린다. 주인이 원하건 원치 않건 주부의 방은 드나드는 사람들의 휴식처일 수밖에 없다. 처녀 때처럼 다락에 숨어버릴 수도 없지 않은가? 그러다 보니 나는 공부할 자리가 없는 대학교수가 되어 허덕이게 되었다. 그러자 다시 나만의 공간을 향한 갈망이 솟구치기 시작했다. 버지니아 울프가 부르짖던 것과 같은 것이 내게도 필요했던 것이다. 더도 덜도 말고 1년만 살림과 가계부와 가족들의 치다꺼리에서 벗어나, 공부만 하면서 살고 싶다는 간절한 바람이 내 안에서 커가고 있었다.

결혼한 지 34년이 지나서야 그 소원이 이루어질 기회가 왔다. 해외 파견 교수의 차례가 온 것이다. 마침 며느리가 같이 있던 시기여서 살림 걱정을 안 해도 되었고, 도쿄대와의 협의도 잘 되어 내가 원하던 '한일 모더니즘의 비교 연구'를 위한 모든 여건이 갖추어졌다. 그런데 떠나려고 건강 진단을 위해 찍은 필름에서 문제가 나타났다. 뇌하수체에 혹이 생겼다는 청천벽력 같은 진단이 나온 것이다. 그것도 떠나기 전날에야 알게 되었다. 8월 말이니 여기서는 이미 새 학기가 시작된 후였고, 연구비를 받은 지 한 달이나 지나서 물릴 수도 없었다. 암담한 기분으로 비행기에 올랐다. 검사 기간만 3개월이 소요된다니 최악의 경우 중도에 돌아갈 각오를 하고 그냥 떠난 것이다.

그렇게 해서 오늘 나는 신주쿠의 오피스 타운에 있는 한 아파트에 짐을 풀었다. 마침 소독한 날이라 수돗물에서는 클로로칼키 냄새가 진동하고, 창밖에서는 자동차 소리가 지축을 울린다. 5미리 유리창을 뚫고 5층까지 처들어오는 소음은 착암기로 두 개골을 빠개는 것처럼 악착스러웠다. 집안일을 정리하고 오느라고 과로해서 몸살까지 겹쳐 열이 나기 시작했다.

휴가철인 데다가 대부분이 사무실이어서 밤의 아파트는 텅텅

비어 있었다. 유령의 집 같은 빈 건물 5층에서 아픈 몸으로 밤의 신주쿠 거리를 내려다보고 있으려니까, 문득 내가 공중에 높이 떠 있는 골리앗 크레인에 혼자 갇혀 벌을 받고 있는 기분이 되었다. 그 순간 어머니의 얼굴이 떠올랐다. 내가 혼자 자겠다고 처음 말했을 때 경악하던 그 모습이.

공부를 한답시고 내가 버리고 온 우리 집에는 말랑말랑한 볼기를 가진 갓 태어난 아기가 있고, 바스락거리기만 하면 아무 때나 눈을 떠주는 남편이 있다. 어머니는 아버지도 없는 집을 평생 한 번도 떠날 생각을 하지 않고 지켰는데, 혹시 내가 잘못을 저지른 것은 아닐까? 그 잘못에 대한 벌로 뇌에 혹이 생겨난 것은 아닐까? 겨우 꿈이 이루어지려는 시점에 머리에 혹이 생겨서 그러지 않아도 심란한데, 그런 죄의식까지 생기니 귀양 와서 위리 안치된 죄수처럼 마음이 더할 수 없이 삭막했다. 그때 "freedom is exile"이라는 사르트르의 말이 생각났다. 자유가 원래 귀양살이와 같은 외로움과 직결되어 있는 것이라면, 그동안의 나의 부자유는 얼마나 큰 축복이었던가.

하지만 나는 그 축복을 버리고 귀양살이를 택한 자신의 선택을 후회하지는 않았다. 나는 이미 60이 됐고, 더 이상 양보할 시간이 없었다. 병으로 좌절할 것이 분명한 출발이라는 점이 문제기는 했지만, 공부만 하며 사는 시간은 대학교수인 내게는 필수적인 것이기 때문에 그런 선택은 불가피했다. 그것은 남자들에게는 아무 때나 허용되고 있는 것이다.

그렇더라도 어머니에게는 용서를 빌고 싶다. 당신이 원하는 것을 들어드리지 못했기 때문이다. 사랑과 궁합은 모녀 사이에서도 별개의 것인가 보다. 지금 내가 바라는 것은 저승에도 어머니가 원하는 큰 정지칸이 있었으면 하는 것이다. 거기에 뒤따라간 가족들만이라도 모아놓고 어머니가 흡족해하실 수 있게 말이다.

1992년 9월 신주쿠에서

정오의 공원

노숙자가 벤치에서 자고 있다. 머리가 모두 하얗게 센 늙은 남자다. 날마다 서쪽에서 두 번째 벤치에 단정하게 앉은 자세로, 그는 언제나 고개를 깊이 떨어뜨리고 잠만 잔다. 머리를 공손하게 숙이고 자는 그의 모습은 무언가를 몹시 뉘우치고 있는 사람 같아 '회한悔恨'이라는 제목이 붙은 조각을 보는 기분이다. 그의 옆에는 종이 봉지 몇 개가 놓여 있다. 그것들이 그가 가진 전 재산인 것 같다. 자리를 잡은 다른 노숙자들은 돗자리도 있고, 이불도 있고, 냄비도 있다. 그들은 누가 보든 말든 이불을 깔고 누워 편안한 잠을 잔다. 그래서 나름대로 자신이 선택한 삶을 사는 사람의 자유로움이 엿보인다. 남들이 손에 땀을 쥐고 뛰는 시간에 늘어지게 잘 수 있다는 것도 일종의 복이 아니겠는가. 그 늙은 양반도 제발 어딘가에 발을 길게 펴고 누워서 잤으면 좋겠다.

허옇게 버짐이 핀 그의 맨발이 퉁퉁 부어 있다. 머지않아 겨울이 오면, 그는 저렇게 앉아 자는 자세로 새처럼 건조하게 죽어 있을 것만 같다.

이 풍요의 나라에 너무나 많은 노숙자가 있다는 사실에 나는 좀 놀란다. 그리고 그들이 모두 남자라는 사실에 더 놀란다. 이곳 신주쿠의 중앙공원에는 외국인 노숙자들도 많은데, 그들도 남자이고 모두 한가하다. 구걸 같은 걸 하지 않는 홈리스들이다.

'이토노 타키'라는 폭포수 근처에 가니, 한 떼의 아이들이 보모와 함께 나타난다. 기저귀를 겨우 벗어버린 세 살 정도의 아이들이다. 10월도 막바지에 들어 나무들이 핏기를 잃어가는 계절인데, 그들은 모두 반바지에 짧은 소매를 입고 있다. 주홍, 노랑, 파랑, 빨강. 그 손바닥만 한 면적의 헝겊들이 꽃 이파리처럼 나무 사이사이에서 나부낀다. 아이들은 자신이 서서 걷는 일이 그저 신기한 듯, 뒤뚱거리며 저마다 즐겁다. 마음껏 자란 나무들이 울창하게 하늘을 덮고 있는 공원의 가을에, 그들의 작은 신발이 점묘화를 그린다.

아이 하나가 벤치에 앉아 있는 나를 본다. 집에 두고 온 석 달 된 손자를 보는 눈으로 내가 그를 보고 웃자, 아이는 단박에 그 사랑을 눈치챈다. 그리고 나와 놀고 싶어 한다. 그러면서 또 낯가림도 한다. 내 근처로 마구 다가오다가, 어느 지점에 오면 멋쩍어하며 맴을 도는 것이다. 다른 아이가 또 나를 발견한다. 내가 웃어준다. 아이도 웃는다. 그리고 마구 내게로 다가오다가, 가까워지면 멈춰 서서 맴을 돈다. 저쪽 숲속에도 한 떼의 아이들이 모여 있다.

샌프란시스코의 유아원에서 공원으로 가는 아이들의 행렬을 지켜보던 일이 생각난다. 외손자가 한국에서 두 달 있다 가서 처음 등교하던 날의 일이다. 그새 영어를 잊어버린 아이는 유아원이 낯설어 크게 소리를 내며 울었다. "집에 갈래!" 그렇게 한국말로 악을 쓰며 우니까, 검은 피부를 가진 큰 아이가 "He speaks funny!" 하면서 우는 아이를 놀려댔다. 올페라는 신화적인 이름을 가진 여윈 남자 선생이 손자를 안아주었다. 오른손으로 아이를 감싸안은 자세가 어쩌나 다정한지 고마워서 눈시울이 뜨거워졌다. 그는 곧 아이들을 데리고 공원을 향해 떠났다. 형형색색의 옷을 입은 검고, 희고, 노란 아이들이 제가끔 영어로 재잘대면서 시야에서 사라져갔다. 그들에 비하면 여기 아이들은 모두서로가 너무나 비슷하다. 외양과 옷차림과 행동거지가 유사한 것이다. 하지만 어느 나라나 아이들은 다 비슷하다. 짐승처럼제 감각에 정직하고, 새처럼 아는 것이 적은, 사랑스러운 피조물들……

비둘기들이 아이들 주변에 몰려 있다. 새들은 모이에 열중하여 잠시도 쉬지 않고 움직인다. 금문교 아래 유람선에서 갈매기들의 생존 경쟁을 보던 일이 생각난다. 그 새들은 너무나 허기져 있어 그악스러웠다. 손님들이 들고 있는 모이를 향해 날아오는 새의 몸짓에는 결사적인 그 무엇이 도사리고 있었다. 잽싸게 모이를 낚아채고 달아나는 그 긴박한 움직임을 지켜보면서 갈매기에 대해 가졌던 낭만적인 환상이 산산이 부서졌다. 하지만 여기 비둘기들은 평화롭다. 관리인이 먹이를 풍족하게 주기 때문일까? 아니면 천성이 유순해서일까? 싸우지 않으면서 부지런히 먹는 모습이 보기에 좋다.

언뜻 보면 회색 같은데 비둘기들은 다양한 뉘앙스의 색상을 가지고 있다. '도브 그레이dove gray'는 비둘기의 어느 부분을 가리키는 색깔일까. 등 쪽은 진하고 가슴은 빛깔이 연하다. 그 농담의 회색들을 목둘레에 있는 색깔들이 살려준다. 살짝 녹색을 띤 잔 깃털들이 핑크보랏빛의 그것과 이어져 있다. 새들은 그 부분을 잠시도 쉬지 않고 움직인다. 쾌청한 날의 투명한 가을 햇살이 그 겸허한 현란함에 손을 댄다. 그러면 비둘기의 목털은 잠시 무지갯빛 인광을 뿜는다.

아이들도 원경으로 멀어져가고, 한낮의 공원에 고즈넉한 고요가 내려앉는다. 집짓기로 지은 성처럼 두 개의 탑이 높이 솟은 도쿄 도청 건물 앞을 느긋하게 자란 낙엽수의 거목들이 뒤덮고 있다. 멀리 샐비어 더미가 바라보이는 정오의 공원의 이 정밀靜謐함…… 비둘기와 유모차가 있는 풍경 속에서, 나는 참 오래간만에 무위無爲의 시간을 누리고 있다. 오늘 아직 아무하고도 말을 나누지 않은 정갈한 정신으로 이국의 아이들과 비둘기, 수척해 가는 나무들과 앉아서 잠자는 늙은 노숙자, 하늘과 바람을 모두 가슴으로 안는다.

일상의 모든 끈에서 풀려나와 지금 나는 새처럼 자유롭다. 하지만 나는 곧 병원에 입원해야 한다. 어쩌면 거기에서 살아 나오지 못할지도 모른다. 그래도 세상 어느 한구석에 이렇게 아름다운 시간이 있다는 것, 이렇게 평화로운 장소가 있다는 것은 얼마나 크나큰 축복인가. 설사 그 구도 속에 내가 없대도 말이다.

1992년 10월

신주쿠의 중앙공원에서(뇌 수술을 앞두고)

문 밑으로 밀어 넣은 사랑의 메시지 — 도스토옙스키 기념관

    페테르부르크는 도스토옙스키의 도시다. 17세 때 공병학교에 입학하기 위해 모스크바를 떠난 도스토옙스키는 10년의 시베리아 유형 기간과 해외로 여행한 시기를 제외한 모든 시간을 이 도시에서 살다가 갔다. 페테르부르크에는 그가 다닌 학교가 있고, 스무 번이나 옮겨 다닌 셋집들이 사방에 널려 있으며, 갇혀 있던 페트로파블롭스크 요새와 처형당할 뻔했던 세묘놉스키 광장이 있고, 라스콜니코프가 대지에 입을 맞추면서 신에게 용서를 빌었던 센나야 광장, 그리고 도스토옙스키가 숨을 거둔 마지막 집과 무덤이 있다.

    발자크의 번역자이며 디킨스의 애독자였던 도스토옙스키는 자신의 작품의 무대를 자기가 잘 아는 장소로 설정하는 경향을 지니고 있었다. 그것은 '지금-여기'의 크로노토포스를 선호하는 리얼리스트적인 자세다. 지번地番이 분명한 곳에 세워놓았기 때문에, 사상의 추상성과 주제의 무거움에도 불구하고 그의 인물들은 현실감을 획득하게 된다. 지금 이 도시에는 『죄와 벌』의 인물들이 살던 집을 도는 순례 코스가 마련되어 있다 한다. 라스콜니코프가 살던 관같이 좁은 지붕 밑 방은 그라즈단스카야 19번지의 꼭대기에 있고, 창녀라는 이유로 집주인에게서 쫓겨난 소냐가 살던 '낮은 3층집'은 그리보예도프 운하 변에 있으며, 라스콜니코프가 죽인 전당포 노파의 집은 그리보예도프가 104번지란다. 이런 지지地誌적인 현실성은 그의 소설의 공통 특징이어서, 우리는 어디에 가나 그의 인물들의 발자취와 만나게 된다. 그것은 어디에 가나 도스토옙스키를 만난다는 이야기도 된다. 그러니까 페테르부르크 전체가 도스토옙스키의 박물관인 셈이다.

문학관 순례 팀이 묵고 있던 모스크바 호텔은 넵스키 대로 막바지에 있었고, 바로 길 건너에 넵스키 사원이 있었다. 그 안의 치흐빈 묘지에 도스토옙스키가 묻혀 있다. 근처에 차이콥스키의 무덤이 있었던 것이 생각난다. 그런데 이번에는 10시에야 문을 열대서 들어가지 못하고, 넵스키 대로를 거쳐 페트로파블롭스크 요새로 향했다. 1849년에 페트라솁스키 사건에 연루되었던 도스토옙스키가 8개월간이나 갇혀 있던 감옥이 요새 안에 있었다. 도스토옙스키 박물관은 쿠즈네츠나가와 도스토옙스키가가 마주치는 코너에 있었다. 페테르부르크에 흔한 반지하층이 있는 5층짜리 건물이다. 도스토옙스키는 이 집 2층에서 1878년 10월부터 1881년 1월까지 살았다. 폐혈관이 터져 갑자기 숨을 거둘 때까지 마지막 3년간을 살다 간 것이다. 평생을 가난 속에서 빚에 쪼들리며 살았던 도스토옙스키는 만년에야 겨우 경제적인 안정을 얻었고, 가정적으로도 행복했다. 신이 마지막으로 그에게 허락한 안정 속에서, 그는 최후의 대작인 『카라마조프가의 형제들』을 썼다. 오랫동안 교정도 제대로 못 본 원고를 형의 빚쟁이에게 빼앗기며 살았던 도스토옙스키에게는, 천천히 구상하고 문장을 다듬어가면서 글을 쓴다는 것이 너무나 큰 행운이요 호사였다. 그런 의미에서 『카라마조프가의 형제들』은 축복받은 작품이라고 할 수 있다.

영어를 못해서 장식으로만 달고 다니는 현지 가이드가 아직 나타나지 않았고, 11시에야 문을 연다고 해서, 좀 일찍 도착한 우리 일행은 박물관 입구에서 시진도 찍고 거리도 감상하면서 시간을 보냈다. 지하로 내려간 곳에 박물관으로 들어가는 나무 문이 있었고, 그 위에 도스토옙스키의 초상화가 걸려 있었다. 이 박물관은 작가의 탄생 150주년을 기념하여 1971년에야 문을 연 것이라는데, 불행하게도 자료가 그다지 많지 않았다. 그의 사후 헌신적인 미망인 안나가 1917년에 그 자료들을 창고에 넣어두고 흑해변의 영지에 갔다가 거기에서 사망하는 바람에 자료가 모두 유실되었다는 것이다. 남편이 죽은 후 30여 년 동안 남편의 자료를 열성적으로 수집하고 관리하던 그녀의 정성이 수포로 돌아간 것이다. 우리나라의 김유정도 이와 비슷하다. 김유정의 조카가 정성껏 수집하고 정리해놓은 자료를 안회남이 출판한다고 가져간 후 갑자기 월북했기 때문에 그의 자료가 모조리 유실되고 만 것이다. 도스토옙스키는 빚 때문에 원고를 빨리 쓰려고 속기사를 채용했다. 마지막 부인 안나도 속기사였다. 그래서 1964년 이후의 작품들은 그의 필적이 아닌 경우가 많다. 하지만 다행히도 일부 원고가 정부의 자료실에 남아 있었고, 손자와 질녀가 보관하고 있던 유품들과 친지들이 가지고 있던 사진, 편지, 책 같은 것을 모아 기념관을 만들었기 때문에 기본 자료가 빈약한 것이다.

2층에 올라가니 이웃 아파트를 터서 만든 전시실과 영상실이 있었다. 그래픽을 이용하여 모던하게 전시한 전시실에는 사진 자료와 원고, 책 등이 시기별로 분류되어 진열되어 있었다. 시베리아 유배기를 다룬 섹션에는 그가 옴스크의 감옥에서 차고 노역을 하던 녹슨 족쇄가 나무 벽에 걸려 있어, 보는 이들을 아프게 했다. 아버지를 잘못 만나 적성에 맞지도 않는 공병학교에 다녀야 했고, 역시 적성에 맞지 않는 군복을 입어야 했던 도스토옙스키. 감옥에서 강제 노동보다 책 읽기가 금지된 것을 더 고통스러워했던 도스토옙스키. 읽고 쓰기를 금지당해 영혼에도 족쇄를 찬 채 10년을 유형지에서 보낸 그의 고통을 생각한다.

하지만 그 끔찍한 체험이 작가에게는 자산이 되었다. 물심양면으로 주리를 틀던 '죽음의 집'에서 이 작가는 많은 것을 얻어 가지고 돌아왔기 때문이다.『죽음의 집의 기록』에는 자율성을 조금 주자 유형지의 죄수들이 어린애들처럼 신이 나서 자기 몫의 벽돌을 예쁘게, 빨리 쌓으려고 경쟁하는 감동적인 장면이 나온다. 누구도 내려가보지 못한 나락 같은 오지奧地에 던져진 도스토옙스키는 뜻밖에도 거기에서 어느 작가도 경험하지 못한 새로운 빛을 발견한다. 흉악범들 안에 아직도 남아 있는 선성善性과 사랑이다. 살인을 저지른 친구가 너무나 가엾어서 그 등을 한없이 쓰다듬어주다가 실성을 하는『백치』의 미시킨처럼, 도스토옙스키는 유형지에서 모든 인간의 아픔을 긍휼히 여기는 크나큰 사랑의 마음을 얻게 된 것이다.

2층에 있는 그의 아파트에는 방이 여섯 개 있다. 그가 쓰던 모자와 단장이 걸려 있는 현관을 지나고 욕실을 지나면 아이들 방이 나온다. 남매가 같이 쓰던 그 방에는 책상과 목마와 인형 같은 것들이 놓여 있었다. 그다음이 부인의 방이고, 그 옆에 식당과 응접실이 있었다. 당대의 러시아를 리드하던 최고의 지성인들이 모여 담소하며 차를 마시던 역사적 장소다. 마지막이 그의 서재. 그가『카라마조프가의 형제들』을 완성하던 책상이 거기 놓여 있다. 그 책을 쓰던 펜과 교정지가 있는 그 책상은, 그의 사후에는 관을 안치했던 장소였다고도 한다. 중요한 역사적 유적이다. 하지만 그 책상에서 가장 감동을 주는 것은 아이들이 잠자는 아빠의 문 밑에 밀어 넣었다는 쪽지 편지들이었다. 도스토옙스키는 밤중에 글을 쓰는 버릇이 있어서 아이들은 아침에 아버지를 못 만난 채 학교에 가야했기 때문에, 아빠에게 이런 쪽지로 자기들의 사랑을 전했다는 것이다.

사랑하는 아빠! 나는 아빠를 사랑해요.

늦게 본 두 아이를 끔찍이도 사랑했던 늙은 아버지는, 그 귀한 아이들과 놀 시간을 줄여가며 밤새워 글을 쓰는 생활을 계속해야 했다. 그것은 위대한 예술가가 짊어져야 하는 일종의 형벌이라고 할 수 있다. 예술가의 아이들도 벌을 받기는 마찬가지다. 원하는 시간에 아버지를 마음대로 만지고 그 품에 안겨 위로받을 수 없기 때문이다. 그런 아쉬움을 안고 아이들이 문 밑으로 그걸 밀어 넣는 장면이 눈에 선하게 떠오른다.

책상 옆에는 붉은색 바탕에 무늬가 있는 천으로 싼 큼직한 소파가 놓여 있다. 등받이가 높은 직선의 엄숙한 라인을 가진 소파다. 거기에서 도스토옙스키가 숨을 거두었다고 한다. 폐혈관이 터져서 피를 토하며 생을 마감했다는 것이다. 그런데 소파가 너무 새것이어서 감동이 일지 않는다. 그런 느낌은 아이들 방의 인형에게서도 왔다. 그 인형은 가짜라는 걸 너무 노골적으로 드러내고 있었다. 다른 가구들도 마찬가지다. 다행히도 도스토옙스키의 서재는 여러 화가들이 스케치해놓은 것이 남아 있어서 그대로 재현하는 일이 가능했다고 한다. 그러나 물건들이 진품이 아닌 건 바꿀 수 없는 사실이다. 그뿐 아니다. 더러 과잉 포장한 흔적도 있었다. 어디에선가 가구들이 실제보다 호화로워졌다고 쓴 것을 본 일이 있다.

　박물관의 가치는 자료의 '진품성authenticity'에 있다고 나는 생각한다. 모사품이나 2차 자료들은 아무리 많아도 가치가 떨어진다. 푸시킨 박물관에 진열돼 있는 '예브게니 오네긴'의 애용품 같은 것은 더 말할 필요도 없다. 그는 작품 속의 인물이기 때문이다. 그래서 우리 박물관에서는 되도록 복제품을 전시하지 않으려고 노력하고 있다. 요즈음은 컬러복사기가 발달하여 진품과 유사한 복제품이 많이 나오는데, 내용이 중요한 자료는 무방하지만 물건은 되도록 복제품을 삼가고 있는 것은 역시 자료의 진품성에 대한 집착 때문이다. 하지만 아무리 진품이라고 해도 그것을 지녔던 사람의 품격이 낮으면 소용이 없다. 도스토옙스키 박물관의 강점은 바로 그곳에 있다. 전 세계 여러 나라에 도스토옙스키 재단이 있어 해마다 운영비를 보내온다는 사실은, 작가의 위대성이 범세계적인 보편성을 얻고 있는 데 기인한다. 작가의 위대함이 자료의 빈약함을 보완하고도 남는 것이다. 모스크바의 푸시킨 박물관에 갔다가 진열장의 디자인이 너무 아름다워 침을 삼키며 바라본 일이 있다. 전관에 널려 있는 모든 진열장이 마호가니로 테를 두른 것으로 통일이 되어 있는데, 그 하나하나에 아름답게 조각된, 디자인이 특출한 발들이 달려 있었다. 그런 걸 만들 돈을 정부가 대주다니 GNP 2천5백 달러의 나라가 어찌 그럴 수 있을까?

도스토옙스키 기념관에는 그런 사치스러운 세련된 미학은 존재하지 않았다. 경제적 여유가 생긴 만년에도 도스토옙스키의 계급은 중산층을 넘지 못했으며, 물건에 대한 심미적 집착도 그에게는 없었던 것 같다. 하지만 톨스토이나 푸시킨처럼 영지를 가지고 있는 귀족 출신들과는 전혀 다른 질박함이 이 박물관에 오히려 개성을 부여한다. 전자가 제정러시아의 귀족 문화의 정수를 대표한다면, 도스토옙스키 박물관은 평민 문화 편에 섰던 작가의 소박한 취향을 대표한다고 할 수 있다. 그는 원고료만으로 형이 진 빚을 갚고 생활을 영위한 전업 작가였던 것이다.

하지만 공통된 것이 있다. 정부의 예술에 대한 애호의 흔적이다. 톨스토이의 야스나야 폴랴나의 영지의 면적을, 그가 원래 소유했던 넓이 그대로 간직하게 한 것이 공산주의 정권의 결정이었다는 것은 얼마나 놀라운 일인가? 마지막에 관장이 나와서 그 박물관의 직원 수를 이야기 할 때 나는 다시 압도당하여 입을 다물지 못했다. 우리 박물관의 세 배가 넘어 보이지 않는 규모인데, 나라가 봉급을 주는 직원이 45명이나 된다는 것이다. 나는 한국에 두고 온 하나밖에 없는 우리 박물관 직원을 생각했다. 그녀와 나 둘이서, 이따금 나라가 보내주는 6개월 기간의 인턴 사원을 고마워하며, 우리는 박물관을 꾸려나가고 있다. 아무리 노력해도 여력이 없어 이따금 전시품 해설에 오류가 생기지 않을 수 없는 여건에 놓여 있는 것이다. GNP가 우리의 4분의 1밖에 안 되는 나라의 이 예상외의 문화적 풍요가 나를 질리게 했다. 그건 마르크스가 와도 없앨 수 없었던 러시아의 문화 애호 전통의 저력이라고 할 수 있다.

2005년 9월

아름다워라, 비석 없는 풀 무덤 — 톨스토이의 집

러시아는 너무 추워서 겨울이면 아스팔트가 얼어 터진다. 그래서 도로 사정이 그다지 좋지 않다. 그 대신에 러시아에는 벽돌로 지은 건물 중 가장 아름다운 건축물이 있다. 모스크바의 크램린이다. 그리고 키 큰 자작나무들이 도열해 있는, 사람이 하나도 없는 산천이 도처에 널려 있다. 혹독한 추위를 견디며 살아남은 자작나무들은 줄기가 하얘서 무언가 신령한 것 같은 분위기를 지니고 있다. 굵은 것은 굵은 것대로 장엄하여 신목 같고, 어린 것은 어린 것대로 러시아 소녀들처럼 발랄하며 청순하다. 태곳적을 생각하게 하는 그 빈 들판과 자작나무 숲만 보여줘도 관광객들이 막 몰려올 것 같은데, 그런 신령한 길을 세 시간이나 달려도 마실 물 하나 파는 곳이 없고 화장실도 없었다. 그런 원시성이 남아 있는 것이 러시아의 매력 포인트인지도 모른다.

모스크바에서 남쪽으로 2백 킬로 떨어져 있는 투라로 가는 길에도 자작나무 숲과 빈 산천이 도처에 널려 있었다. 우리가 처음 러시아에 갔던 2003년 8월은 페테르부르크 3백 주년제가 열리기 직전이어서, 도시들이 새 옷을 입어 신부처럼 정결하고 아름다웠고, 자작나무 숲에는 평화로운 가을 햇볕이 일렁거리고 있었다. 투라에서 점심을 먹고, 야스나야 폴랴나에 도착했다. 마침 관람객이 적은 날이어서 톨스토이의 집은 조용하고 한산했다. 입구에 녹색 지붕을 인 탑 두개가 문기둥처럼 서 있었다. 그 안에 들어가니 프로스펙트라 불리는 가로수 길이 끝없이 뻗어 있었다. 톨스토이가 긴 외투를 입고 스케이트를 탔다는 연못을 지나 남쪽으로 한참을 가니 2층집이 나타났다.

우리가 읽은 19세기 러시아 소설에는 하얀 집이 자주 나왔다. 그 집들은 깊은 숲에 둘러싸여 있고 눈에 덮여 있으며, 안에는 페치카[1]가 있고 물이 설설 끓는 사모바르[2]가 있다. 그것이 러시아의 겨울 정서의 정석이다. 톨스토이의 집도 그런 분위기를 가진 하얀색 저택이었다. 톨스토이의 집에서는 관람객들에게 엄청나게 큰 덧신을 신고 들어가게 했다. 발이 작은 나는 그것을 끌

---

1 러시아식 벽난로.

2 러시아식 주전자.

고 다니는 일이 힘이 들었다. 생각했던 것보다는 계단이나 방들이 크지 않은데, 집 안에서 가장 먼저 눈을 끄는 것은 벽에 붙여놓은 사진과 초상화들이다. 그것들은 우선 양이 엄청났다. 아래층과 위층 어디에나 인물의 영상 자료들이 벽에 가득해서 그의 일생을 일목요연하게 파악할 수 있었다. 레핀이 그린 초상화만 50점이 넘는다는데, 그 밖에도 많은 화가들이 즐겨 그의 초상을 그렸고, 사진작가의 이름과 연도가 명시된 사진도 풍성했다.

별로 미남이라고 할 수 없는 인물인데, 톨스토이는 순전히 눈하나로 보는 이를 압도한다. 만년의 초상화는 더 영험스러워서, 때로는 모세 같기도 하고 때로는 산신령 같기도 했다. 중학교 때읽은 톨스토이의 「유년 시대」에, 어머니가 자기보고 잘생겼다는말을 한 번도 안 하고 항상 "우리 도련님은 눈이 예쁘네"라는 말만 해서 속상해하는 대목이 있었던 것 같다. 어머니의 말이 맞다. 그의 눈은 어려서부터 광채가 유별났다. 그것은 선지자의 눈이었고, 신령의 눈이었다. 내면의 빛이 눈에서 형광의 광채를 발하는 초상화 앞에 서면, 무릎을 꿇고 경배를 드리고 싶은 마음이생겼다. 오래된 나무처럼 큰 그늘을 만들어내던 위대한 영혼. 그는 온 세상의 주리고 아픈 사람을 모두 껴안고 싶어 한 거인이었지만, 가족 속에 섞여 있을 때도 터줏대감처럼 권위가 있으면서인자해 보여 옛날의 족장을 연상시켰다. 헐렁한 웃옷을 아무렇게나 걸치고 허리띠를 질끈 매고 다니던, 톨스토이의 자연스러운 패션도 매력 포인트의 하나였다.

2층에 올라가니 층계참에 그가 만년에 타고 다녔다는 휠체어가 놓여 있었다. 그리고 서재와 침실이 있었다. 수없이 많은 기념비적 작품들을 집필했다는 서재는 신전 같아 외경스러웠다. 둘레에 나무를 조각한 20센티 정도의 울타리가 쳐져 있는 고풍스러운 책상과 책장, 의자들……. 도스토옙스키 기념관에는 없는 것들이 거기 있었다. 백작 가문의 높은 교양과 세련된 안목이 빚어내는 클래식한 기품이다.

도스토옙스키는 부인이 유품을 챙겨놓았는데, 그녀가 객지에서 갑자기 사망하는 바람에 유품들이 유실되어 남은 것이 많지 않다. 톨스토이는 반대다. 지팡이, 신발, 자전거 같은 것들까지 알뜰하게 보관되어 유품이 풍성하고 육필 원고도 양이 많다. 그뿐 아니다. 관리가 아주 잘되어 있다. 유년기의 사진부터 찍은 연도와 사진작가의 이름이 명시되어 있는 것이 많았다. 원고도 마찬가지였다. 종이 한 장 유실되지 않은 것 같은 그 유품 관리에 머리가 숙여졌다. 선조들의 유품 역시 잘 보존되어 있었다. 톨스토이가 가족의 초상화로 만든 머리 병풍까지 있을 정도다. 그는 여러모로 도스토옙스키보다는 현세적 축복을 많이 받은 인물인 셈이다.

그 영상 자료들을 통하여 관람객들은 말을 타는 톨스토이, 자전거를 타는 톨스토이, 스케이트를 타는 톨스토이, 사람들과 담소를 즐기는 톨스토이를 고루 볼 수 있다. 1828년에 태어나서 1910년에 작고한 톨스토이는, 이곳 야스나야 폴랴나에서 태어나 여기에 묻혔다. 러시아 정부가 그의 옛날 영지를 거의 모두 사들이고 잘 보존해주어서, 우리는 톨스토이가 농사를 지었고, 연장으로 물건을 만들었으며, 농노를 해방시켰고, 그 아이들을 위해 학교를 만들었던 그의 영지의 자연과 환경을 거의 원형에 가깝게 감상할 수 있었다.

먼 옛날부터 있어왔다는 울창한 보리수 길을 지나 팻말을 따라 숲속을 한참 걸어가니, 평지에 그의 무덤이 있었다. 키 큰 나무에 둘러싸인 숲속의 풀밭 위에, 관 모양의, 크기도 보통 목관만 한 무덤이 달랑 놓여 있었다. 그 위를 풀이 카펫처럼 덮고 있어, 그의 무덤은 녹색 풀 옷을 입은 관 같았다. 비석 하나도 없이 간결했다. 그 관 위에 누군가가 바친 붉은 달리아 한 송이가 놓여 있어, 완벽한 구도를 이룬 한 폭의 그림이 만들어졌다. 나무 사이로 서광 같은 오후의 빛줄기들이 줄줄이 들이비쳐서, 그 무덤은 신비로워 보였다.

이보다 더 시적이고, 인상적이고, 매력적인 무덤은 없을 것 같다. (……) 십자가도, 비석도, 이름도 없다. (……) 장엄하게 고요하고 심금을 울리는 검소한 무덤이, 대답도 없이 바람과 고요만이 흐르는 무덤이, 숲 어디엔가 있는 것이다.

1928년에 야스나야 폴랴나를 방문한 독일 작가 슈테판 츠바이크가 한 말이라 한다. 거기에 더 첨가할 말이 없다. 하지만 그 아름다움은 검소한 데서만 생겨나는 것은 아니다. 자연이 워낙 아름답고, 톨스토이의 사상이 거기 첨가되어 있어 아름다운 것이다. 그는 늘 평민들의 삶을 선호했고, 야스나야 폴랴나의 자연을 사랑했다. 사형제도, 농노제도를 반대한 톨스토이는 인간의 평등을 위해 싸우다 간 전사다. 장례 후에 당국이 3일간 교통수단을 정지시켜 참례객들을 차단하려 했는데도, 걸어서 이 무덤을 찾은 이들이 그다지도 많았다는 것은 그의 박애주의의 크기 때문이다. 풀 옷을 입은 무덤처럼 조촐하게, 그리고 아름답게 사는 것이 그의 소원이었고, 모든 사람이 평등하게 살게 되는 것이 그의 꿈이었다.

시냇물 흐르는 소리가 들리는 계곡이 가까이에 있어, 남편과 나는 무덤가에 앉아 한나절을 그 '장엄하게 고요한' 분위기를 즐겼다. 노르웨이에서 온 중년 부부를 거기에서 만나 톨스토이의 가출과 죽음에 대하여 많은 이야기를 나누었다. 평생을 영주 집안의 호사스러움에서 벗어나 평민의 벗이 되려고 몸부림치던 톨스토이는, 1910년 10월 28일 가족 몰래 밤에 야스나야 폴랴나에서 도망침으로써 겨우 그 소원을 이룬다. 수녀원에 있는 동생을 만난 후 열차 3등 칸에 타고 긴 여정에 오르는 톨스토이. 그러나 노약한 톨스토이는 곧 폐렴에 걸린다. 열이 나서 아스타포

보라는 작은 정거장에서 내려 역장의 조그만 방에서 숨을 거두게 되는 것이다. 귀족의 집에서 태어난 톨스토이는 소원대로 죽음만은 평민다운 장소에서 맞이한 셈이다. 11월 7일에 사망했으니, 집을 떠난 지 겨우 11일 만의 일이다. 하지만 며칠 후에 야스나야 폴랴나로 다시 돌아와서 저 풀 옷을 입은 무덤 속에 들어간다. 불과 두 주 만에 가출 기간이 끝난 것이니, 그에게는 고생복이 정말 없었던 모양이다.

그의 만년 일기를 보면 저작권 상속에서 아내와 아이들을 배제하려고 그가 벌인 치열한 투쟁의 양상이 상세히 나와 있다. 동지들에게 저작권의 수입을 몽땅 남겨주기 위해 그가 숲속에서 몰래 유서를 만들어 숨겨놓으면, 아내와 아들들이 그것을 찾으려고 혈안이 되는 장면은 섬뜩하다. 그 일로 해서 가정은 두 파로 나뉘고, 집안의 오랜 화목이 깨어지는 것이다. 몇 해 동안의 긴 실랑이 끝에 아버지의 의견에 찬성하는 딸 알렉산드리아가 저작권을 혼자 물려받는다. 식솔이 열여섯 명이나 있었다는데, 다른 가족에게도 더러 나누어주었으면 좋지 않았을까 하는 생각이 든다. 그의 아내 소피아는 평생 그에게 헌신했고, 악필인 그를 위해『안나 카레니나』같은 방대한 장편소설들을 정서하며 산 여인이다. 그 공으로 남편에게서 다이아 반지를 받을 정도였다니까 톨스토이의 문학에 대한 기여도도 큰 셈인데, 최소한의 배려조차 없었던 것은 너무 야박하다. 그런 남편이나, 유서를 찾지 못해 혈안이 된 아내나 둘 다 별로 곱지 않다. 소피아가 유서 때문에 발작을 일으키면서 뒹굴었다는 정원을 지나려니까, 무덤에서 받은 감동이 퇴색해가는 느낌이 들었다.

2007년

오스틴 하우스의 서기 어린 풀밭 — 제인 오스틴관

　버스로 여행할 때면 나는 제일 앞자리에 앉는 것을 좋아한다. 운전수 옆자리가 내 꿈의 좌석이다. 나는 길에 몰두하는 여행가여서 그 자리는 내게 절실하게 필요하다. 그곳을 차지하기 위해 나는 남보다 일찍 나온다. 다행히도 요즘에는 나이가 많아져서 앞자리 차지가 전보다 쉬워졌다. 그곳은 일종의 경로석이기도 하기 때문이다.

　길 위에 서면 나는 누구와 이야기를 하는 것을 되도록 피한다. 길 위에 서면 나는 잠을 자거나 노래를 부르는 것도 삼간다. 풍경에 몰입하기 위해서다. 영원으로 이어져 있는 것 같은 일직선의 이동 공간 위에 서면, 나는 무한히 자유롭고 풍요로워진다. 순간마다 달라지는 처음 보는 낯선 풍경이 자신의 내면 깊숙이 잠재해 있던 영상들을 환기시켜주기 때문이다. 길에는 내가 누릴 수 있는 최고의 시간이 있다.

6월 24일 아침, 문학관 순례 팀과 함께 오스틴 하우스가 있는 초턴에 가려고 나섰을 때도 운이 좋게 앞자리가 비어 있었다. 시야가 확 트여 흡족했다. 관광버스의 운전석은 객석보다 낮아 시야를 전혀 가리지 않는다. 그런데 이날 탄 차는 운전석에 스프링이 달려 있었다. 그래서 차의 진동에 따라 운전수가 용수철이 달린 인형처럼 수시로 오르락내리락했다. 장시간 운전하는 이의 허리 관리를 위한 만든 장치 같은데, 신경에 많이 거슬렸다. 하지만 고속도로에 들어서니 풍경이 너무 아름다워서 그 사실을 잊었다. 비가 부슬거리고 있어 와이퍼가 작동하자, 깨끗한 반원형의 유리에 비에 씻긴 풍경이 몽땅 들어와 앉는다. 영국은 강우량이 풍부해서 자연이 아름답다.

가는 도중에 스톤헨지에 들렀다. 세계에서 가장 오래된 이 선사시대의 유적은 내셔널 트러스트에 의해 잘 보호받고 있었다. 공교롭게도 그 시간에 빗줄기가 굵어지더니 바람이 너무 세차게 불었다. 아무래도 감기에 걸릴 것 같아 블루 스톤의 환상열석環象列石이 있는 언저리를 조금 걷다가 버스로 돌아갔다. 현장을 실컷 걸어다닐 수 없어 아쉬웠지만, 버스의 높은 좌석에도 좋은 점은 있었다. 지평선까지 한눈에 들어왔기 때문이다. 시계視界 가득히 들판이 끝도 없이 펼쳐져 있었다. 경관을 훼손하지 않으려고 진입로를 지하에 묻어놓아, 스톤헨지를 만들던 무렵의 자연이 그대로 눈앞에 펼쳐져 있는 것이다. 테스가 에인절 옆에서 평생 처음으로 평화로운 잠을 자고 있는데 새벽의 지평선에서 체포대가 원을 그리며 조금씩 솟아오르던 장소도 바로 이곳이다.

광막한 광야 한복판에, 사람의 힘으로는 들어 올려질 것 같지 않은 거대한 바위들이 설치미술처럼 여기저기 세워져 있다. 그 거석군巨石群 위를 비바람이 위세를 부리며 휘몰아친다. 황량하고 처절한 풍경이다. 그런데 이상하게 마음이 경건해졌다. 태곳적에 불던 바람이 지금도 그대로 불고 있는 곳⋯⋯. 그 광야는 바다처럼 '무한'을 생각하게 만들었다. 비바람 속에서 태풍의 바다처럼 극적인 아름다움을 연출하고 있는 스톤헨지. 그 광대한 평원이 너무나 외경스러웠다. 옛사람들은 왜 저런 엄청난 돌들을 끌고 와 신에게 바치려 했던 것일까?

얼마 지나지 않아 비가 그쳤다. 빗물에 씻겨 정갈해진 영국 서남부의 여름 풍경은 경이로울 정도로 아름다웠다. 같은 종류의 목초들이 제복을 입은 아이들처럼 가지런하게 펼쳐져 있다. 밀밭들도 다듬은 듯이 깔끔하다. 그래서 평원 전체가 풍요로운, 거대한 잔디밭 같다. 그 들판 너머에 활엽수의 풍성한 숲들이 병풍처럼 둘러쳐져 있다. 활엽수의 울타리 안에서 양들이 시름없이 뒹굴고 있다. 밀밭에는 트랙터의 바퀴 자국이 두 줄씩 나 있다. 신이 그린 녹색 그림 속의 평행선 같다. 사람 하나 없는 녹색의 장원⋯⋯ 목가적이다. 잉글리시 가든이 왜 심플한 잔디 정원 스타일을 하고 있는지 알 것 같다. 모든 '자연적인 것'을 사랑한 낭만주의가 영국에서 흥성했던 연유도 이해할 것 같다.

초턴이 가까워올수록 시골의 국도변은 점점 더 아름다워졌다. 시도 때도 없이 내려 도시 사람들을 골탕 먹이는 비가 나무와 풀에게는 특혜와 같은 자양분임을 알게 되었다. 이 들판에는 목마른 나무가 하나도 없고, 시든 잎을 가진 풀도 거의 없다. 목초밭이나 밀밭이 잘 다듬어진 정원 같아지는 이유도 거기에 있는 것 같다. 잡초는 나지 않으면서 밀만 풍성하게 자라는 이상한 고장…… 풍요롭고도 아름다운 대지다. 솔즈베리에서 초턴으로 가는 2차선 도로는 굽이굽이에 가로수 터널까지 마련하고 있어 장엄했다. 2백여 년 전에 제인 오스틴이 사륜마차를 타고 달렸을 길의, 그 신선하고 싱그러운 여름 풍경.

초턴의 오스틴 하우스는 제인 오스틴이 마지막 8년을 살았던 집이다. 부잣집에 입양된 오빠가 양부모에게서 물려받은 장원이어서, 정원도 넓고 아름다웠고 건물도 규모가 컸다. 이미 남의 손에 넘어간 것을 1947년에 '제인 오스틴 재단'에서 사서 박물관으로 꾸몄다는데, 정원에는 그녀가 살던 때의 꽃나무들을 그대로 심어놓았고 식물마다 명패가 붙어 있었다. 근처에는 16세기부터 18세기 초반까지의 여성 작가들의 자료만 집대성해놓은 도서관도 있었다. 기본적인 전시물은 다른 기념관들과 비슷했다.

작가가 쓰던 물건들, 원고와 편지, 사진, 초상화, 가계도, 가구 등등. 특이한 것은 그녀가 치던 자그마한 피아노와 손으로 베낀 악보, 직접 만들었다는 퀼트 이불, 손으로 만든 깜찍한 쌈지 같은 것들이었다. 손재주가 뛰어났던 제인 오스틴은 살림도 잘하고 바느질도 잘하고 춤도 아주 잘 추는, 여성적인 여인이었고 미인이었다. 줄리에타 마시나와 비슷한 눈을 가진 자그마한 여인.

그다음에 눈에 띄는 것은 옷들이다. 제인 오스틴의 이브닝드레스는 그녀가 자그마한 체구의 날씬한 여인이었고 깜찍한 멋쟁이였음을 증언하고 있었고, 그녀가 어머니랑 같이 만들었다는 퀼트 이불은 만든 이의 미적 감각의 세련도를 말해주고 있었다. 영화「오만과 편견」에서 배우들이 입었던 옷들도 같이 전시되어 있었다. 18세기 영국 중상류층의 다양한 복식들을 고루 볼 수 있어 좋았다.

남동생이 전공戰功을 세워 받은 상금으로 사주었다는 토파즈 십자가 목걸이, 튀르키예석 팔찌 등은, 한 여성 작가의 섬세한 취향을 엿보게 하면서 남동생과의 친밀도도 입증해주어 흥미로웠다. 제인 오스틴은 형제들과 우애가 깊었고, 스물넷이나 되는 조카들에게도 더없이 좋은 고모이고 이모였다고 한다. 대가족 속에서의 이런 생활 경험이 풍속소설 작가로서 오스틴의 큰 자산이었다고 할 수 있다. 염상섭이나 박태원의 경우처럼 전통적 대가족 속에서의 생활 체험은 노블리스트의 기본 재산이다. 집

구석구석에서 배어 나오는 대가족의 화목한 생활상을 보면서, 그녀의 작품에 나타나는 밝은 톤의 출처를 가늠할 수 있었다.

하지만 정말 부러웠던 것은 언니 커샌드라가 그린 제인의 초상화와 삽화들이었다. 디킨스의 집에서도 펜으로 그린 삽화들이 수준이 높아 감탄을 했는데, 커샌드라가 제인의 책이나 원고 갈피마다 그려 넣은 삽화들은 품격이 높고 동생에 대한 사랑의 결정체 같기도 하여, 이중의 부러움을 자아냈다. 편지도 대부분 언니에게 보낸 것이다. 제인의 사후에 언니가 편지들을 불태워버려 많이 소실되었다는 말을 들었을 때는 너무나 애석했다.

제인 오스틴은 초턴에서 북쪽으로 20여 킬로 떨어진 스티븐턴에서 1775년 12월 16일에 태어났다. 여덟 형제 중 일곱 번째 아이였다. 미국이 독립을 기도하던 시기였고, 산업혁명의 태동기였으며, 프랑스와의 전쟁이 지속되던 격동의 시기였지만, 그녀는 시골에서 평화롭게 자랐다. 아버지는 옥스퍼드 출신의 목사였고, 어머니도 목사의 딸이었다. 큰오빠는 아버지의 교구를 계승했고, 셋째 오빠는 아이가 없는 부유한 친척집에 입양되었으며, 다섯째 오빠와 남동생은 해군에 입대해서 제독까지 지냈다. 형제 중에서 그녀와 가장 친했던 사람은 두 살 위의 언니 커샌드라였다. 결혼도 하지 않고 죽을 때까지 함께 살면서, 이 자매는 깊은 우애를 나누었다.

제인은 일곱 살부터 열 살까지 언니와 함께 기숙학교에 다닌 후 집에서 아버지로부터 교육을 받았다. 목사관 서재에 있는 다양한 책들을 읽고 자유롭게 글을 쓰면서 문학적 소양을 쌓아간 것이다. 열여섯 살 때 그녀는 『무식하고 편견을 가진 역사가가 쓴 역사책』이라는 글을 썼다. 나는 이 책을 오스틴 하우스에서 사서 돌아오는 비행기에서 읽었다.

"Henry 8's sole virtue was his not being quite so bad as his daughter Elizabeth, herself a 'pest to society', who persecuted the most aimable Mary Queen of Scots" 같은 구절에서는, 예쁜 여자를 숭배한 소녀의 엘리자베스 여왕에 대한 편견이 귀여웠고, "Lord Cobham was burnt alive, but I forget what for"에서는 표현의 간결함 속에 잠재된 풍자의 신랄함이 사랑스러웠다.

그녀의 아버지가 은퇴하자 바트로 이사를 하면서 온 가족이 휴가 여행을 즐겼는데, 그 기간에 제인은 평생 단 한 번의 사랑을 한다. 하지만 갑자기 남자가 죽어서 그 짧은 사랑은 비극으로 끝난다. 그 후 약혼을 했다가 파혼한 일이 있다. 그 무렵의 여자들에게 결혼은 취직과 유사한 성격을 가지고 있었다. 그래서 지참금이 신부 자격의 기준이 되었는데, 제인은 가난해서 그 면에서는 불리했다. 그런 여건 속에서 결혼을 결심했던 제인은 자신이 그 남자를 사랑하지 않는다는 사실을 깨닫고는 파혼을 했고, 평생 독신으로 살다 간다.

1805년에 아버지가 돌아가신 후 1809년에 초턴의 오빠 집에 정착할 때까지 제인은 안정을 잃은 생활을 한다. 초턴에 정착하면서 비로소 집필 생활이 본격화된다. 1811년에 『이성과 감성』이 출판되어 작가로서의 생애에 서광이 비치기 시작한다. 하지만 그 책에 제인은 자기 이름을 넣지 못했다. 목회자의 딸이어서 소설에 이름을 넣는 일이 조심스러워 "By a Lady"라고만 쓰고 만다. 다행히도 책이 잘 팔려서 그 후부터는 출판이 쉬워졌고 수입도 생겼다. 상투어를 쓰지 않는 명료하고 참신한 문체와 여성만의 섬세한 감각, 재치 있는 위트의 묘미 등으로 제인 오스틴은 작가로서의 자리를 굳힌다.

소설은 노블과 로맨스로 대별된다. 로맨스는 현실도피의 문학이어서 사람들이 모여 사는 커뮤니티를 기피한다. 숲속의 외딴집, 바다나 사막처럼 지번이 의미를 지니지 못하는 장소나 낯선 나라를 로맨스는 선호한다. 시간의 경우도 마찬가지여서 '옛날 옛적'식 막연한 시간이나 먼 과거 등 일부인日附印을 찍을 수 없는 진공의 시간이 로맨스의 배경으로 적합하다. 사건도 마찬가지다. 예외적, 기적적인 사건을 로맨스는 좋아하며, 아이반호나 로빈 후드 같은 특출한 영웅을 선호한다.

제인 오스틴의 소설은 로맨스와는 반대의 극에 서 있다. 그녀의 소설은 햄프셔주와 자기가 드나들던 런던 주변만을 무대로 하고 있다. 자신이 실제로 산 지역이다. 시간도 이에 준한다. 1775~1817년 사이에 산 제인은 자신이 살았던 시대를 작품의 배경으로 삼고 있다. 노블의 '지금-여기'의 패턴에 충실했던 것이다. 햄프셔의 시골에서는 큰 사건이 거의 일어나지 않는다. 밖에서는 전쟁을 하고 있는데도, 그곳에서는 먹고, 자고, 결혼하는 자잘한 일상사가 조용히 진행된다. 리얼리스트였던 제인은 자기가 직접 경험한 그 현실을 정밀하게 재현하는 일에 심혈을 기울였다. 그녀의 소설에는 남자끼리 하는 대화는 나오지 않을 정도로, 모르는 이야기는 배제되는 것이 제인의 원칙이다. 대표작인 『오만과 편견』은 찰스 빙리와 피츠제럴드 다아시가 시골 마을에 나타나는 데서 시작해서, 베넷가의 제인, 엘리자베스 자매와 결혼하는 데서 끝난다. 인물도, 주제도, 배경도 작가의 체험의 테두리를 벗어나지 않는 것이다.

그녀가 살았던 18세기 말과 19세기 초의 영국에서 여자들은 교육을 제대로 받을 수 없었기 때문에 자립하는 일이 불가능했다. 결혼만이 여생의 안정을 얻는 유일한 창구여서, 여자들에게 있어 결혼은 가장 심각한 문제였다. 결혼을 못 하면 여생을 친척집에 얹혀살아야 했기 때문이다. 제인도 예외가 아니었다. 그녀는 셋째 오빠의 집(지금의 기념관)에 얹혀살다가 그곳에서 죽는다. 그것이 이 작가의 동시대 여자들의 현실이었고, 『오만과 편견』은 그런 세계를 재현한 소설이다. 그녀가 살던 조그만 시골에는 아이반호나 로빈 후드도 없지만, 히스클리프처럼 치열한 개성을 가진 예외적인 인물도 드물다. 상식적인 모럴 안에 갇혀 있는 평범한 인물들이 이 작가의 이웃들이다. 제인 오스틴처럼 특출한 작가도 남의 이목이 두려워서 잘 팔리고 있는 자신의 책에 오래도록 서명을 못 한 것이, 그녀가 살았던 당시의 영국이었던 것이다.

따라서 비평가들이 말하는 것처럼 제인 오스틴의 세계는 확실히 좁다. 작가의 생활권이 좁았기 때문이다. 주제의 폭도 역시 좁다. 거기에는 나폴레옹 전쟁이나 미성년자의 노동문제 같은 것은 나오지도 않는다. 하지만 이 작가는 그 좁은 생활권을 아무도 한 일이 없는 방식으로 재현하여 명성을 얻는다. 그녀는 토머스 하디처럼 자연을 그리는 대신에, 좁은 커뮤니티 안의 풍속을 세밀화로 그려낸다. 사실에 입각해서 현실을 재현하는 작가를 우리는 리얼리스트라고 부른다. 대니얼 디포에서부터 시작해서 리처드슨과 필딩을 거치면서 다져진 리얼리즘의 수법이, 제인 오스틴에 오면 'comedy of manners'로 정착된다. 그녀의 『노생거 사원』이 나오면서 영국의 '고딕 로맨스'의 시대가 종지부를 찍는다. 제인 오스틴은 풍속소설로서의 소설을 정착시킨 작가다. 그것이 그녀의 문학적 업적의 알파요 오메가다. 그녀와 졸라류의 자연주의자들의 차이점은 좁은 무대와 밝고 명랑한 톤, 그리고 희극적인 종결법에 있다. 그녀는 카프카도 아니고 도스토옙스키도 아니다. 풍속소설을 재미있게 쓴 19세기 초의 영국의 소설가였을 뿐이다.

2008년 1월

아시야 바닷가에서 만난 남자 — 다니자키 준이치로 기념관

　이어령 선생(남편)이 사카이에 강연을 하러 간다고 해서 따라
나섰다. 사카이는 간사이 공항과 오사카의 중간에 있는 성하촌城
下村이다. 해자까지 둘러친 번성했던 자치도시로, 그곳에서 센 리
큐의 다도가 형성되었고, 칼과 총을 만드는 무기 산업이 발달했
다. 오다 노부나가와 도요토미 히데요시, 도쿠가와 이에야스가
각축을 벌이던 전란의 시기에 사카이는 새로운 문화와 무기의
공급처로서 중요한 역할을 담당했다. 근대 문명을 태동시킨 성
하의 상업도시라는 점에서, 사카이는 유럽의 부르그bourg와 비
슷하다. 그래서 늘 한번 가보고 싶었는데 좀처럼 가게 되지 않는
곳이라, 기회가 생긴 김에 동행하게 된 것이다.

　가서 보니 사카이는 상업도시일 뿐 아니라 고분도시이기도 했
다. 세계 3대 능에 속한다는 닌토쿠천황릉을 위시해서 55개의

옛 왕릉이 있다고 한다. 아와지섬이 방파제 역할을 해서, 이곳은 쓰나미 같은 천재지변에서 보호를 받는 구역이라 왕릉 터에 적합했다고 택시 기사가 알려주었다. 상업도시를 융성하게 만든 것도 같은 여건이었을 것이다.

사카이에 도착한 날, 요사노 아키코 기념관을 관람했다. 다음 날은 다니자키 준이치로 기념관에 가고 싶다고 했더니, 데쓰카 대학의 카미카이토 선생이 아침 일찍 차를 가지고 오셨다. 교토에서 사카이 구경을 하겠다고 온 친구와 같이 그 차를 타고 한신 고속도로에 올라갔다. 바다 위에 올라앉아 있는 이 항만 도로는, 밤에 볼 때는 하늘에 난 길처럼 환상적이었다. 그런데 사카이 지역답게 트럭이 많이 다니고 육지 쪽에는 공장이 밀집한 곳이 많아서 경관이 그다지 좋지는 않았다.

9시에 출발했더니 기념관은 아직 문을 열기 전이었다. 그래서 아시야를 드라이브하는 행운을 누렸다. 뒷산이 높아서인지 아시야는 1년 내내 날씨가 온화하다고, 그곳 주민인 카미카이토 선생이 자랑을 했다. 교토가 바로 산 너머에 있는데, 교토보다 겨울이 훨씬 따뜻하단다. 다니자키 준이치로가 교토 대신에 아시야에 정착한 이유도 겨울의 날씨 때문이었다는 것이다.

12월인데 단풍잎이 아직도 선명한 붉은빛을 자랑하는 아시야의 산등성이에는, 유현하고 정갈한 고급 주택가가 있었다. 그 근처에는 공장도 없었고 어디에서나 바다가 보였다. 고풍스러운 주택들이 즐비한 지역에 다니자키 준이치로가 살던 동네가 있었다. 거기에서 내려다보면 풍광이 아름다웠다. 자주 이사를 다닌 그는 방에서 바다가 보이는 집을 특히 선호했다고 한다.

대정 12년에 하코네에서 집필하고 있던 다니자키 준이치로는 그곳에서 관동대지진을 만났다. 교통이 두절되어 도쿄의 집으로 돌아 갈 수가 없어서 아시야에 있는 친구 집에 들렀다가, 이 지역에 매료되어 눌러앉게 되었다고 한다. 관서지방으로 이주하면서 그는 엑조티시즘을 버리고 이 지방에서 숙성된 전통 미학의 세계로 돌아간다. 관서 이전移轉은 왕조시대의 미학으로 귀환하는 것을 의미했기 때문에 작품이 크게 바뀌는 계기가 된 것이다.

그의 기념관 입구에는 커다란 바위가 하나 놓여 있었다. 폭우로 산사태가 났을 때 마당으로 굴러 내려왔던 것이라고 했다. 기념관 안에는 교토에서 살던 센칸데이潺湲亭의 정원이 재현되어 있었고, 겨울에도 마당을 볼 수 있게 전망창을 단 고풍스러운 다다미방도 있었다. 평생을 여체의 아름다움을 탐구하는 일에 몰입했던 다니자키 준이치로의 전시관답게, 그의 기념관 벽에는 미녀들의 사진이 잔뜩 붙어 있었다. 그는 세 번 결혼했고, 딸이 하나 있었으며, 첫 아내의 동생과 요란스러운 사랑을 했다. 여자가 이미 셋이다. 거기에 마지막 아내 마쓰코가 여자 형제 둘과 딸을 데리고 들어와 같이 살았다. 그래서 그의 주변에는 워낙 여자가 많았다. 1대 7의 비율이니, 다른 기념관에서는 볼 수 없는 미녀들의 향연이 벌어질 수밖에 없다. 친딸만 빼면 나머지 여자들은 대부분 다니자키 준이치로의 사랑의 대상이었다. 둘째 딸로 입적시킨 의붓딸도 예외가 아니었다.

정숙하다는 이유로 다니자키 준이치로는 첫 아내 치요를 학대한다. 그리고 요부형의 처제에 환장해 있었다. 처제에 대한 에로틱한 탐닉은 『치인痴人의 사랑』이라는 소설로 작품화된다. 다니자키 준이치로는 아내뿐 아니라 그녀가 낳은 딸도 사랑하지 않았다. 그래서 치요를 사랑한 사토 하루오가 딸과 아내를 모두 불하받는다. 다니자키 준이치로는 아내를 친구에게 양도하면서 인사장까지 돌려서 센세이션을 불러일으켰다. 일본은 한국보다 성 문제에 대해 관대한 편이지만, 1930년대 초에 일어난 그의 '아내 양도 사건'은 세상을 놀라게 하고도 남음이 있었다.

그의 작품을 내가 처음 읽은 것도 『치인의 사랑』이다. 중학교 저학년이었던 나는 여인의 육체에 대한 그의 페티시즘과 집착이 잘 이해가 되지 않아 어리둥절했었다. 하지만 도덕적인 것에 전혀 구애받지 않고 지진아처럼 멋대로 행동하는 주인공 나오미의 인상은 아직도 선명하다. 그녀는 내가 처음 본 팜파탈 형의 여인이었다. 초기를 대표하는 작품이 『치인의 사랑』이라면, 중기를 대표하는 작품은 아시야 시대의 생활을 그린 『세설細雪』이다. 이 소설은 관서지방의 전통과 미의식을 대표하는 부르주아 가정의 네 자매의 향락적인 생활상을 재현한 것이다. 전쟁이 막바지를 향해 치달아 파마도 사치에 속하던 그 결핍의 시기에, 그가 발표한 부르주아 에로티시즘의 파노라마는 곧 군부의 검열에 걸린다. 2회 만에 연재가 중단된 것이다. 하지만 다니자키 준이치로에게는 전쟁 같은 것은 의미가 없었다. 민족이나 국가도 마찬가지였다. 그는 다른 작가들이 군가의 노랫말을 쓰며 연명하던 어려운 시국에 꽃놀이, 반딧불놀이에 열중하는 네 자매의 현란한 생활도를 작품화하는 일에 몰두했다. 연재가 중단된 후에도 꾸준히 그 소설을 써나간 것이다. 그는 시국에 신경을 안 쓴 것처럼 문단에도 신경을 쓰지 않았다. 그의 관심은 여자의 아름다움을 음미하면서 삶을 즐기는 탐미적 생활뿐이었다. 그것이 그의 종교였다. 종전 후의 각박한 여건 속에서 출판된 그 소설은 예상 외로 성공을 거둔다.

『세설』은 다니자키 준이치로의 숙명적인 연인 마쓰코가 뮤즈가 된 작품이다. 유부녀에다 아기까지 딸린 마쓰코를 그는 물불 가리지 않고 9년 동안이나 쫓아다닌다. 하지만 그들이 결혼에 골인한 것은 첫 부인을 양도하고도 5년이나 지난 시기였다. 힘들게 사랑하는 여자를 얻은 다니자키는 전해에 발표한『춘금초春琴抄』의 남녀 관계를 실생활에서 그대로 재현하려 한다. 2층에 있는 도코노마가 달린 큰 방은 여자의 차지다. 거기에는 호사스럽고 세련된 집기들이 놓여 있다. 남자는 여자를 '주인님'이라 부르며 하인방에서 거처한다. 하인으로서 아내를 섬기는 것이다. 이 쉰이 다 된 남자는 열일곱 살 손아래인 여자에게 식사 시중, 옷 시중에서 시작하여 잔심부름까지 다 몸소 한다. 그러면서 그는 더할 수 없이 행복하다. "일 같은 건 하나도 하지 않고, 평생 당신의 심부름이나 하고 들놀이에나 모시고 다니면서 살고 싶다"는 것이 그의 소원이었기 때문이다.

금상첨화로 그녀에게는 미인 자매가 둘이나 있었고 딸도 있었다. 마조히스트 취향이 있는 이 여체 찬미자는, 오사카의 부촌에서 연마된 미의식을 가진 그 여인들을 모두 왕조시대의 공주님처럼 숭모한다. 그 여인들의 시종처럼 살면서 만년의 다니자키 준이치로는 행복했다. 그 여인들 속에서 숙성된 것이 『겐지 이야기源氏物語』에 대한 관심이다. 호소에 히카루 교수는 "『춘금초』까지는 유일한 절대의 여신을 정열적으로 숭배하는 일신교적 세계였는데, 『겐지 이야기』나 『세설』의 세계는 다신교적 세계"라는 말을 하고 있다. 그 다신교적 세계가 아시야에서 자리 잡힌다. 마쓰코 자매와 딸이 그대로 『세설』의 주인공이 되는 것이다. 그는 아시야에 2년밖에 살지 않았지만, 부인이 아시야에 그의 유물들을 기증한 이유가 거기에 있다.

그의 만년을 대표하는 작품은 『미친 노인의 일기』다. 다니자키가 75세 때 쓴 작품이다. 거기에는 며느리의 발에 미쳐 있는 노인이 나온다. 며느리의 발 모양을 뜬 묘석 밑에 묻히는 것이 주인공의 마지막 소원이다. 『치인의 사랑』에서 『미친 노인의 일

기』까지 다니자키 준이치로는 수미일관하게 여체에 대한 페티
시즘적 세계에 탐닉한다. 평생을 여체를 대상으로 한 탐미주의
에 몰입하며 산 작가인 것이다. 거기 비하면 김동인의 탐미주의
는 너무 추상적이다. 그리고 나이브하다. 그는 여자를 사랑하지
않으면서 탐미주의를 실현하기 위해 여성 편력을 했고, 자신을
망치는 방법으로 탐미주의를 실현하려 했다. 김동인뿐 아니다.
오스카 와일드나 보들레르도 현실에서는 참패한 탐미주의자들
이다. 세상은 탐미주의를 용서하지 않는다. 그러니 원하는 여자
를 얻어 충족된 하루하루를 살면서 일흔아홉까지 장수한 다니
자키 준이치로는 다복한 탐미주의자라 할 수 있다. 사업가의 집
안에서 훈련받은 현실성과 균형 감각이 그를 오스카 와일드나
김동인처럼 파멸하지 않게 만든 비결이었을까? 아니면 마쓰코
의 인품 때문이었을까? 여왕처럼 떠받들었다는 부부 생활에서,
그녀는 기어오르고 방자해지는 대신에 소리 없이 남자를 바로
잡아주는 슬기가 있었던 것 같다. 마쓰코는 나오미가 아니었던
것이다. 다니자키 준이치로의 후반기의 평화를 만들어낸 것은,
부르주아 가정에서 함양된 그녀의 교양이었을지도 모른다.

2008년 2월

2
오오! 캘리포니아

골든 캘리포니아

휠체어에서 보는 세상

　　　　　　남편이 오래 편찮아서 6년 동안 미국에 있는 언니들을 만날 수 없었다. 내가 만날 수 없는 사이에도 시간은 어김없이 흘러, 그들은 한 해에 하나씩 세상을 떠나기 시작했다. 90세의 나이에 로스앤젤레스까지 갈 엄청난 결심을 한 것은, 남은 언니와 동생을 한 번만 더 보고 싶다는 간절한 소망 때문이었다. 기회가 왔다. 아들네가 큰딸 졸업식에 참여하기 위해 샌프란시스코에 가면서 나를 데리고 가준다는 것이다. 그건 내 90세 생일 보너스이기도 했다. 하지만 내가 끼어들면 아들네 여정이 망가진다. 모든 것이 나를 중심으로 움직여야 하는데, 내가 잘 걷지 못하니 매사가 엉킨다. 그래서 처음 사흘 동안 나는 외손자들과 그 애들 할머니 집에서 쉬면서 아들네를 놓아주고, 졸업식 날부터 합치기로 했다.

많이 걷는 것이 힘든 나는, 금년부터 공항에서는 휠체어를 타기 시작했다. 휠체어를 타고 사람들 사이를 돌아다니는 것은 정말로 하고 싶은 일이 아니지만, 도저히 공항 안의 긴 행로를 감당할 수 없어서 이 선생 1주기 전에 일본에 갔다 올 때 용기를 내서 휠체어를 타보았다. 거기 앉으니 시선을 어디 둘지 몰라 민망했다. 남들이 걷는 곳을 의자를 타고 가는 것도 기이해서, 갑자기 중병에 걸린 것같이 실지로 몸이 아픈 것 같은 기분이었다. 하지만 아는 사람만 안 만난다면 그건 괜찮은 일이었다. 휠체어는 공항이 노인 승객에게 해주는 최고의 서비스여서, 무료인 데다가 도우미들도 친절했다. 다리가 땅기는 걸 참으며 아이들 뒤를 허덕이며 따라다니는 것보다는 남 보기에도 나을 것 같고 아이들도 편해지니 좋은 점이 많았다. 그래서 이번에도 마스크로 얼굴을 가린 채 휠체어에 타기로 했다.

아빠 엄마는 일 때문에 일찍 떠나서 작은손녀가 내 베이비시터 역을 맡았다. 내가 짐을 들 수 없으니 손녀가 내 짐까지 다 들어야 하는데, 휠체어까지 미는 손녀를 보는 건 고통스러운 일일 것 같았다. 엄마 친구들이 "지인이가 그런 일도 하네" 하고 감탄했을 정도로, 그건 아이들이 좋아할 일이 아니다. 내가 휠체어를 타는 것은 참겠는데, 손녀에게 그건 안 시키고 싶어서 미는 사람을 불렀다.

딴 손자들과는 둘이 하는 여행을 한 일이 있는데, 이 애하고는 단둘이 하는 첫 여행이다. 처음으로 그 애와 가장 가까운 거리에 선 것이다. 거리가 더 좁혀질 것 같아 기대가 컸다. 아침에 택시를 타고 공항에 갔는데, 요금을 내려니까 자기가 결제했다고 해서 너무 놀랐다. 손녀가 차비까지 내주다니 갑자기 어깨가 으쓱해진다. 미국에 갔더니 외손녀는 타이 마사지를 대접하겠다고 하고, 외손자는 먹을 때마다 점심값을 내주었다. 이번 여행은 손자들에게서 공양을 받는 호강에 겨운 나들이다.

그 애는 어렸을 때 엄마를 유난히 좋아했다. 그래서 내가 어쩌다가 제 엄마 차에 탔더니, 나 때문에 뒷좌석으로 밀려나자 울기 시작했다. "아이 우리 지인이 솟(속)상해서 어떡하니" 하는 말을 되풀이하면서 아이는 한강 다리를 다 넘을 때까지 울었다. 속은 상해 죽겠는데 아직 그것을 표현할 말은 모르니까, 엄마가 자기에게 하던 대사를 그대로 외운 것이다. 아이에게 너무 큰 피해를 입힌 것 같아 다음부터는 며느리 차 타는 것을 삼갔다. 아직 대명사를 못 배워서 자신을 이름으로 부르던 아기가 커서, 할머니를 휠체어에 태워 가지고 외국 여행을 한다. 대견하고 감사하다. 10년 전에 그 애 언니를 모스크바에 데리고 갈 때는 내가 보호자였는데, 이번에는 내가 피보호자다. 전화도 잘 걸 줄 모르는 나는, 그 애가 패스포트와 비행기표를 다 가지고 있어서, 아이를 놓치면 국제 미아가 될 판이다. 하지만 손녀는 아주 염렵해서 일

처리를 잘한다. 그 애가 같이 가니 든든했다.

우리는 둘 다 큰손녀의 졸업식을 보러 온 축하객이다. 샌프란시스코에 들른 것은 졸업식 때문이다. 그런데 나는 잘 걷지 못하니, 졸업식 날까지는 아들네 식구들을 해방시켜주기로 했다. 이번 여행이 아들의 회갑과도 겹쳐 있기 때문이다. 그래서 지인이와는 공항에서 헤어졌다. 뉴욕에서 오는 부모와 거기에서 만난다는 것이다. 나는 공항에서 다음 베이비시터에게 인계되었다. 딸이 "누가야!" 하고 따뜻하게 부르며 머리를 쓰다듬던 셋째 외손자 루키[1]가 오리건에서 휴가를 얻어 마중을 나온 것이다. 샌프란시스코에서 도자기를 공부하는 외손녀 크리스티도 나와 있었다. 오래간만에 만난 외손자들이 내게 와 안긴다. 피차에 저승에 간 엄마 대신 안는 거니까, 아이들도 나도 감각이 절박하다.

6월의 새너제이

3월에 미국행을 결정했는데, 5월부터 건강이 좋지 않았다. 지병인 신장염이 도져서 한 달을 약을 먹어도 낫지 않았다. 코도 귀도 말썽을 부렸다. 여행을 해야 하니까 열심히

---

1 성서에 등장하는 이름 '누가'의 영어 이름은 루크Luke이며 애칭은 루키Lukie이다.

병원에 다니는데 몸이 협조하지 않았다. 못 갈 가능성이 많아졌다. 그래서 마지막에는 한 달 내내 기를 쓰며 병원에 다녔다. 객지에서 탈 날까 봐 두려웠던 것이다.

몸만 요동을 치는 것이 아니다. 샌프란시스코는 죽은 딸이 학교에 다니던 고장이다. 그래서 30년 만에 가는 그 도시를 내가 견뎌낼 것 같지 않아 마음이 자주 흔들렸다. 돌아가신 지 1년 반이 된 남편이 보고 싶어서 울기 시작하면, 어김없이 10년 전에 떠난 딸과 12년 전에 간 외손자가 따라 나온다. 그 애들은 그렇게 아직 내 곁에 있다. 멀어진 것이 아니라 덮어져 있었을 뿐이다. 그 애들이 걸어다니던 도심지를 볼 자신이 없어서 지난번에도 시내에 들르지 않고 곧장 외손자들이 있는 새너제이로 갔다. 이번에도 그렇게 하기로 했다.

오래간만에 미국 고속도로를 탔더니, 웬일인지 가슴이 확 풀리면서 참 좋은 곳에 왔구나 하는 생각이 들었다. 처음 있는 일이다. 나는 캘리포니아의 자연을 좋아하지 않는다. 로스앤젤레스는 더하다. 시내에 있는 나무들 대부분이 스프링클러의 신세를 지지 않을 수 없는 건조한 지역이어서, 교외에 나가면 산들은 걸핏하면 붉은 살을 드러낸 채 말라가고 있다. 비행기에서 내려다보아도 물줄기를 찾기 어려운 곳이 많아, 사람도 뭍에 나온 물고기처럼 허덕이게 만드는 고장이라 좋아할 수 없었다.

그런데 이번에는 오직 그 광활함만이 눈에 들어와서 경이롭게 느껴졌다. 오랫동안 청와대 뒷산 너머의 협곡에서 막힌 경치만 보며 살아서 그랬나 보다. 그러고 보니 고속도로가 한산한 것도 큰 나라의 여유처럼 느껴졌고, 논스톱으로 달리는 빠른 스피드도 마음을 가볍게 만들었다. 하늘이 구름 한 점 없이 맑은 것은 또 얼마나 엄청난 사치인가? 하늘이 '하도나 고요하시니'(서정주) 함부로 울 수가 없을 것 같은 기분이 되었다. 늘 방학에만 오다가 좋은 계절에 왔기 때문일 수도 있다. 새너제이는 로스앤젤레스보다는 물기가 많은 고장이기 때문이었는지도 모른다.

새너제이가 가까워오니 그 지역의 특수한 자연이 펼쳐진다. 산정山頂이 평탄하고 얕아서 그냥 고원지대처럼 보이는데, 빈 산과 들에 마른 풀이 노랗게 깔려 있다. 잘 자란 맥문동 같은 형상의 그 풀들은 한국의 황금빛 가을 논을 연상하게 했다. 초탈한 듯하면서도 풍요롭고, 건초乾草 같으면서도 윤기가 있는 노란 풀들이 아름답다. 6월인데 왜 벌써 풀이 시들까? 여기도 이집트처럼 이 시기가 수확기인 것이 아닐까?

황금빛 광활한 산야에 작은 나무들이 녹색의 점묘화를 그리고 있다. 나는 황금빛과 초록빛이 어우러져 있는 새너제이의 야산에 담박 매혹당했다.

내가 탄성을 지르니, "그래서 골든 캘리포니아라고 하잖아요?" 하고 손자가 맞장구를 친다. 자기가 그 대지의 주인인 것처럼 자랑스러운 표정이다. 저 아이가 초등학교 신입생일 때 같이 산보를 하다가 바다가 나오니까 "이 넓은 태평양이 우리 나라 바다라구요, 굉장하죠?" 하면서 저런 표정을 짓던 생각이 난다. 이방에서 온 이민 3세에게 어떻게 가르쳤길래 저런 애국심이 생겨나는 것일까? 미국인들이 1년 내내 마당에 국기를 달 정도로 나라를 사랑하는 것이 나는 잘 이해가 안 된다.

대지를 고루 덮고 있는 두툼한 금빛 융단 위에, 6·25 때 피난을 가다가 산에서 본 다복솔 같은 작은 나무들이 여기저기에 돋아나 있다. 비슷한 종류의, 비슷한 크기의 나무들이다. 마른 풀 위에서 그것들은 봄의 표정을 짓고 있다. 가을과 봄이 등을 맞대고 있는 것 같은 풍경이다. 저승과 이승이 등을 맞대고 있는 것 같은 느낌이 생긴다. 그런데 아름답고 따뜻해 보인다. 조락凋落이 아니라 수확收穫의 이미지다.

물 있는 곳을 알리는 표지판처럼, 나무들은 지하에 있는 물이 감당할 만큼씩만 싹을 틔운다. 세 그루가 자랄 만한 물이 있으면 세 그루의 나무가 서고, 열 그루를 감당할 물이 있으면 열 그루의 나무가 나온다. 어디에선가 "나무는 겨울의 고마움을 모르는데 풀은 물을 기억한다"는 말을 읽은 일이 있는데, 그 말이 맞는 것 같다. 대지가 물의 재고량을 숨기지 않아 황금빛 캔버스에 녹색 점묘화가 펼쳐진다. 한없이 넓은 대지에 두 가지 색상밖에 없는데 형상은 다양하니, 거창한 단색 화폭이 끝없이 펼쳐져 있는 것 같은 느낌이 된다. 세상이 온통 한 폭의 그림 같다. 장엄한 집합미다. 그러면서 마른 풀에도 나무처럼 윤기가 흐르고 있으니, 먼저 간 가족에 대한 그리움도 따뜻하게 녹는 기분이다. 루키 덕에 그런 산야를 한 시간이나 달리는 호사를 누렸다.

사돈 집은 그런 산비탈의 서편 쪽 언덕에 있다. 국립공원 바로 아래 높은 동네의 담도 없는 집이다. 그네 틀 옆에 연지빛 꽃 무더기가 있는 그 집 정원에서, 다음 날 나는 그네에 앉아 혼자서 그 경치를 두 시간이나 즐겼다. 실리콘 밸리가 바로 근처에 있다는데, 아직 그런 곳은 본 일도 없고, 지금의 내게 새너제이는 그냥 사돈댁 마당에서 보이는 산야와 그 아래 분지에 있는 피서지 같이 정갈한 마을이다. 아무리 후하게 보아도 능선이라 부를 수 있는 곳이 없는 평탄한 산꼭대기, 구릉도 아니어서 산봉우리에 높낮이가 거의 없는 고원지대이니, 상형문자로 만들어도 '山' 자는 절대로 나올 것 같지 않다. 그런 경치가 건너편 저 멀리 아득한 지평선까지 그림처럼 펼쳐져 있는 것이다.

그리고 그 아래 평지에 앨머든 거리가 있다. 연지빛과 백색 유도화들이 가로수 밑동에 무성하게 피어 있는 곳. 홍紅과 백白의 꽃 더미에 감겨 있는 가로수들이 환상적이다. 엷은 오렌지빛 장미 더미가 있는 곳도 있다. 하지만 넓은 데서는 역시 원색이다. 파스텔 톤은 야외에서는 쪽을 못 쓴다는 것을 새로 배웠다. 색과 배경에도 궁합이 있나 보다. 작은 첨탑이 있는 교회가 보인다. 길 양옆에는 담 없는 집들이 띄엄띄엄 서 있다. 원색이 야해 보이지 않고, 죽은 풀밭이 초라해 보이지 않아서, 지구의 정갈한 한 부분을 보는 기분이다. 외딴곳에 있는 낯선 집에 그때 나 혼자 있었는데, 이상하게도 외롭지도 않고 슬프지도 않았다. 하와이에서도 이런 경치를 본 일이 있다. 그쪽은 나무들이 더 컸다. 수종도 다양해서 이렇게 아담하고 조촐하지 않았다. 바닷속 같은 그 평화는 어디에서 오는 것일까?

사돈의 집은 한 층에 침실이 네 개나 있고 응접실이 두 개나 있는 4층짜리 건물이다. 국립공원 바로 밑에 있어서 언젠가는 밤에 코요테가 내려와 개를 잡아먹은 일도 있는 그 집에서, 나보다 한 살 아래인 신시아(사돈마님)는 혼자 살고 있다. 독일계인 그녀는 한국 남자에게 반해서 결혼했다가, 적응하지 못해서 사표를 낸 여인이다. 산 같지도 않은 기묘한 산이 있고, 물이 풍성한 골짜기도 있는 곳. 이승과 저승이 맞붙어 있는 것 같은 느낌을 주는 풍경 속에, 신시아는 성 같은 집을 지어 혼자 살고 있다. 아직도 운전을 하며, 합창대에도 나가고, 자기 집에서 집회도 열면서 90이 다 된 신시아는 굳건하게 혼자 서 있다. 나는 그 큰 집과 풍경을 싸잡아서 '신시아의 성'이라고 부른다. 대학 총장이었던 아버지가 한국인과 결혼했다고 유산을 조금도 주지 않았다니, 이건 순전히 그녀가 혼자 힘으로 세운 그녀만의 성이다.

그녀와 나는 몇 번 만나지도 않은 사이인데, 서슴지 않고 그 집에서 잘 만큼 우리는 호흡이 잘 맞는다. 딸이 그 집 아들과 이

133

혼했으니 우리는 사실 사돈도 아니다. 그런데 그 집은 고양이과
에 속하는 내가 서슴지 않고 가서 잘 마음이 생긴 첫 남의 집이
다. 나는 그 집과 그 경치가 좋고, 아직도 목소리가 고운 그 집
주인이 좋다. 그 집에서는 굶고 싶으면 굶을 수 있고, 나가기 싫
으면 집 지키기도 할 수 있는 자유가 있다. 더 좋은 것은 거기 가
면 외손자들과 같이 있을 수 있다는 점이다. 내 손자들이 그녀에
게도 손자이고, 우리는 둘 다 그 애들을 늘 그리워하는 할머니들
이어서, 한데 모이면 분위기가 화기를 띤다.

　신시아와 나는 그날 저녁 손녀가 사 온 한식과 양식으로 각기
흡족한 식사를 했고, 두 할머니를 고루 이뻐하며 같이 보내는 시
간을 즐기는 아이들과 좋은 하루를 보냈다. 그곳은 엄마 없는 외
손자들과 내가 미국에서 같이 있을 수 있는 가장 편한 장소이기
도 해서, 그 집에 가면 사람의 인연에 대해 많은 생각을 하게 된
다. 그녀에 대한 우정의 밑바닥을 흐르는 것은, 혼자 늙는 친지
에 대한 애틋한 연민이다. 씩씩한 체하는 표면 밑에 서려 있는
나의 외로움도 그녀에게 같은 것을 환기시키리라. 그러면서 만
나면 씩씩한 면만 보여주려 애쓰는 동류이니, 국경을 초월하는
공감대가 생기는 것이다. 모든 것을 버리고 한 한국 남자와의 사
랑이 파탄 난 후유증이 아직도 그늘처럼 서려 있는 그녀를 보면,
나라도 쓰다듬어주어야 할 것 같은 기분이 된다.

일정 없는 여행의 재미

이번 여행은 아들네에 얹혀가는 것이라 내게는 일정에 대한 선택권이 없었다. 체재 일자도 일정표도 다 아들이 정했다. 그래서 열하루나 미국에 있는 호사를 누리게 됐다. 생전 처음으로 가져보는 한가로운 여행이다. 덕택에 시간이 남아서 평소에 못 하던 일도 할 수 있었다. 사람을 하나씩 개별적으로 만나보는 일 말이다. 첫 보너스가 친구 만나기였다. 샌프란시스코에는 꼭 보고 싶은 고등학교 때 친구가 있다. 그런데 전화를 하니 차가 없고 다리가 아파서 먼 데는 다니지 못한다고 한다. 옆에 있던 외손자가 그 말을 듣더니 선뜻 자기가 모셔다드릴 수 있다고 했다. 그래서 내가 비행장 근처에 있는 친구 집에 찾아가기로 했다. 운전하는 손자가 풀타임으로 붙어 있으니 그 애 말투대로 만사가 '노 프라블럼'이다.

독립 유공자의 며느님인 친구의 시니어 아파트에는 얌전한 서예 부채가 알맞은 자리에 놓여 있었고, 청전[2]의 작은 산수화가 두 점 걸려 있었다. 그 액자들이 그녀의 인품을 가늠하게 만드는 척도였다. 그것들은 그녀의 조국이고, 그녀의 고향이고, 그녀의 자부심이기도 했다. 집 안에 높낮이를 조절할 수 있는 침대도 있고, 칸살도 넉넉해서 편안하고 안정돼 보여, 보는 마음이 편했다. 살도 안 쪄서 날씬한 친구는 녹색 블라우스 속에서 아름답게 웃고 있었다. 침실에서 공항이 내려다보여서 "눈을 뜨면 대한항공이 떠나는 게 보이고 저녁때는 돌아오는 게 보여 덜 외롭다"는 90세의 할머니다.

신시아와도 아는 사이여서 그녀도 같이 나섰으니, 우리 일행이 네 명이나 된다. 내가 점심을 사는 것이 온당하다. 그런데 아파트 안에 있는 식당은 값이 싸다면서 기어이 친구가 밥값을 냈다. 오래 찜찜할 것 같았지만, 주는 사람 마음은 흡족하지 않을까 싶어 그냥 받아주기로 한다. 요즘 나는 즐겁게 받아주는 연습을 하고 있는 중이기 때문이다.

아파트의 노인들은 대체로 건강해 보였고 교양이 있어 보였다. 남자 여자 할 것 없이 반듯한 정장을 하고 있는 것도 보기 좋았다. 친구가 한국어 인사말을 가르쳐놓아서 만나는 사람마다 "안녕하세요" 하며 인사를 한다. 6·25 때 부산에서, 그 친구가 대학에 못 갈 것 같다고 해서 길에서 붙잡고 운 일이 있다. 엄마가 없는 그 애는 떼를 쓸 형편도 못 되어서 완월동 길가에서 울기 시작했다. 똑똑한 친구가 대학에 못 가는 것이 가슴 아파서 나도 같이 울었다. 하지만 그녀는 미국에 가서 공부도 하고 일도 하면서 아이들을 모두 스탠퍼드를 졸업시켰다고 한다. 그렇게 열심히 산 후에 바다와 대한항공이 보이는 아파트에서 청전의

---

2 동양화가 이상범(1897~1972)의 호.

그림과 같이 사니, 노후가 좋아 보여서 마음이 놓였다. 요즘은 좋게 사는 노인을 보면 무조건 감사하는 마음이 된다. 아픈 친구가 너무 많기 때문이다.

오후에는 신시아와 같이 외손녀의 도자기 스튜디오에 갔다. 창고 같은 멋 없는 건물들이 늘어서 있는 변두리 지역이다. 낮에도 치한이 무서워 차를 집 바로 앞에 세운다는 거리에서, 외손녀는 친구와 공동으로 스튜디오를 빌려 쓰고 있었다. 달항아리moon jar에 흥미가 많은 외손녀는 최근에는 쇳물을 입히는 도기를 만드는 작업도 시도하고 조각의 레플리카도 만들어보고 있단다. 7월에 단독으로 첫 전시회를 하고 나서 8월에는 영국의 로열 아트 스쿨에 장학금을 받고 1년간 가 있는다니, 신나는 청춘이다. 페이가 많아 용돈을 안 받겠다는 셋째 외손자도 외국 출장이 잦아서 집이 필요 없을 정도라니, 역시 신나는 청춘이다. 그 모습을 그들의 엄마에게 보여주고 싶다. 저 애들은 3세여서 부모들이 닦아놓은 토대 덕을 보고 있는 것 같다. 부모가 안정되어서 아이들도 살기가 그만큼 쉬워지는 것이리라. 스튜디오 구경을 끝내고 내친김에 그 애가 사는 집에도 가보았다. 여럿이 세어링 하우스를 하고 있는데, 같이 있는 친구들이 좋아서 즐겁단다.

다음 날은 루키와 이집트 박물관에 갔다. 박물관은 식물원과 같이 있어서 두 가지를 다 볼 수 있었다. 드라이브 자체가 놀이이고, 대체로 한 사람씩 만나니 깊은 이야기를 나눌 수 있어서 참 좋다. 앞으로는 여럿이 만나는 일은 되도록 줄여야겠다는 생각이 든다. 오후에 혼자 집을 지키며 경치를 즐기다가 저녁때 아들네 호텔로 이동했다. 루키가 밤에 상해로 출장을 가는 날이라 아들네가 와서 놀다가 같이 호텔에 갔다.

졸업식

       드디어 졸업식 날이다. 아침에 늦게 일어나 브런치로 강 건너까지 가서 게를 먹었다. 털게의 고장에서 내가 자란 것을 기억한 아이들의 배려다. 골든게이트 브리지를 지나 그 너머의 잘 다듬어진 동네들을 보면서 드라이브도 즐겼다. 클래식한 5층 건물들이 단정하고, 장난감 같은 트램이 다니고, 거리가 깨끗한 도시 샌프란시스코 위에 오늘도 청명한 해가 떠 있다. 문득 40년 전에 딸네가 우리 부부를 이곳에 데리고 와서 게를 먹여주던 생각이 났다. 그때는 여유가 없던 시절이었는데 사위가 신경을 쓴 것이다. 자기 나름으로는 그렇게 하느라고 했는데, 끝이 안 좋아 가슴이 아프다. 호텔로 돌아와 한숨 쉬다가 팰로앨토를 향해 떠났다. 졸업식은 3시부터였다.

  친구들과 노느라고 자신의 졸업식장에도 들어가지 않은 나는, 아이들의 졸업식에도 가지 못한 일이 많다. 직장 때문이다. 그런데 금년에는 졸업식 복이 터졌다. 세 아이가 다 한 해에 아기를 낳아서 우리 집에는 원숭이띠 3인방이 있다. 그중 두 애의 졸업식이 금년에 있다. 남편 1주기 전시회 때문에 일본에 간 김에 카툰cartoon을 공부하고 있는 큰손자 졸업식에 참여했고, 내친김에 도시샤대학에 정지용 시비를 보러 갔더니 그 학교도 그날이 졸업식이었다. 그다음에 도쿄대를 보러 갔다가 거기에서도 졸업식을 만났다. 큰손녀 졸업식(스탠퍼드대)이 마지막이다. 한 해에 졸업식을 네 번이나 보게 되었으니 기분이 좋다.

큰손자가 다닌 일본의 예술학교 세이카대학은 건물이 모던하고 졸업식도 간결했다. 동남아 아이들이 많고 예술학교여서 분위기가 화사했다. 식이 끝난 후에 교수님들이 담화하는 시간은 더 좋았다. 교수님 전원이 긴 스피치를 하여 여러 가지 도움이 되는 말들을 해주셨기 때문이다. 나도 그렇게 하면서 제자들을 사회에 내보냈어야 옳았을 것 같다는 생각이 들었다. 그들은 가운을 입는 걸 좋아하지 않는 것 같았다. 여학생들은 자기 나라의 전통 의상을 입고 있는 경우가 많았다. 도시샤대와 도쿄대도 비슷해서 일본 학교에서는 전통 의상을 입은 여학생이 꽤 있었다. 상하의가 나누어져 있는, 치마바지 같은 외출복이 예전의 일본에 있었다는 걸 금년에야 알았다. 유치원 아이들까지 가운을 입히는 한국과는 좀 달랐다. 꽃다발도 초라할 정도로 작았다. 우리도 소지품을 제한해서 꽃다발이 작았다. 가운도 꽃다발도 우리나라가 단연 푸짐하다. 미국에서는 묘지에도 그런 작은 꽃을 놓고 있다. 미국 묘지는 전체적으로 밋밋한 잔디밭 같은 평면이니 시든 꽃은 경치를 해친다고, 내 동생은 꽃을 가지고 오지 말라고 유언을 했단다.

같은 미국에서도 큰외손자가 다닌 버클리는 졸업식이 간단했다. 그 대신 박수받는 스피치가 많았다. 그런데 스탠퍼드는 의식 자체에 무게를 두는 전통파였다. 전통이 얕은 나라여서 전통에 대한 외경심을 나타내는 클래식한 분위기가 신선해 보였다. MBA 졸업생 5백 명이 자주색 띠를 두른 가운을 입고, 숲길을 걸어서 식장에 들어오면서 식이 시작되었다. 걸어오는 거리가 꽤 길어서 보기 좋았다. 교수와 하객들이 한 사람 한 사람을 박수로 맞이했다. 그러니 시간이 많이 걸렸다. 그다음에는 교수님들이 들어오시는데, 학생들과 학부형들이 동시에 기립해서 한 분 한 분에게 오랜 박수를 쳐드렸다. 졸업장도 한 사람 한 사람 따로 주었다.

인종의 멜팅폿이라 불리우는 나라답게 교수, 학생, 학부형이 모두 얼굴색이 가지가지였다. 몸 크기도 층하가 많이 나고 의상도 각각인데, 가운으로 통일성을 부여하고 있었다. 어느 피부색을 가진 아이도 모두 영특해 보였고, 하객들도 품위가 있었다. 앞으로 전 세계의 경영학을 쥐고 주무를 영재들이 가득 찬 식장을 보고 있으니, 인류의 미래가 환해 보여서 기분이 좋았다.

캠퍼스도 권위가 있었다. 공원같이 넓은 대지에 여유 있게 건물들이 배치되어 있어 격이 높고 개성이 있었다. 건물과 오래된 가로수들이 무게를 지니고 있었기 때문이다. 클래식한 영국 양식에 살짝 스페인식이 가미된 몇 개의 건물들이 묵직한 학교의 인상을 활성화시키고 있었다. 수목도 건물도 연륜이 깊은 이 대학은 신구新舊 양식의 건물들이 스타일과 톤이 비슷해서, 제가끔 다른데도 큰 캠퍼스에 통일된 개성이 생겨났다. 통일성을 살리면서도 새로울 수 있는 것은, 증축한 건물들에 옛 건물과 같은 양식을 도입하려고 노력했기 때문일 것이다. 현대화되면서 전통을 버리지 않은 그 안목이 부러웠다.

학교가 공원처럼 한없이 넓어서, 아이들과 손잡고 노래라도 부르며 캠퍼스 투어를 하고 싶었는데, 불가능하다는 결론이 났다. 너무 넓었기 때문이다. 도쿄대는 건물의 규모가 생각보다 커서 놀랐지만, 교정은 그렇게 넓을 수 없어서 큰길가까지 건물이 차 있었던 기억이 난다. 우리가 다닌 경성제대 건물과는 규모가 큰 격차를 지니고 있었다. 개화기에 섬나라의 좁은 도심에 그런 건물을 세운 스케일은 존경스럽지만, 섬은 역시 섬이어서 터가 대륙처럼 광활할 수는 없었던 것이다. 그래서 일본인들도 영국인들처럼 대륙을 차지하려 광분했다. 광활한 천지를 쾌속으로 달리는 '만철滿鐵 기분'을 즐기고 싶었던 것이다. 영국도 섬나라여서 건물을 옆집과 잇대다시피 했던 사람들이다. 미국의 신대륙을 차지하니 얼마나 신명이 났을지 짐작이 갔다. 이런 여유 있는 대학을 지으면서 그들은 얼마나 새 대륙에 감사를 했을까? 공원 같은 대지와 격이 높은 건물들을 보면서, 그 클래식한 조화에 넋을 잃었다. 관악에 넉넉한 부지를 정해놓고 새로 짓기 시작한 서울대학에는 저런 통일성이 없다. 건물의 양식이 들쑥날쑥이어서 분위기가 어수선하다. 오랜 기간 심사숙고를 해서 마스터플랜을 만들어놓고, 질서 있게 지어 나가지 못한 것은 아마도 건축비의 한도 때문일 것이다. 하지만 그건 어쩌면 지도자들의 안목이 부족한 데서 온 건지도 모른다. 연세대와 이화여대는 모두 신구 건물이 조화를 가지도록 노력하고 있기 때문이다.

나이가 서른이 넘었는데 우리 집 꼬마 아가씨는 17세 소녀처럼 팔팔하고 발랄하다. 학부를 졸업하고 일을 하다가 MBA 과정에 쏙 들어간 기특한 나의 손녀. 그 작은 몸 어디에 그런 지치지 않는 정열이 내장되어 있는지 볼수록 신통하다. 그 애는 아무래도 숨은 에너지원이 있는 것 같다. 입시 때도 공부하는 것을 힘들어한 일이 별로 없기 때문이다. 분당에 있는 직장으로 스카웃되어 간다기에 멀어서 힘들지 않겠느냐고 물었더니, 평창동에서 서울대 가는 것과 별로 차이가 안 난다고 대수롭지 않게 대답하던 아이다. 그 건강과 의지력을 주신 하나님께 감사한다.

자기 졸업식에 참가한 가족을 위해 그 애는 학교 근처에 멋있는 스페인 레스토랑을 예약해놓았다. 거기서 식사를 하고 헤어졌다. 그 애는 부모와 함께 로스앤젤레스에 갔다가 곧장 프랑스와 이스탄불로 여행을 떠날 예정이란다. 그러니 짐 처리를 내일 중으로 끝내야 해서 바빴다. 참 멋있고 신나는 청춘이다. 그건 나도, 제 엄마도, 그리고 이 도시에서 공부하던 우리 딸도 누려 본 일이 없는 멋있는 삶이다. 그 애 덕에 우리도 모두 업그레이드된 기분이다. 아이가 예약한 식당에서 식사를 하고 우리는 샌프란시스코로 돌아왔다. 부모와 함께 로스앤젤레스에 갔다가 곧장 여행을 간다니까 오늘이 그 애가 스탠퍼드에서 보내는 마지막 밤이 될 것이다. 오늘은 아침부터 신나는 일만 있어서 종일 남편 생각이 머리를 떠나지 않는다. 그 하루가 너무 충만하고 좋았기 때문에 함께 있고 싶었던 것이다. 일본에서도 손자 졸업식 날 종일 그 양반 생각을 했는데, 오늘도 또 그런다. 어느 하루가 참 좋은 날이구나 싶으면 그의 부재가 가슴을 후빈다. 춘향이네처럼 한날한시에 같이 죽을 수는 없는 것일까?

쉬는 날에 하는 일

　　　　　　졸업식 다음 날은 오전을 호텔에서 쉬었다. 아침 일찍 가서 저녁까지 계속되는 전교 졸업식이 있다는데, 감당할 수 없을 것 같아서 혼자 남아 쉬기로 했다. 외손녀가 영국에 가면 당분간 만나기 어려우니 오늘은 자기가 점심을 사고, 내게 타이 마사지를 시켜주겠다고 한다. 그 일이 끝난 후 우리는 큰맘 먹고 그 애 엄마 민아가 살던 곳들을 순방하기로 했다. 민아가 기숙했던 맥앨리스터 타워가 보인다. 첨탑인 줄 알았더니 탑의 윗부분이 평평했다. 샌프란시스코는 건물의 높이가 별로 변하지 않은 것 같은데, 역시 스카이라인이 달라져서 어디에서나 보이던 탑이 잘 보이지 않아 한참 찾았다. 도심지라서 그 거리에는 어린애가 없어서, 첫 손자 훈우는 그 거리의 마스코트였다. 순찰 중인 경찰이 과자를 집어주고, 키오스크의 여인이 장난감을 사주었다. 기숙사 안에서도 훈우는 인기가 있었다. 법대생들이 모두 그 애의 친구가 되어준 것이다. 어느 크리스마스에 훈우는 라운지에 세워놓은 크리스마스트리 앞에서 혼자 중얼거리고 있었다. "Don't touch…… just looking." 크리스마스트리의 별들이 너무너무 만지고 싶어서, 아이는 엄마가 한 말을 주문처럼 외우며 스스로를 달래고 있었다.

그 무렵의 그 애 엄마보다 더 나이가 많아진 손녀가 외할머니와 멈춰 서서, 지금은 헤이스팅스 법대가 된 엄마의 기숙사를 보고 있다. 28세에 변호사가 되어 로스앤젤레스로 갔기 때문에, 맥앨리스터 스트리트에는 20대의 민아밖에 없다. 주말마다 아이와 동물원에 가서 놀아주던 민아! "아아! 지브라 카!" 환성을 지르며 다섯 살짜리 아들과 같이 신나게 뛰어가던 민아가 보인다. 그 기억들이 너무 반가운데, 속은 텅 비어 다리가 자꾸 헛놓인다.

크리스티(외손녀)처럼 민아도 훨훨 날아다니며 원하는 대로 살 수 있었는데, 그 애는 숙명적인 사랑을 해서 스물셋 그 어린 나이에 결혼을 했고, 다음 해에는 아기를 낳았다. 그러면서 그 힘든 법대 공부도 포기하지 않았다. 그런 여건 속에서 상위 5퍼센트 안에 들게 공부를 했으니, 얼마나 힘들었을지 알 만하다. 하지만 그 애는 가난한 결혼도, 너무 이른 출산도 후회하지 않았다. 결혼은 아주 소중한 선택이어서 어쩌면 공부보다 더 중요한 일을 성취한 것인지도 모르기 때문이다. 아기도 마찬가지다. 그 애는 좋은 엄마가 되는 것을 최고의 자랑으로 생각하는 여자여서, 자신의 선택으로 엄마도 되고 아내도 된 것을 마이너스라고 생각하지 않았다. 그런데도 그 애 생각을 하면 가슴이 아린 것은, 법대 공부를 하면서 힘들게 기른 아들이 다 길러놓으니 세상을 떠났기 때문이다. 어느 날 가볍게 열이 나더니 19일 만에 아이가 세상을 떠났을 때, 민아는 더 이상 버틸 힘을 잃었다. 그건 재난이었기 때문이다. 4년이 지나자 내 딸은 자기 아들의 뒤를 따라 조용하게 이승에서 떠나갔다.

맥앨리스터 타워를 보고 싶지 않아서 집을 떠날 때부터 눈이 자주 젖더니, 드디어 나는 민아의 딸과 함께 그 건물 앞에 서 있다. 그 무렵의 민아는 황홀하게 예뻤다. 별처럼 빛나던 내 첫아이. 결혼이 여자의 삶을 얼마나 힘들게 만드는가를 확인하면서 나는 그 애 곁을 지켰다. 그래서 크리스티에게 결혼을 독촉하고 싶은 마음이 생기지 않는다. 하지만 훈우같이 예쁜 생명이 새로

태어날 생각을 하면 눈앞이 환해진다. 엄마가 되는 건 신이 허락하지 않으면 안 되는 큰 축복이기 때문이다.

크리스티와 나는 민아 자취를 두 시간 동안 찾아 헤매고 나서 39번 부두에 갔다. 관광객들이 북적거린다. 앨커트레즈를 도는 페리의 선착장이 있고, 바다사자가 게으른 잠을 자는 곳도 있다. 거리의 악사들도 있고, 물색이 곱지 않은 태평양도 보인다. 식당에 앉아 조용히 그 남성적인 바다를 감상했다. 거리에 나오니 배터리가 나가서 더 이상 한 걸음도 걷지 못할 것 같았다. 자전거에 마차처럼 두 좌석을 만들어놓은 근거리용 택시가 있기에 창피를 무릅쓰고 올라타 호텔에 와서 널브러졌다. 오늘은 외손녀와 보낸 모계가족의 날이다. 1년을 지나야 만난다니 어쩌면 크리스티와도 이게 마지막 날이 될지도 모른다. 그래도 우리는 둘 다 울지 않고 헤어졌다. 장하다. 날씨가 좋은 건 참 큰 축복이다. 가라앉은 가슴을 안고 거리에 나가면, 햇빛과 바람이 눈물을 말려준다. 여기서는 슬픔도 색상이 곱다. 훈우가 떠나던 날도 날씨가 청명했던 생각이 난다. 밤에 식구들 몰래 길에 나가 흐느껴 울던 일이 어제 일같이 생생하다. 그런 고통스러운 기억들은 시간이 가도 흐려지지 않는다. 감당하기 어려워서 우리가 그것을 잠시 덮어두는 것뿐이다.

2023년 7월

LA로 가는 길

6년 만의 가족 상봉

아침을 거르고 와서 국내선 식당에 갔더니 남은 음식이 많지 않다. 빵이 떨어져 없단다. 콘 브레드라는 것이 있어 수프와 함께 시켰다. 그런데 사고가 났다. 수프가 들어가자 빵이 알알이 풀어진 것이다. 일부가 기관지로 잘못 들어가 사레가 들리고 재채기가 났다. 입안의 수프와 섞인 알맹이들이 분수처럼 확산되면서 날아가 아이들 밥그릇마다 덮쳤다. 다시 시킬 시간이 없어 그냥 비행기를 타니 살고 싶은 마음이 싹 없어졌다. 혼자 살아 버릇해서 피보호자가 되는 일에 익숙하지 못해 불편한 나는 요즘 아이들하고 있으면 사고를 자주 낸다. 끼니를 거른 아이들을 지켜보면서 로스엔젤레스에 도착했다.

그날 나는 몸이 안 좋았다. 공항에 가기에는 체력이 달렸다.

그래서 공항에서 일어나는 일들이 모두 덤으로 하는 노역처럼 지겨웠다. 멀건 가깝건 공항은 사람을 너무 지치게 만든다. 어느 공항이나 도심에서 멀어서 가는 데 몇 시간이 걸리고 수속도 복잡하고 까다롭다. 6년 동안 공항에 간 일이 없어서, 그런 일들이 새삼스럽게 부담스럽고 재난같이 느껴진다. 도쿄에 가는 데 걸리는 비행시간보다 비행기를 탈 때까지의 시간이 더 걸리는 건 말이 안 된다. 교토는 더하다. 비행장이 없기 때문이다. 지난여름에 일본서 공부하던 큰손자가 코로나 때문에 귀국했다가 간사이 공항에 내리니, 갑자기 혼자 타는 교통수단을 사용하라는 지시가 내려졌다. 택시를 타라는 말이어서 알아보니 택시값이 몇만 엔이 든다. 아이가 기함을 해서 한국에 전화를 걸었지만 방법이 없었다. 비행장이 오사카에 있기 때문이다. 이번에는 같은 캘리포니아인데도 나오고 들어가고 하는 시간까지 합치니 하루가 거의 다 없어졌다. 빨리 가려고 비행기를 타는 건데 비행기를 만나기 위해 이렇게 많은 시간이 걸리는 모순과 패러독스가 새삼스럽게 지겹게 느껴진 것은, 재채기의 후유증 때문인지도 모른다. 다행히도 동생네 집은 공항과 가까운 곳에 있었다.

드디어 육친들이 모여 사는 로스앤젤레스에 왔다. 6년 만이다. 가족이라야 동생네 식구를 빼면 달랑 언니 하나다. 큰언니와 막내가 작년과 금년에 연이어 떠나버려서 이제 남은 것은 이들뿐이다. 딸아이가 암에 걸려 해마다 검사를 받아야 해서 겨울방학마다 이 도시에 왔던 나는, 주중에는 딸네 집에 있다가 주말이면 혼자 사는 작은언니네 집에 가곤 했는데, 언니 아파트 엘레베이터가 고장이 나서 동생네로 온 것이다. 동생네도 사정이 좋지 않았다. 18개월 된 아기가 있고, 90이 가까운 환자가 있다. 열한 살 때 녹내장에 걸린 동생은 몇 해 전부터 시력을 상실해서, 딸과 합자해 단층짜리 큰 집을 사 같이 살고 있는 것이다. 주 3일을 보아주는 손자가 집에 있는 동안은 조카딸이 너무 힘드니 우리는 근처 호텔에 묵기로 했다. 큰 회사의 스텝이던 조카딸에게 남아 있던 마일리지로 얻어줘서 공짜인데, 프레스티지 클래스여서 파티오가 달려 있다.

동생네 집에서 한 시간쯤 수다를 떨다가 언니와 나는 호텔로 이동했다. 밖에 나와 자세히 보니 동네가 기막히게 아름답다. 하와이처럼 큰 나무들이 색색의 꽃을 매달고 있는 것이다. 고급 주택가라 집집이 꽃들이 난만하다. 장미 울타리를 쭈욱 둘러친 집도 있고, 사철나무 산울타리가 싱그러운 집도 있다. 하지만 제일 반가운 것은 보라색 꽃을 잔뜩 매달고 있는 자카란다 나무였다. 고향집에 오동나무가 많아서 5월이면 풍성한 오동꽃을 보고 자란 나는 보라색 꽃을 가진 나무만 보면 무조건 황홀하다. 항상 겨울방학에만 와서 그 꽃을 보지 못했는데, 노후에 딸이 많이 아파서 5월에 왔더니 자카란다가 만발해 있었다. 반가워서 사람마다 붙잡고 꽃 이름을 물어보았는데 아무도 아는 사람이 없었다. 꽃 이름을 가르쳐준 건 옛 동료인 최용선 선생이다. 로스앤젤레스에서 오페라에 초대해준 것도 그분이 처음이었다. 그곳 식구들은 생활이 고달퍼서인지 문화에 대한 관심이 적어 보였다.

한 사람씩 만나기

　　　　　로스앤젤레스에서도 한 사람씩 만나는 일이 계속되었다. 동생이 몸이 안 좋아 호텔에 따라오지 못해서, 이틀 동안은 작은 언니와 둘이만 있게 되었다. 다음 날 3시에 친구가 올 때까지 우리는 자다 깨다 하면서 틈만 나면 가슴속에 6년 동안 쌓여 있던 응어리들을 풀어냈다. 사람에게는 남에겐 할 수 없는 속말들이 있기 마련이다. 그런 말들을 쏟아내는 것은 치료 효과가 좋다. 비실거리던 언니와 내가 속내 이야기를 풀어냈더니 컨디션이 좋아졌다. 속말을 할 수 있는 대상을 가진다는 건 얼마나 축복받은 일인가.

　나머지 이틀은 동생네 집에서 지내서 그 애와 줄창 붙어 있었다. 자는 시간을 빼면 떠드느라고 바쁘다. 동생이 일찍 잠들면 조카딸과 떠들고, 그 애가 바쁘면 손자와 마주 앉는다. 모두 일대일이어서 속 이야기들을 털어놓으니 그 사람들도 얼굴이 환해졌고, 그 김에 내 안의 쌓였던 말들도 카타르시스가 된다.

우리는 이상하게 지금 남은 세 자매가 아주 친했고, 큰언니나 막내와는 나이 차가 많아서 공감대가 적었다. 나는 그중에서도 작은 언니와 가장 밀착됐다. 성격이 반대인데도 공유하는 부분이 많았다. 숙명여고와 경기여고는 다 광화문에서 전차를 내리니 우리는 학교에 같이 다녔다. 중고등학교 시절이 완전히 겹쳐서 청춘 문화를 공유했다. 동생과는 언니가 없던 시절을 공유했다. 언니들이 모두 서울에 유학을 가버린 전쟁 말기에 우리는 홍수에 집을 잃었다. 그래서 일 돕던 사람들이 모두 떠나고 우리 식구만 남았다. 할머니도 돌아가셔서 나와 동생은 어머니의 살림을 도와야 했다.

주말마다 어머니는 갈마반도에 가셨다. 오빠가 학도 징용으로 거기 와 있었기 때문이다. 그러니 주말이면 열한 살인 내가 가장이 됐다. 동생 셋을 건사하는 어른이 되는 것이다. 그러면 동생은 내 보조역이다. 둘이 밥을 해서 밑의 두 아이를 먹여야 한다. 작은언니와의 관계가 소설이나 영화, 유행가로 이어지는 문화적인 것이었다면, 동생과의 관계는 등피 닦기나 감자 까기 등으로 이어지는 실무적인 것이었다. 그 시절에 우리는 이웃 아줌마의 도움을 받아 디딜방아로 보리를 대껴서 밥을 하는 곡예도 해보았다. 아슬아슬하고 재미있고 신이 났다. 그런 기간이 2년이나 되어서, 우리 둘밖에 모르는 이야기가 많다. 그러니 둘만 있으면 우리 입은 쉴 틈이 없다.

큰언니와 막내 동생이 연거푸 떠나서, 이번 여행은 눈썹에 눈물을 달고 다니는 슬픈 행보였다. 로스앤젤레스에는 사방에 가족들의 무덤이 있다. 조카의 무덤도 있고, 외손자의 무덤도 있고, 형부들의 무덤도 있고, 언니와 동생의 새 무덤도 있다. 그래서 90세의 내가 무덤 순례를 하고 다닌다. 첫날은 큰언니와 동생의 무덤에 갔다. 언니 가족은 여기 없으니 막내의 큰딸 성희가 데리러 왔다. 지난번에 막내가 자기 집에 가자고 하는데 손녀 때문에 가지 못해서, 이번에는 알람브라의 동생 집에도 가보았다. "언니, 우리 집은 꽃밭이야. 우리 동네에서 제일 이뻐" 하며 행복한 표정을 짓던 동생의 말이 들려오는 것 같다. 그런데 그 애의 정원은 이미 폐허가 되어 있었다. 오래 앓았으니 남편과 딸이 꽃밭까지 돌볼 여유가 없었던 것이다. 사람이 하는 일은 숨이 끊어지면 바로 저렇게 와해되는 건데, 아직도 아득바득 무언가를 정리하려고 기를 쓰고 있는 자신이 한심하다. 고마운 것은 그들의 자녀들이 엄마를 극진히 돌보다 보낸 것이다. 효녀가 둘이나 있는 큰언니네는 말할 것도 없지만, 성희네도 환자를 가족이 빈틈없이 돌봤다. 막내는 남편복도 많아서 환자를 휠체어에 편하게 앉히려고 제부가 6년 동안 성심을 다했다. 돌아오는 길에 의류상을 하는 큰동생 딸의 공장과 집을 모두 방문했고, 성희에게서 맛있는 한식을 대접받았다. 다음 날은 작은언니와 동생도 동행해서 희선이 차로 외손자 훈우 무덤을 찾아갔다.

걸을 때마다 내 생각 해줘

도착하자마자 연락을 했더니 20일 날 3시에 친구 부부가 호텔로 왔다. 대학 입시 공부를 같이 하던 아주 절친한 친구다. 의사였던 그 친구는 이복동생 기르기에 심혈을 기울이더니, 만년에는 북한 동포 돕기를 업으로 하는 장로의 헌신적인 부인이 되어 봉사 일변도의 삶을 살고 있다. 그녀가 돈 2백 달러를 내놓았다. 신발을 사라는 것이다. 자기가 발바닥이 너무 아파서 처음으로 2백 달러짜리 환자용 신발을 샀더니 너무 좋아서, 같은 걸 꼭 내게 사주고 싶단다. 평생 40달러짜리 신발만 신고 살면서 남을 도와주는 친구다. 그녀에게서 돈을 받는 건 말이 안 된다. 그런데도 받기로 한 것은 "걸을 때마다 내 생각 해줘" 하던 유언 같은 말 때문이다. 그리고 보니 그 친구와도 이게 마지막 만남이다. 그녀는 지금 마지막 선물을 하고 있는 것이다.

그날 나는 그 친구가 늙어가고 있다는 것을 두 번 느꼈다. 첫 번째는 약속보다 한 시간 반이나 늦게 왔는데 미안해하지 않아서 놀랐다. 노인 둘이 움직이는 게 너무 힘들어, 남을 기다리게 한 걸 잊은 것 같다. 누구와 만날 때 언제나 미리 가서 기다리던 친구여서 가슴이 아팠다. 그다음은 말이 많아졌다는 사실이다. 작은언니 아들이 저녁을 살 때, 그녀가 말을 길게 해서 또 한 번 놀랐다. 조신하고 입이 무거운 조용한 친구였기 때문이다. 늦으니 그쪽 나사도 좀 풀렸는가 싶어서 진심으로 슬펐다. 늙음은 말짱하던 인간도 한 모서리 한 모서리 부수어서 허술하게 만든다. 남의 일이 아니다.

문제는 그 신발 사는 과정이 너무 힘들었다는 데 있다. 조카딸이 컴퓨터로 검색해서 그로브스 백화점까지 갔는데, 치수가 맞는 게 없어서 베벌리힐스까지 가야 했다. 친구의 당부 때문에 꼭 같은 신발을 사야 했던 것이다. 주차가 어려운데 두 곳이나 가니 조카 보기가 민망했다. 어쨌든 나는 친구가 지정한 신발을 살 수 있었고, 언니에게도 하나 사드릴 수 있었다. 그리고 우리는 '코바우'라는 한식집에 가서 빈대떡을 맛있게 먹었다. 정철의 「관동별곡」과 정지용의 「향수」가 쓰인 서예 액자가 어설프게 걸려 있는 한식집이었다. 그날 오후의 마지막 프로는 옛 노래 부르기다. 셋이 같은 침대에 누워 어려서 부르던 노래들을 부른다. 떠나간 언니와 동생의 빈자리가 환히 보인다. 큰언니가 일본 동요의 2절이 생각나지 않아 답답해하던 모습이 떠오르고, 성묘 끝나고 노래를 부르며 돌아오다가 잠깐 졸던 막내가 "어이구! 푸른 하는 은하수를 잊어버렸네" 하던 생각이 난다. 얼마나 더 가슴 아픈 이별을 겪어야 내 차례가 올 것인가?

아들이 '신북경'에서 이모들과 나의 송별회를 열어주었다. 그리고 거기에서 우리는 영원한 이별을 했다. 살이 빠져서 푹 꺼진

언니의 눈자위를 보면서, 죽는 사람을 보는 것과는 또 다른 고통을 느꼈다. 언니가 엘레베이터 앞에 서 있다가 이유도 없이 비시시 쓰러지는 걸 보았기 때문이다. 그날 나는 거기에서 일곱 명의 육친들과 그렇게 고통스러운 마지막 인사를 나누었다. 손을 흔들며 쿨하게 헤어지고 싶었는데 기어이 울음보가 터졌다. 조카가 엄마를 얼른 안아 차에 태우고 떠나버렸다. 그러고 나서 언니는 전화를 안 받는 이상한 버릇이 생겼다. 살아 있는데 벌써 이별이 시작되고 있는 것이다. 그게 사라져가는 순서인 것을…….

2023년 7월

LA에서 오는 길

1991년 여름에 2년 만에 로스앤젤레스에 간 일이 있다. 그때 내게 로스앤젤레스는 딸이 있는 곳이고, 형제들이 살고 있는 곳이었다. 오빠가 돌아가셔서 혼자 남은 서울보다는 혈육이 훨씬 많은 고장인 것이다. 그래서 몇 년 전에 나는 '로스앤젤레스에 두고 온 고향'이라는 글을 쓴 일이 있다. 한국보다 미국에 혈육이 더 많으니 그곳에 고향이 있는 느낌이 들어서였다. 그곳은 내게 미국도 아니고 캘리포니아도 아니고 로스앤젤레스도 아니다. 그냥 딸과 형제들이 있는 곳이다. 그래서 30년 동안 해마다 그곳에 갔지만, 나는 그 도시의 지리를 아직도 모르고 있다. 그 도시에서 사는 법도 모르고 있다. 나는 거기에서 쇼핑을 하고 다닌 일도 없고, 다른 사람을 만난 일도 거의 없다. 내가 알고 있는 것은 가족들과 그들이 살고 있는 울타리 안뿐이다. 이 집에서 저

집으로 안내를 받아가며 차로 옮겨다니니, 그곳은 딸과 형제들이 별처럼 여기저기 뿌려져 있는 고립된 공간같이 느껴졌다. 그래서 나는 그 도시가 어떻게 생겼는지도 알지 못한다. 드라이브를 하면서도 딸을 보고, 손자를 보고, 형제들과 조카들을 보느라고 경치를 보지 않기 때문이다.

해방 후에 북한에서 피난 온 우리는 대한민국 안에는 고향이 없다. 피난민으로 들어와 사는 서울을 고향이라고 생각한 일이 없기 때문이다. 내게 고향은 내 고장 말을 하는 혈육들과, 식해 젓이나 함흥냉면 같은, 우리 음식이 있는 곳이다. 그래서 로스앤젤레스가 고향처럼 느껴지는데, 나는 그 도시의 어느 부분에도 관심이 없다. 내게 로스앤젤레스는 오직 혈족에 대한 그리움의 공간이며, 원초적 공간이고, 아주 사적인 공간이다. 그곳은 다만 내가 항상 간절하게 가고 싶은 곳이다. 하지만 사는 일에 쫓기어서 나는 그곳에 자주 갈 수가 없다. 또 갖은 노력을 다해서 겨우 가보아도 그곳 식구들이 너무 바빠서 조용히 앉아 담소를 즐길 시간도 없다. 나 역시 집에 두고 온 식구들이 걱정되어서 늘 쫓기는 기분이었는데, 1991년 여름에는 모든 여건이 좋은 쪽으로 갖추어져 있었다.

우선 작은며느리가 새로 들어와서 살림과 남편 걱정에서 해방될 수 있었다. 일하는 아줌마가 있을 때였으니까 내가 없는 편이 새아기가 남의 집에 적응하기에도 좋을 것 같아, 떠나는 마음이 편했다. 1년 가까이 붙잡고 씨름하던 책 원고도 교정지를 넘긴 후였는 데다가, 뉴욕에서 공부하는 큰아들 내외가 로스앤젤레스까지 동행하게 되었으니, 여행 조건은 최상이었다.

미국도 비슷한 상태였다. 아이를 기르면서 공부하느라고 고생을 해서, 늘 목에 걸린 가시처럼 아프게 느껴지던 딸이 드디어 변호사가 되어 근사한 집에서 잘 살고 있던 시기여서 마음이 느긋했다. 큰아들과 딸 두 가족을 한집에서 모두 거느리고 사는 것도 처음 있는 일이어서 나는 두루 신바람이 났고, 금상첨화로 배춧국을 썩 잘 끓이는 아줌마까지 갖추어져 있었으니 더 바랄 것이 없었다.

형제들의 여건도 많이 호전되어 있었다. 아이들이 다 커서 여유가 생겼고, 언니들은 모두 은퇴해서 한가했으며, 병복이 많아 최근에 수술한 동생도 건강이 나아져서 누군가가 차로 실어다만 주면 수다를 떨며 같이 노는 데는 지장이 없었다.

주중에는 딸 내외가 출근하면 며느리가 깎아주는 과일을 먹으면서 다섯 자매가 한방에 누워 종일 수다를 떤다. 2년간 밀려 있어서 할 말이 너무 많다. 점심에는 큰언니가 담가온 식해젓까지 곁들여서 맛있는 한식을 먹으면서 늘어지게 쉰다. 그리고 저녁 때는 아이들과 정담을 나누었다.

주말은 더 풍성하다. 조카들까지 합세하여 놀러 가기 때문이다. 여러 대의 밴에 한식을 잔뜩 싣고 샌디에이고나 허스트캐슬 같은 데를 떼를 지어 떠들고 다녔다. 딸아이는 오래 못 보던 제 동생 내외와 사촌들이 반가워 행복해하고, 우리는 우리끼리 밀린 이야기를 5중주로 나누느라고 부산하다. 딸이 이오네스코의 드라마 같다고 놀리는 그 착종錯綜되는 복잡한 말잔치다. 그러다가 흘러간 노래를 부르며 어린 날을 되새긴다. 엄마에게서 배운 노래를 할 때면 울기도 한다. 유람선 위에서는 춤까지 곁들여진다. 조카들과 이모들이 체인징 파트너를 하면서 밴드에 맞추어 춤을 추며 법석을 떤다. 밤이면 두 세대의 가족들이 끼리끼리 모여서 자지 않고 떠든다. 밤낮으로 기쁨과 흥분이 소용돌이친다. 어머니를 닮아 노동 중독에 걸려 있는 우리 자매들은 일생 동안 일만 하면서 숨 가쁘게 살아왔다. 그래서 1991년의 휴가는 정말 몇십 년 만에 처음으로 가지는 우리 가족의 흥성한 축제였다. 사랑하는 아이들을 들러리 세운 호강스러운 가족 축제였다.

그런데 떠나기 전날 나는 갑자기 위경련을 일으켰다. 사위가 출장 가서 모처럼 딸과 새벽 네 시까지 밀린 이야기를 하며 오붓하게 잘 지냈는데, 잠자리에 들려는 순간 느닷없이 위경련이 엄습해온 것이다. 며느리가 백비탕을 끓여오고, 아들이 청심환을 먹이고, 딸이 손발을 주무르는 소동 끝에 육체의 고통은 많이 가라앉았다. 그런데 몸의 아픔이 가라앉자 갑자기 눈물이 쏟아지기 시작했다. 자신도 예상하지 못했던 일이다. 위가 더 아파졌는 줄 알고 아이들이 울상을 하는데, 내 입에서는 생각지도 않았던 말이 불쑥 나온다.

"인제 여기 식구들을 몇 년씩 못 보며 사는 걸 참을 수 없다."

"그립다 말을 할까 하니 그리워" 하는 어느 시인의 시구처럼, 그 말을 입 밖에 내자 더 이상 눈물을 멈추게 할 재주가 없었다. 앞으로 내가 몇십 년을 더 산다고 해도 미국에 영주하는 딸을 몇 번이나 더 볼까 하는 생각 때문이다. 그래도 아이들의 경우는 참을 수 있다. 아들네는 공부가 끝나면 돌아올 것이고, 딸은 젊으니 내가 움직이지 못하면 자기가 올 수 있다. 형제들은 그렇지 못하다. 손위의 언니가 둘이나 된다. 늘 사선을 넘나드는 병객인 동생도 문제다. 늘 가슴에 걸리는 것은 그 아이다. 벌써 오랫동안 나는 헤어질 때마다 다음번엔 그 애가 없을 것 같아 발바닥이 저려왔다. 그건 강박관념이 되어 늘 악몽으로 나타난다.

어찌 그 애뿐이겠는가? 죽음에는 정년이 없는 법인데……. 지난 4년 동안에 아버지와 조카를 함께 잃은 경험이 있는 우리 형제는 모두 다음번에는 누군가가 더 줄어 있을까 봐 헤어질 때마다 악몽에 시달린다. 몇 해 동안 보지도 못하다가 타국에서 혈족의 부음을 들을 때의 고통이 얼마나 고약한 것인지 우리는 알고 있다. 하지만 아무도 그런 눈치를 보이지 않는다. 그건 너무 고통스러워서 모두가 마음속 깊은 곳에 꽁꽁 묻어두는 금기 사항이다. 그것을 위경련이 깨뜨려버린 것이다.

곰곰이 되짚어보니, 미국에 닿던 날부터 과식하기 시작한 것이 생각났다. 위가 약해 한 숟갈만 더 먹으면 탈이 나는 내게는 일어날 수 없는 증상이다. 떠날 때가 가까워오자 그 증상은 나날이 심해지다가 드디어 위경련으로 폭발한 것이다. 2년이나 못 만나다가 고작 열흘 동안 같이 있다 헤어지는 그 짧은 만남의 첫머리에서부터 이별의 두려움이 음식을 퍼먹는 증상으로 자라고 있었던 것이다.

그때 내 머리엔 마지막 날의 최정희 선생 얼굴이 떠올랐다. 병상에 누워 계시던 선생님이 조용해서 들여다보면, 매번 소리 하나 내지 않고 전신으로 통곡을 하고 계셨다. 다시 못 볼지 모르는 미국에 있는 딸과 손자들, 못 본 지 반세기가 넘는 북에 있는 형제들에 대한 애절한 그리움을 선생님은 그렇게 소리 없는 통곡으로 표현하신 것이다. 그분뿐 아니다. 우리 아버지도 마지막 날에 미국에 있는 딸들이 보고 싶어 그렇게 우셨다. 그것은 입이 막히고 주리를 틀리는 것 같은 고통스러운 형상이어서 보는 이의 마음도 미어진다. 너무 아파서 자신에게도 알릴 수 없는 그 소리 없는 통곡을 얼마나 많은 사람이 울고 있을까?

하지만 그것은 우리가 누군가를 그만큼 절실하게 사랑하고 있다는 증거이니, 하나의 축복이기도 하다고 스스로를 달래면서 공항으로 향했다. 나를 안심시키려고 수술한 배를 부여안고 공항까지 나온 동생과 웃으면서 헤어져 왔는데…… 한 달이 지난 후까지도 나는 위경련의 후유증에서 벗어나지 못하고 있었다.

　그렇게 30년의 세월이 또 흘러갔다. 그동안 나는 미국 식구 중에서 외손자를 잃고, 딸을 잃었다. 형제도 잃었다. 작년에는 큰언니가 떠나고, 금년에는 막내 동생이 떠나, 이제는 언니 하나 동생 하나만 남았다. 모두 90 언저리이니 슬픈 이별이 또 대기하고 있는 상태다. 이제는 살아 있어도 더는 만날 수 없을 것 같다. 열세 시간씩 비행기를 탈 수 있는 체력이 우리 형제에게는 남아 있지 않기 때문이다. 그래서 그건 영원한 이별의 자리가 되었다. 이제 곧 전화 소리가 안 들릴 시기가 올 것이다. 그러면 정말 로스앤젤레스는 내게 이승인지 저승인지 모를 장소가 되리라. 그리되면 살아 있는 것이 무슨 위로가 될 수 있을까?

2023년 9월[1]

1　1991년 9월에 쓴 것을 2023년 9월에 다시 쓴 것이다.

3

유행기遊行期의 얼굴

코로나 바캉스

중학교 때 교과서에 「철학자와 뱃사공」이라는 글이 있었다. 뱃사공이 철학자를 태우고 강을 건너는 이야기다. 배가 강심에 다다를 무렵에 철학자가 뱃사공에게 말을 건다. 혹시 철학 공부를 한 일이 있느냐고 물은 것이다. 아니라고 대답했더니 철학자는 혀를 찬다. "저런! 당신은 인생의 4분의 1을 헛살았구려!" 다음에는 물리학을, 그다음에는 수학을 아느냐고 물었던 것 같다. 역시 모른다고 하니까 철학자는 너무 놀란다. 그의 견해에 의하면 뱃사공은 인생의 4분의 3을 모르고 산 몽매한 인간이기 때문이다.

그때 배가 암초에 부딪친다. 뱃사공이 철학자에게 다급하게 묻는다. "선생님, 수영할 줄 아세요?" 철학자가 고개를 흔들자 이번에는 뱃사공이 혀를 찬다. "어쩌나! 당신 인생은 4분의 4가다 날아가게 생겼네요."[1]

요즘은 삶의 4분의 1밖에 되지 못하면서 삶의 전부를 떠받치고 있는, 뱃사공의 노 젓기나 수영 같은 현실적인 일에 대해 생각해보는 시간이 많다. 수영이나 노 젓기는 철학처럼 심오한 삶의 원리를 깨우쳐주는 학문은 아니지만, 그것을 모르면 다른 걸 아무리 많이 알아도 삶 자체가 위협을 받는다. 그건 삶의 기본항이기 때문이다. 그래서 예술가 중에서도 생활을 예술이나 명예보다 더 소중하게 생각하는 '생활 제일주의'를 주장하는 사람들이 더러 있다. 밥을 먹어야 예술 작품을 만들 힘도 나오기 때문이다. 같은 현실적인 문제 중에서도 수영은 남이 대행해줄 수 없다. 하지만 노를 젓는 것은 대행해줄 수 있다. 대체 가능한 노동인 것이다. 가정에서 주부들이 하는 역할이 뱃사공의 노 젓기와 닮은 데가 많다. 새삼스럽게 어려서 배운 「철학자와 뱃사공」을 생각해낸 것은 그 때문이다.

가정에는 전문 뱃사공이 없으니 노는 식구들이 분담해서 저어야 하는데, 그게 잘되지 않아서 우리 시대에는 주부들이 그 일을 전담하는 경우가 많았다. 노를 젓는 건 힘들고 재미없는 일이다.

---

1   나중에 보니까 「철학자와 뱃사공」은 13세기 이란의 시인 루미의 작품이었다.

하지만 누군가가 하지 않으면 배가 강을 건널 수 없으니 주부들은 힘이 든다. 요즘 젊은 여자들이 결혼을 기피하는 것은 그런 희생을 하기 싫어서일 것이다. 그들은 노 젓기가 아니라 철학을 연구하는 삶을 살고 싶은 것이다.

그런데 철학과 노 젓기를 모두 해야 하는 여인들이 있다. 전문직을 가진 주부들이다. 그들은 노 젓는 일에 지쳐서 철학을 제대로 할 시간을 내기 어렵다. 그래서 사회와 가정 양쪽에서 협공을 당한다. 아기 기저귀 가는 일을 여러 해 계속하는 경우도 있기 때문에 주부에게는 철학을 생각할 시간이 절대적으로 모자란다. 그건 직업인으로서는 결격 사항이다. 그래서 기혼 여성의 사회 진출을 직장에서는 반기지 않는다. 가정적인 면에서 봐도 그건 역시 좋은 조건이 아니다. 전업주부보다 살림을 철저하게 할 시간이 모자라니 가족에게서도 좋은 소리를 듣기 어렵다. 그런데도 철학을 포기하지 못하는 것은 한 인간으로서의 자기를 살리며 살고 싶다는 갈망 때문이다.

나는 평생을 그런 주부로 살아왔다. 나는 대학의 동기 동창생과 결혼했다. 과도 같고 전공 분야도 같다. 그래서 대학 4년 동안 우리는 같은 질의 교육을 평등하게 받았다. 수업 외의 시간에도 매일 만나서 학교와 관련되는 이야기를 나누며 동등하게 지냈다. 남자도 여자도 모든 시간을 강의와 전공 공부에 집중하며 사는 일이 허용되었던 것이다. 졸업한 후에도 우리는 같은 직종의 일을 하면서, 근무 외의 시간엔 통행금지 직전까지 다방에 앉아서 문학이나 예술 이야기를 나누거나 공부를 같이 하며, 철학으로 대표되는 삶의 4분의 3을 충실하게 살려고 애 썼다.

그런데 결혼을 해보니 내게 배치된 뱃사공의 과업이 생각보다 버거웠다. 남자는 생계를 책임지고 여자는 노 젓기를 하면 균형이 대충 맞는데, 똑같이 직장 생활을 하면서 덤으로 노까지 저어야 하니 여자의 부담이 너무 커지는 것이다. 그런 관행은 지금도 없어지지 않아서, 우리보다 반세기가 지난 후에 태어난 후배들까지 『82년생 김지영』을 아직도 읽고 있다. 그런데 나는 무모하게도 남편 몫의 노 젓기까지 대행해주고 싶어 했다. 그는 특별한 재능을 타고난 인물이어서 노를 저을 시간이 없었기 때문이다. 노는 남이 대신 저어줄 수 있지만 창조 행위는 아무나 할 수 있는 것이 아니어서, 대체 가능한 쪽을 내가 맡기로 한 것이다. 노를 젓지 않으면 당장 배가 서버리니 길게 생각할 여지도 없었다.

남편은 결혼 전에, 추상적인 사고에 몰두해서 노 젓는 동작을 소홀히 하거나 뒤로 밀어놓았다가 문제가 생겨서 고전한 일이 많았다. 혼자 살면서 빨래를 할 줄 몰랐고, 서류 처리 같은 것도 제때에 하지 않았으며, 집안의 심부름도 자주 잊어서 늘 현실에 시달리며 살았다. 대학생은 병역이 보류되던 시기였는데, 기류계를 옮기지 않아서 블랙리스트에 이름이 오르는 것 같은 엄청난 일도 저질렀다. 도움이 절실하게 필요한 사람이다. 그래서 내가 도와주마고 자청한 것이다. 남편은 일 욕심이 많아서 항상 바빴다. 직장에 다니면서 대학원에도 다니는데 글도 써야 하니 노상 시간에 쪼들렸다. 그는 재학 중에 이미 이름이 알려지기 시작해서 결혼할 무렵에는 문단의 주목을 받는 신진 평론가였다. 그런데 글을 쓸 시간이 절대적으로 모자랐다. 그래서 돕고 싶었다. 기류계를 옮기거나 짐을 붙여주는 일은 내가 대신 처리해줄 수 있기 때문이다. 그러면 그는 글 쓸 시간을 벌 수 있을 것이다. 그에게 글 쓸 시간을 보태주고 싶어서 나는 결혼 전부터 그의 잡무를 돕기 시작했다. 그건 내가 자신의 철학할 시간을 내주는 행위였지만, 사랑하니까 아깝지 않았다. 그는 노 젓는 일을 대체로 뒤로 미루는 성격인데, 나는 반대니까 일상적인 일들은 내가 처리하는 게 훨씬 문제가 적기도 했다.

나의 2인분 노 젓기는 그렇게 학창 시절에 이미 시작되어 결혼한 후에도 계속되었다. 똑같이 교직을 맡고 있으면서, 남편이 글을 쓰는 시간에 아이가 울면 업고 나가 밖에서 재워오는 식으로 나는 그에게 과잉 충성을 했다. 집에서 남자가 해야 하는 잡무는 사람을 불러 대행시키고, 내가 할 수 있는 일은 직접 하면서 그를 일상적 잡무에서 멀어지게 한 것이다. 그게 그 무렵의 나의 사랑법이었다. 그런다고 내 직장에서 봐주는 건 아니니까, 학교에서는 학교대로 새벽과 저녁에 하는 공동 과외를 내게 맡겼다. 고3 국어 교사였기 때문에 그것은 내 의무였으니 할 말이 없었다. 그래서 2인분 노 젓기를 계속하면서 철학도 했다. 그렇게 과부하를 했으니 탈이 나지 않을 수 없었다. 나날이 체중이 줄어가더니, 결혼하고 2년이 지나니 몸무게가 40킬로 이하가 되어버렸다. 갑상선에 혹이 80센티나 자라 있었던 것이다.

원래 몸이 약하니까 나는 어려서부터 게을렀고, 혼자 있는 시간을 좋아했다. 초등학교 때부터 식구들이 모두 교회에 가고 혼자 집을 지키는 것이 적성에 가장 잘 맞는 일이었다. 책을 마음대로 읽을 수 있기 때문이다. 내가 어려서부터 간절하게 바란 삶은, 되도록 방해를 받지 않고 종일 원하는 책을 읽으며 사는 것이다. 친정에 살 때는 그런 시간을 만들기 쉬웠다. 손위의 여자가 많은 집이었기 때문이다. 그런데 결혼을 하니 내가 원하는 일을 할 시간이 자꾸 줄어들었다. 결혼하고 바로 임신했기 때문에 아이를 돌봐야 하는 일까지 부가되니 밤에 잠도 제대로 잘 수 없었다. 8년 동안에 딸을 낳고, 아들을 낳고, 또 아들을 낳았다. 아이가 셋이 되던 날 나는, 세 번째 아이를 낳으니 하늘 옷을 돌려받았는데도 천상으로 돌아가는 것이 불가능해지던 나무꾼 이야기 속의 선녀를 생각했다. 여자들이 산후우울증에 걸리는 이유를 알 것 같았다. 자기 상실에 대한 두려움은 그렇게 엄청난 것이다.

그런 환경 속에서 철학자처럼 지적인 생활을 영위한다는 것은 거의 불가능한 일이다. 하지만 고교 전임 교사니까 나는 종일 그 일을 하고 돌아온다. 몸이 약하니까 그것만 해도 이미 과부하다. 도우미가 있어도 그 애는 저녁을 준비해야 하니까 대문에 들어서기가 바쁘게 베이비시팅이 시작된다. 종일 엄마 없이 보낸 아기는 엄마가 그리워서 허겁지겁 가슴부터 파고든다. 그건 가슴을 가득 채우는 행복한 일이었지만, 약한 몸이 감당하기에는 버거운 일과다. 종일 서서 강의를 하고 와서, 아이가 잠들 때까지 씻기고 먹이고 같이 놀아야 하는 것은 중노동이기 때문이다. 친척은 남보다 몇 배나 많은데, 내게는 도움을 받을 친척이 하나도 없다. 친정어머니는 학교에 나가는 작은언니가 먼저 점령해버렸고, 시어머니는 애초부터 안 계셨다.

그 와중에 무리를 해서 대학원에 들어간 것은, 지적으로 퇴화해가는 데 대한 위기감 때문이었다. 대학원에 간다고 도와줄 사람이 생기는 것은 아니니까, 혼자 내가 다 맡기로 한 노 젓기를 기를 쓰고 하면서 논문을 쓰는 수밖에 방법이 없다. 하성란식으로 표현하자면 "머리에 인 짐은 무겁지, 아이는 등에서 울지, 치마는 흘러 내리지, 비는 오지, 변소에는 가고 싶지……"[2] 하는 상황이다. 그 무렵에 나는 손이 많이 달린 천수관음을 자주 부러워했다. 법대 2학년 때 딸이 "세상에서 제일 쉬운 것은 공부고, 제

---

2 하성란, 「그 여름의 수사修辭」, 『여름의 맛』, 문학과지성사, 2013.

일 어려운 것은 주부업"이라고 탄식하던 생각이 난다. 그 애가 다닌 법대 기숙사에는 아이를 가진 학생이 거의 없었다. 남자들도 아이를 원하지 않는 것은 법대 공부가 너무 버겁기 때문이다. 그 공부를 하면서 아이를 길러야 하니 그런 한탄이 나오는 것이다. 나는 그 애보다 아이가 둘이나 더 많은 데다가, 수시로 무언가를 해드려야 하는 아버님이 두 분 계셨고, 시댁에만 백 명이 넘는 대가족이 있었다. 따로 사는데도 그 모자라는 내 시간이 걸핏하면 가족들에게 침해를 당했다. 추상적인 사고나 지적인 작업을 할 여건이 정말 아니었다. 그 속에서 나는 형이상학의 끈을 놓지 않으려고 문자 그대로 악전고투를 했다. 성과도 없는 그 열망이 삶을 더 고달픈 것으로 만들어갔다.

그랬는데 정년 퇴임을 할 무렵이 되니 거짓말처럼 노 젓는 일이 쉬워졌다. 승객이 줄었기 때문이다. 부모님들은 돌아가셨고, 아이들도 자라서 모두 떠났으며, 남편에게는 비서가 생겨서 많은 일을 스스로 처리하니 업무량이 큰 폭으로 준 것이다. 정년 퇴임 후에 박물관을 경영하면서 책을 쓰는 일이 가능했던 것은 그 덕이다. 부모님이 돌아가시고 아이들이 가버리니 정서적으로는 외롭고 막막했지만, 그 외로움은 덤으로 자유로운 시간을 가져왔다. 어차피 글은 외로워야 읽히고, 외로워야 써지는 것이니, 자유롭게 살려면 외로움은 참는 수밖에 없을 것 같았다.

모처럼 한가해지니 이제부터는 철학도 하면서 노 젓기도 할 수 있겠다고 신이 나 있는데, 기다렸다는 듯이 질병들이 몰려왔다. 고혈압, 허리 디스크, 갑상선 기능항진, 골다공증, 난소 종양, 인후암 등 참 많은 병들이 차례차례로 찾아왔다. 백내장, 정맥류 같은 것도 생겨나서 1년에 서너 번 수술을 한 일도 있었고, 하루에 먹는 약이 일곱 알이나 되게 몸이 상한 것이다. 늙으면 제 안에 있는 짐승을 기르느라고 정신이 없어진다던 어느 선배의 말씀이 실감으로 다가왔다.

하지만 젊었을 때 워낙 병약했던 나는 한 번도 건강한 육체를 가져본 일이 없어서, 늙어서 병이 늘었는데도 별로 놀라지 않았다. 기본 체력은 젊었을 때와 별로 다르지 않았기 때문이다. 나는 중학교 때부터 현기증 때문에 체육 시간에 견학만 한 스라소니였고, 27세 때는 갑상선 때문에 수전증까지 앓은 일이 있다. 지금은 적어도 까무러치거나 손이 떨리지는 않으니 늙음을 겁낼 것이 없었다. 쉰 살이 넘으니 처음으로 체중이 50킬로가 되면서 빈혈이 없어졌다. 노천명의 말대로 살이 몇 온스 느니까 확실히 신경이 무뎌져서, 나는 느긋한 낙천주의자가 되기 시작했다. 젊어서 다른 사람들처럼 젊어본 일이 없으니 늙음이 무섭지 않았던 것이다. 하지만 무서워하지 않는다고 늙음이 비켜가는 것은 아니다. 1996년부터 20년 동안 겨울마다 석 달씩 디스크를 앓았으며 혈압도 높아졌다. 갑상선에 혹이 생기기도 하고 암에 걸리기도 해서 사실 편한 날은 별로 없었다. 하지만 워낙 앓는 일에 이골이 나 있어서 나는 병과 같이 사는 일을 잘해나간다. 노상 아프니까 아파도 그냥 남들 하는 일을 다 따라 하는 곡예를 하는 것이다. 빈혈은 죽는 병은 아니니까 영양 주사를 맞으면 버틸 수 있기 때문이다. 수시로 주사를 맞아야 했지만 학교에 결근하는 일은 거의 없었고, 해야 할 일을 미룬 적도 없으니, 사람들은 내가 환자인 것을 잊기 쉽다. 빈혈로 까무러칠 것 같아서 퇴근하면서 주사를 맞으러 가는 날에도, 집에 올 때는 장을 한 바구니 봐가지고 들고 오니 가족들도 내가 환자인 것을 잊는 것이다.

나 자신도 내가 환자인 것을 잘 잊는다. 그래서 아파도 배당된 일은 으레 할 것으로 알고 있다. 이집트 여행기를 준비할 무렵에는 디스크가 도져서 석 달 동안 일어나지 못한 일이 있는데, 그 기간에 나는 이집트 관계 자료를 비디오로 보면서 오디오-비주얼로 이집트 연구를 계속했다. 영상으로 보니 책으로 읽을 때보다 모든 것이 더 잘 납득이 되었다. 나일강의 범람에 얽힌 복잡한 현상들이 머리에 쏙쏙 들어왔다. 장마가 끝나면 강변에 부식토가 자그마치 9미터나 쌓인다거나, 토지의 경계선을 다시 만드는 작업 같은 것이 훨씬 쉽게 이해가 되는 것이다. 시각은 직접적이기 때문이다. 강의 범람에 대비해서 멤피스에서는 도시 전체를 15미터짜리 성벽으로 둘러쳤다는 것은 읽어서 알고 있었는데, 그 하얀 방수벽 같은 것을 시뮬레이션으로 시각화해놓으니까, 얼마나 어마어마하게 높은 벽인가를 훨씬 쉽게 받아들일 수 있어서 나쁘지 않았다. 여행 자료는 글로 읽는 것보다 눈으로 보는 편이 효과적인 경우가 많다는 것을 터득했다. 그래서 계획대로『내 안의 이집트』라는 문화 기행 에세이를 다음 해에 출판할 수 있었다. 그러니 사람들이 나를 환자로 보지 않는 건 당연하다. 정년 후에는 일이 줄어서 겨울마다 석 달씩 누워 있어도 일하는 데는 지장이 없었다. 누워서도 책은 읽을 수 있기 때문이다. 신대륙을 발견한 사람처럼 눈을 빛내며 나는 퇴직 후의 그 한가함을 마음껏 즐겼다. 원하는 일을 마음대로 하기 위해 대학원 강의도 맡지 않았다. 강의를 하지 않으니 희한하게도 제철에 여행을 하는 일이 가능했다. 운동 부족인 나는 여행을 하면 건강이 좋아지는 편이어서 만사가 형통했다. 정년 퇴임한 1999년에 언니들과 스페인과 프랑스에 간 것이 노후 여행의 시작이었다.『함께 웃고, 배우고, 사랑하고』라는 에세이집이 그 여행에서 생겨났다.

이 선생이 일본에 가 1년간 있었던 2004년에는 문자 그대로 완전한 자유부인이 되어서, 미국에 있는 언니를 불러다가 같이 그리스에도 가고 인도에도 갔다. 남편이 자기의 부재를 너무 즐기는 게 아니냐고 놀릴 정도였다. 그가 돌아온 후에도 1년에 한 번은 여행을 했다. 이집트에도 가고, 중국에도 가고, 튀르키예와 러시아에도 갔다. 메소포타미아만 빼면 문명의 발상지는 거의 다 조금씩은 구경해서, 문화와 역사를 보는 안목이 넓어져갔다. 그런 데다가 내게는 남편이 강연하는 곳을 무료로 따라다닐 수 있는 옵션도 있었다. 가는 곳마다 같이 가서, 그가 공식 일정을 소화하는 동안에 그 지역의 박물관을 순방하는 일이 가능했다. 그래서 세 권의 문명 기행 에세이를 쓸 수 있었다. 내 책은 잘 팔리지 않지만, 책을 쓰면 많은 공부를 해야 해서 그 과정이 즐겁다. 그래서 나다니는 일을 최대한으로 줄이고, 원하던 대로 읽고 쓰기에 몰두하면서 노년의 넉넉한 시간을 즐기며 살았다. 1년에 책 한 권씩은 낼 수 있는 시간이 주어졌기 때문이다.

2001년에는 문학관도 시작했다. 직원이 적으니까 나는 거기에서 우표 붙이기부터 서고 정리, 스크랩북 만들기, 자료 손질하기 등 무슨 일이든지 닥치는 대로 다 했다. 하지만 그건 내가 하고 싶어서 시작한 일이어서, 아무리 많은 일을 해도 화가 나지 않는다. 그래서 88세인 지금도 자료 정리를 하루에 한두 시간씩은 하고 있다. 말기 암 환자인데도 이어령 선생은 식사가 끝나기 무섭게 서재로 올라가 혼자 일하는 것에 몰두하니, 나도 하루를 자유롭게 자신을 위해 쓸 수 있게 된다. 늙으니까 몸의 생태도 헤아리게 되어서 어지간한 병은 자가 치료를 하면서 사니, 정신적인 면에서는 대학 시절보다 더 자유로워졌다. 원하는 책을 살 돈이 있는 것도 축복이고, 작지만 내 서재가 있는 것도 젊은 때보다는 나은 여건이다. 기억력이 부실해져서 책을 읽자마자 잊어버리는 버릇이 생긴 것이 문제지만, 가르쳐야 한다는 의무가 없으니 별 지장이 없다. 시간이 넉넉하니 줄을 쳐놓고 다시 읽고, 다시 읽고 하면서 실컷 책 읽기를 즐길 수 있기 때문이다. 독서하는 노인들은 심심할 시간이 없다. 이제는 눈이 나빠서 논문도 쓰지 못하니, 읽고 잊어버리기식 독서를 해도 지장이 없다. 모두 잊는 것은 아니어서 어제보다 무언가 하나는 배우니 나쁠 것이 없는 것이다.

원고 쓰는 일에도 구애받을 이유가 없다. 청탁을 받아 쓰는 글이 아니니, 원하는 글을 원하는 길이만큼 천천히 쓰고, 두고두고 퇴고를 해서 원하는 시기에 출판하면 된다. 어떤 원고는 열 번 가까이 수정한 일도 있다. 초고를 써놓고는, 디테일까지 수식어를 넣어가며 자세하고 길게 고쳐본다. 그러고는 다음 날 일껏 써넣은 것을 다시 지우는 가지치기를 시작한다. 너무 간결하다 싶으면 다시 무언가를 추가하기도 하면서 나는 원고와 오래오래 논다. 원고가 완성된 다음에 출판 교섭을 하니 독촉을 받을 필요가 없다. 유명해지려고 쓰는 것이 아니고, 팔리라고 책을 내는 것도 아니니, 천천히 쓰고 싶은 글만 쓰며 사는 신세가 자유로워서 좋다.

요즘은 워낙 나이가 많아져서 글쓰기가 버거우니까, 종일 누웠다 일어났다 하면서 체력을 가다듬고 아낀다. 그렇게 해서 밤에 두 시간씩 집필할 힘을 비축하는 것이다. 잠이 안 오거나 번

민이 있을 때 뜨개 작업을 하면, 몰두해서 시름을 잊을 수 있어 좋다. 남편을 잃은 친구가 너무 울길래 자서전 쓰기를 권했더니, 그 책을 쓰면서 서서히 핏기를 되찾아가는 것을 보았다. 내게도 글쓰기는 그런 작용을 한다. 그래서 나는 정년 이후의 생활이 소중하고 좋다. 가족을 해치지 않고도 자유로운 삶을 살 수 있기 때문이다.

그런 자유로운 시간이 절정에 다다른 것이 코로나 바캉스가 시작된 지난 1년 반 동안이었다. 코로나로 인해 사회적 거리 두기가 시작된 2020년부터는, 집에 손님이 오지 못하고 나다니지도 못하니 내내 외로웠다. 하지만 문학관도 문을 닫는 기간이 길어서 우리에게는 구애받지 않는 시간이 최대한으로 주어졌다. 둘이 다 병으로 몸이 말을 듣지 않아서 하루에 두세 시간밖에 글을 쓸 수 없지만, 읽고 쓰는 일에 올인할 수 있는 여건이 주어진 것은 예상하지 않은 보너스였다. 코로나 사태가 아이러닉하게도 어려서부터 원하던 "종일 책을 읽을 시간"을 가져다준 것이다. 세라믹을 전공하는 손녀도, 그림을 그리는 친구도, 방해받지 않고 일에 몰두할 수 있어서 그 기간이 나쁘지만은 않았다고 했다. 예술가들은 어차피 고독을 먹어야 창조가 가능해지는 인종이다. 서정주 시인의 말대로 "피가 잘 돌아 병이 없으면" 일부러라도 슬픈 일을 만들어야 하는 족속이어서 고독에 대한 내성이 강하다.

나는 친구도 관람객도 만날 수 없는 그 외로운 기간에 엄청나게 많은 일을 했다. 2020년에는 영인문학관 20년사를 머리말로 엮는 복잡한 작업을 끝내서 5백 페이지의『머리말로 쓴 연대기』를 출판했고, 50년 동안 쓴 평론들을 모아 평론 전집 여섯 권을 묶는 작업도 했다. 눈도 가물거리는 나이에 사전을 찾아가면서 논문집의 주를 교정 보는 일은 버거웠다. 두 시간 보고 나면 어김없이 눈이 근지러워졌다. 그러면 몸의 눈치를 보느라고 낮잠을 자거나 눈 감고 드라마를 들으면서 쉬어준다. 여행을 하려고 돈을 저축하는 젊은 아이들처럼, 몸의 에너지를 모으려고 쉬는 시간은 소중하다. 내년이 되면 시력이 달려서 평론이나 논문 교정은 정말 못 할 것 같아서, 그 작업을 쉴 수 없으니 몸의 눈치를 보는 일도 계속해야 한다. 글을 하루에 세 시간 이상 쓰면 당장 잇몸에 탈이 나니까, 낮에는 일을 하지 않고 쉬다가 심야의 조용한 시간을 활용하는 것이다. 이제는 조금만 무리를 하면 눈에 핏발이 서거나 잇몸이 곪는다. 몸이 일하는 것을 간섭하는 것이다. 그래도 밤의 정적 속에서 그날 일을 하고 나면 마음이 편안하다. 6·25 때 학교가 걸핏하면 몇 달씩 문을 닫았는데, 그 기간에 엄청나게 많은 책을 읽던 생각이 난다.『데카메론』도 전염병이 도는 시기를 배경으로 하여 쓰였지 않은가. 때로 재난은 이런 뜻하지 아니한 보너스를 준다. 그런 시간을 크리에이티브 바캉스라고 한다고 이 선생이 알려주었다.

　그런데 코로나로 인해 사람을 안 보고 사는 세월이 반년이 가까워지니까, 이상하게 이 선생도 나도 폭삭 늙어버렸다. 나다니지 않으니 근육이 삭은 모양이다. 노년에 생기는 한가함은 생명이 위축되어가는 자들에게 주는 슬픈 보너스였던 것이다. 그러고 보니 아이 셋을 안고 2인분 노 젓기를 하던 시간들은 얼마나 밀도 있고 충일한 것이었던가. 풀잎처럼 날마다 키가 크는 아이들이 옆에 있었고, 뵙기만 해도 마음이 편해지던 부모님이 계셨으며, 의욕이 넘쳐나던 발랄한 남편이 있었던…… 그 찬란하고 빛나던 시간들. "아아! 감미롭던 전날의 봄이여!" 잊었던 샹송의 한 구절을 되뇌이며, 방 안에 널려 있는 마스크들을 치운다.

2021년 10월

유행기의 책 읽기

 계속해서 비상시에 자란 우리 세대는 책 읽는 것밖에 할 놀이가 없는 청소년기를 보냈다. 그래서 많은 사람들이 책 읽기로 문화적 갈증을 달랬다. 그러다 보니 그들의 독서는 거의 활자 중독에 가까워졌다. 책이 귀한 때여서 활자로 된 것은 아무거나 읽는 잡식성 독서법이 생긴 것이다. 읽을거리가 없으면 안내서 같은 거라도 주워 읽는 나를 보고 남편이 활자 중독이라고 놀린다. 하지만 자기도 별수 없는 동시대인이다. 피난을 가서 책이 하나도 없으니까 손금 보는 책을 끝까지 다 읽은 일이 있다고 한다. 책만 있으면 외로운 줄을 모르니, 비상시의 정신문화의 결핍이 긍정적인 효과를 나은 것이라 할 수도 있을 것 같다.

 우리 집은 외딴집이어서 활자 중독증이 더 심했던 것 같다. 친구도 이웃도 없으니 온 식구가 책을 들고 살았던 모양이다. 87세에 돌아가신 아버지는 말년에 우리 집에서 『연개소문』, 『자고 가는 저 구름아』, 『도쿠가와 이에야스』 같은 대하소설들을 계속 빌려다 읽으시면서도 성이 안 차셔서, 아파트에 오는 순회 도서관 회원이 되셔서 늘 원하는 책을 읽으며 사셨다. 마지막 병이 나시던 날도 이도형의 『흑막』을 빌려다 읽으시다가, 중추신경에 마비가 와서 의자에서 주르르 미끄러져 내리셨다고 한다.

새해에 아흔다섯 살이 된 큰언니는, 노인 아파트 안에 한국 책이 있는 독서실이 있어서 혼자 살면서도 외롭다는 말을 하지 않는다. 어느 핸가는 몇 해 만에 온 딸네 집에서 『토지』 스무 권을 다 읽고 가느라고 우리 집에도 자주 오지 않았다. 하지만 로스앤젤레스에는 한국 책이 많지 않으니 차례가 오면 아무거나 가져다 읽을 수밖에 없어서, 책의 수준이 널을 뛴다.

석 달 전에 큰언니가 마지막으로 귀국했기에, 선심을 쓴다고 스무 권짜리 『도쿠가와 이에야스』 일본판을 빌려주려고 했더니, 옛날에 다 읽었다고 마다했다. 노쇠해서 수도꼭지 잠그기를 잊어 두 번이나 경고를 받은 상노인이면서도 독서 행위는 여전히 지속하는 언니를 보면, 활자 중독이라는 말이 실감이 난다. 그래서 언니는 이국의 노인 아파트에서 혼자 살아도 불쌍하지 않다. 독서 행위를 통하여 아직은 호모 사피엔스로 존재하고 있기 때문이다.

세 살 아래인 작은언니는 도서관에서 책을 빌려다 읽는 보다 적극적인 독서 생활을 하고 있다. 그쪽도 빌릴 수 있는 책이 많지 않아서 닥치는 대로 읽는 편이다. 두 권짜리 『고려사』를 다 읽고 나서, 그다음에는 여섯 권짜리 『람세스』를 빌려다 읽고, 그다음에는 『어우동』을 읽는 식의 계통 없는 독서 행위다. 하지만 그것은 고맙게도 노년의 고독과 아픔을 잊게 해주니, 외로워하지 않아서 좋다.

계통 없이 책을 읽는 건 나도 마찬가지다. 강의를 할 때에는 할 수 없이 전공 서적 중심으로 책을 읽었지만, 정년 퇴임을 하니 닥치는 대로 읽을 자유가 생겼다. 정년이 좋은 것은 아무 책이나 닥치는 대로 읽어도 되는 그 자유 때문인지도 모른다. 닥치는 대로 원하는 책을 골라 읽으면서, 청탁이나 의무에 얽매이지 않고 쓰고 싶은 글만 쓰며 사니 눈앞이 환해지는 느낌이 든다.

문학관이 있으니까 수상 작품집이나 베스트셀러를 주문해서 읽는 일도 있기는 하지만, 문인들이 남편한테 보내는 단행본이 많아서 우리 집에는 읽을거리가 풍성하다. 그것들을 마음 내키는 대로 골라서 읽으니 신이 난다. 문학 작품 중에서는 소설이나 에세이를 주로 읽는다. 소설론이나 수필론을 강의하던 때에 생긴 관성이다. 어느 날은 김채원의 『초록빛 모자』를 읽고, 다음에는 가와바타 야스나리의 수필집을 읽으며, 그다음에는 이상문학상 수상 작품집을 읽는 식이다. 단편집과 수필집은 토막 나는 시간에도 읽을 수 있어서 좋다. 주부의 시간은 토막이 잘 나기 때문이다.

전공 외 분야에서는 더 닥치는 대로 읽는다. 요즘은『세계사의 정리』라는 일본 책을 머리맡에 놓아두고 토막 난 시간에 띄엄띄엄 읽는다. 그러다가 월 듀런트의『문명 이야기』로 넘어가고, 그 다음에는『이슬람 문화사』를 읽는 식이다. 좋아하는 것은 소설과 역사책이어서, 지난달에는 소설책을 세 권이나 읽었고 역사책도 두어 권 읽었다. 요즈음은『나의 문화유산 답사기』일본편,『하얼빈』,『친밀한 이방인』같은 책들이 머리맡에 놓여 있다. 책에 의존해 사니까 눈이 아주 중요하다. 그래서 환갑이 되기 전해에 뇌하수체 수술을 받았을 때, 열한 시간의 긴 마취에서 깨어나면서 제일 먼저 챙긴 것이 눈이었다. 물건이 보이니 살았다는 생각이 들었다. 책 읽는 것밖에는 소일법을 모르니 시력 소식이 제일 궁금했던 것이다.

책 크기는 가벼울수록 좋다. 요즈음은 무거우면 팔목이 저린다. 그래서 문고판이 제일 고맙다. 누워서 읽을 때는 가벼워서 좋고, 다니면서 읽을 때는 작아서 편리하다. 문고판 책이 가장 요긴한 시기는 병원 복도에서 기다릴 때다. 하지만 90대인 내가 책을 읽고 있으면 사람들이 가만 놓아두지 않는다. 노인이 책을 읽고 있으니 '눈 사정'이 궁금한 것이다. "그게 보여요?" 한 사람이 와서 묻는다. 조금 있다가 다른 사람이 같은 질문을 또 한다. 보이니 읽겠지 하고 가만두지 못할 만큼 한국 사람들은 남에게

관심이 많다.

물론 보이니 읽는다. 90이 되어도 독서가 가능한 비결은 백내장 수술을 할 때 한쪽 눈을 근시로 초점을 맞추어 놓은 데 있다. 늙어서도 책을 읽기 위해서였다. 나다니기를 좋아하지 않으니, 좁은 집 안에서는 약간 원시인 오른 눈의 도움을 받아가며 안경 없이 살 수 있다. 나갈 때만 안경을 끼면 되니까 불편이 별로 없는데, 이점은 아주 많다. 한눈으로라도 죽을 때까지 책을 읽을 수 있고, 약 설명서도 읽을 수 있다. 그런데 그 비법을 가르쳐주어도 아무도 내 말을 듣지 않는다. 그러면서 노인이 책을 읽고 있으면 별일이나 난 것처럼 요란을 떤다. 인간은 참 재미있는 동물이다.

90이 되니 읽고 나면 금방 눈이 아물거리는 것도 문제지만, 내용도 아물아물해지는 상태가 심화된다. 기억력이 나쁘지 않은 편이어서 지금도 80년 전에 배운 일본 군가는 4절까지 다 외울 수 있는데, 어제 읽은 책은 테두리만 희미하게 남아 있을 뿐 디테일이 번져서 아슴푸레하다. 작년에는 누가 다달이 모세의 5경을 한 권씩 보내줘서 생전 처음으로 그걸 완독한 일이 있는데, 지금은 그 내용이 모두 보카시가 되어 막연한 테두리만 남았다. 주일학교 때 계통 없이 배운 성서 공부만큼도 남는 것이 적다.

그래서 나는 사이즈가 다른 촉이 아래위로 붙어 있는 녹색 마크펜으로 줄을 그어가면서 읽는다. 형광등 밑에서 보면 녹색이 가장 눈에 잘 띄기 때문이다. 더 중요한 곳에는 굵은 줄을 치는 것도 가능해서 편리하다. 누워서 읽으면서 줄을 그으니 줄이 삐뚤어져서, 책은 표지를 종이로 쌌는데도 금방 헌책처럼 지저분해진다. 하지만 다 읽고 나서 밑줄 친 부분만 다시 훑어볼 수 있어서 좋다. 마크 펜에는 수명이 길지 않다는 장점이 있다. 몇 해 지나면 자취도 없이 사라져버리니, 죽은 후에 누가 빌려다 봐도 들킬 염려가 적다. 하지만 그래도 입력이 잘 안 되면 중요한 부분을 노트에 옮겨 적기도 한다. 그래도 역시 잊혀지지만, 글로 쓰려면 힘이 드니까 손으로 베껴 쓴 부분은 좀 더디 잊혀진다. 영어 단어 외우기도 쓰면서 하면 훨씬 잘 외워지던 생각이 난다.

그러니까 요즘 내가 하는 독서 행위는, 무효화되는 일을 하는 일종의 무상無償의 행위가 되어버렸다. 머리에 남지도 않는 책을 계속 읽는 것은 정말로 중독자의 행태다. 그래서 고민이었는데, 어느 날 이쓰키 히로유키의 「유행기遊行期」라는 에세이를 읽고 좀 위로를 받았다. 그에 의하면 75세 이상은 전체 삶에서 보면 유행기遊行期에 속한다고 한다. 불교에서 하는 분류법이란다.[1] 유

---

1 고대 인도에서는 인생을 다음과 같이 나누었다고 한다.
   • 學生期: 청소년기
   • 家住期: 직업인이 되고 가족 부양하는 시기
   • 林住期: 퇴임하여 한가롭게 삶을 즐기는 시기
   • 遊行期: 다시 아이로 돌아가는 노년기

행기는 노는 시기라는 뜻이니 유아기와 다르지 않다고 그는 말하고 있다. 그러니 아이들처럼 행동하면 된다는 것이다. 어린아이들은 종일 기저귀를 차고 기어다녀도 불평하지 하지 않으며, 공짜로 얻어먹으면서도 미안해하지도 않고, 무얼 몰라도 부끄러워하지 않으며, 들은 것을 잊어버려도 면구스러워하지 않는다. 그러니 노인도 같은 일을 못 할 이유가 없단다. 금방 읽은 책을 잊어버려도 불편해하거나 부끄러워할 필요가 없다니 위로가 된다. 그는 노인이 무얼 잊어버리는 것은 세상에서 주워온 것들을 제자리에 돌려주는 행위라는 말도 해주었다. 잊어버려도 놀랄 필요가 없다는 것이니 마음이 놓인다.

그런데도 잊어버리면서 자꾸 독서를 하는 행위는 문제가 있다 싶었는데, 윌 듀런트의 책에서 재미있는 글을 보았다. 그리스 민주주의의 기반을 세운 솔론이 늘그막에 사포의 서정시를 작곡한 노래에 반했다. 그래서 그걸 가르쳐달라고 조카에게 자꾸 졸랐더니, 옆에 있던 친구가 "다 늙은 사람이 그건 배워 무얼 하냐"고 핀잔을 주었다. 솔론이 대답했다. "배우고 죽으려고 그런다, 왜?"

죽으면 무용지물이 될 노래를 굳이 배우는 행위는, 잊힐 줄 알면서 독서를 하는 행위와 흡사하다. 그래서 그 말이 내 귀에 쏘옥 들어왔다. 유용성을 배제하니 순수하게 알고 싶어 읽는 무상의 독서 행위에 의미가 생기는 같았다. 하지만 유용성을 배제한다고 해서 완전히 무용해지는 것은 아니다. 책 한 권이 모두 잊히는 것은 아니기 때문이다. 나는 그 말을 『문명 이야기』에서 건졌다. "오! 하나님! 내게 죽는 날까지 자신의 육체와 영혼을, 싫증 내지 않고 응시할 힘을 주소서" 하는 보들레르의 말(『시테르 섬으로의 여행』)과 같은 맥락을 지니고 있어 잊히지 않는 것이다.

매켄지가 일본과 우리나라의 근대화 과정을 보면서 말한 대목도 잊히지 않는 부분 중의 하나였다. 한국은 처음 나타난 외국 배를 불태우고 그 싸움에서 이겼다. 그래서 쇄국정책을 강화해서 결과적으로 근대화가 늦어져 식민지가 되는데, 일본은 처음 나타난 쿠로부네(서양 배)에 졌기 때문에 근대화가 빨라져서 동양 삼국의 맹주가 될 수 있었다는 이야기다. 그런 말은 처음 들은 것이어서 신선했다.

하성란의 「그 여름의 수사」에서는 "보고 싶다"는 10자 이내의 짧은 전보가 야기시킨 변동의 크기가 인상에 남았다. 아버지는 평생을 어머니와 다른 곳에서 사신다. 돈을 아끼기 위해 어머니는 딸에게 늘 10자 이내로 남편에게 전보를 치게 했다. 그런데 마지막에는 딸이 엄마의 사연을 10자 이내로 줄이는 것이 어렵자, "보고싶다"고 전보문의 내용을 멋대로 바꿔버렸다. 그랬더니 기적이 일어났다. 평생 집 밖에서 떠돌던 아버지가 짐을 싸들고 돌아왔기 때문이다.

김채원의 「얼음집」에서도 건진 것이 있다. 우물이 넘쳐서 마당 전체가 빙판이 된 집에 사는 소녀가, 문득 그 얼음 속에 이쁜 단풍잎 같은 것들이 갇혀 있는 것을 발견하는 장면이다. 하지만 더 감동적인 것이 이 소설에 있다. 그 차가운 얼음 저 밑에서는 물이 여전히 흐르고 있다는 대목이다. 책들은 이렇게 감명을 깊게 하는 대목을 하나씩은 가지고 있다. 안 남는 것이 아니라 적게 남는 것이니, 소식小食하는 노인에게는 알맞은 독서법인지도 모른다.

요즈음은 그 적은 소득을 얻는 재미로 책을 읽는다. 96세인 김남조 선생님이 적어도 하루에 한 가지는 배운다는 말씀을 하셨다. 그거면 족하다. 많아서는 또 무얼 하겠는가? 어차피 '배우고 죽기'식 독서인데. 그렇게 잊어가면서도 아직 읽고 싶은 책이 많으니, 그것도 축복으로 받아들여야 할 것 같다.

2021년 9월

낙타가 달린다

　우연히 텔레비전을 틀었더니 「하얀 낙타 치카나이」라는 다큐멘터리를 하고 있었다. 사막에 사는 유목민들과 낙타와의 관계, 낙타의 생태 등을 조명하는 다큐멘터리였다. 유목 생활에 있어 낙타는 필요불가결한 존재다. 낙타를 가축화하자 사막이 비로소 인간의 생활공간으로 편입된다. 사막에서의 이동 가능성은 낙타가 있으므로 비로소 열리는 것이다. 그 가능성이 국제무역으로까지 확대된다. 실크로드의 신화는 낙타의 가축화에서 시작된 것이라 해도 과언이 아니다. 이집트인들이 나쁜 신 세트가 지배하는 붉은 땅이라고 부르는 사막은, 사람이 걸어서 다닐 수 있는 넓이가 아니다. 그래서 유목민에게 낙타는 가장 귀중한 재산이다. 낙타는 그들의 짐을 대신 짊어지고 사람까지 태워 나르는 은인이자 길잡이이다. 그뿐 아니다. 낙타는 그들에게 젖도 제공하

며, 살도 제공하고, 가죽도 제공한다. 낙타 담요는 방습성이 얼마
나 탁월한지 사막의 추위에서 주인을 보호하는 구명대 역할을
한다. 유목민들이 낙타를 친구로, 가족으로 생각하는 이유가 거
기에 있다.

텔레비전에서는 낙타와 가축을 기르는 유목민의 세 가지 수칙
이 소개되고 있었다. 첫 번째 규칙은 "그들은 동물의 피를 절대
로 대지에 흘리지 않습니다"라는 것이었다. "피는 배고픈 맹수
들을 사납게 만들기 때문입니다"라는 내레이션이 뒤를 이었다.
문장도 아름답고 낭독도 정감적이어서 좋았지만, 피 냄새가 "배
고픈 맹수를 사납게 만든다"는 표현은 더 좋았다. 허기가 맹수의
포악함을 촉진하는 원인이 된다는 해석이 돋보였다. 맹수의 습
격을 피하기 위해 유목민들은 피 간수를 아주 철저히 한다는 것
이다. 동물의 피를 절대로 대지에 흘리지 않는 것은 물론 맹수에
대한 두려움 때문일 것이다. 그런데 해설자의 목소리가 하도 따
뜻해서 그 말이 가축에 대한 헌사처럼 들렸다. 피도 알뜰히 갈무
리해줄 만큼 가축은 유익한 존재라는 말처럼 들렸기 때문이다.

경작지가 없는 사막에 사는 유목민들은, 사랑하며 기르던 짐
승을 잡아먹으며 살아야 하는 운명에 처해 있다. 그러니 가축을
죽이는 일은 불가피한 현실이다. 그런데 죽이는 방법에서 자비
심이 느껴진다. 두 번째 수칙은 가축을 "가장 빠르고 고통을 덜
주는 방법으로" 죽인다는 것이기 때문이다. "그들은 가축을 굶

은 날에는 죽이지 않습니다"라는 말이 그 뒤를 잇고 있다. "궂은 날에 친구를 저승으로 보내는 것을 원하지 않기 때문"이라는 것이다. 사람은 살아가기 위해 끊임없이 다른 생명체를 해쳐야 한다. 인간의 생존은 다른 생명을 해치는 일과 유착되어 있다. 다른 생명을 잡아먹지 않고는 살아갈 수 없도록 만들어져 있기 때문이다. 살생을 금하는 불교에서는 그래서 인간에게 채식을 권한다. 하지만 생각해보면, 채식도 역시 다른 생명을 해치는 행위다. 풀도 생명체이기 때문이다. 엄동과 설한을 땅속에서 견디다가 봄을 기다려 힘들게 흙을 비집고 나오는 푸성귀들을 사람이 따서 먹는다. 나쁜 짓이다. 열매를 먹는 것은 더 나쁜 짓이다. 채식은 비린내가 덜 나는 음식을 먹는 것이지 살생에서 완전히 벗어나는 행위는 아니다. 사막에서는 그나마 채식도 불가능하다. 풀이 없기 때문이다. 유목민들은 할 수 없이 육식의 불가피성을 받아들인다. 육식은 채식보다 훨씬 더 적극적인 살생을 수반한다. 짐승들은 죽으면서 사람처럼 비명을 지르고, 사람처럼 피를 흘리기 때문이다. 하지만 그것을 먹지 않으면 사람은 살 수가 없으니, 가축을 죽이는 일까지 삶의 일환으로 받아들이지 않을 수 없는 것이다. 그 대신 유목민은 가축을 죽일 때 덜 아프게 죽이려고 노력한다. 스님들이 곤충을 밟아 죽일까 봐 날이 성긴 미투리를 신고 다니는 것처럼, 유목민들은 동물을 덜 아프게 죽일 방법을 연구하고 있는 것이다. 궂은 날을 피해 가축을 죽이는 것도 따뜻한 배려다. 그들은 가축을 '친구'로 생각하기 때문에, 친구를 궂은 날 떠나보내고 싶지 않다는 것이다.

　짐승을 멱을 따서 잡아 내장까지 다 먹으면서 베푸는 그런 배려를 위선이라고 말하는 사람도 있을 것이다. 하지만 화가 잔뜩 난 상태에서 죽은 짐승의 고기가 맛이 있다고 투우장 밖에서 황소가 사방이 찔려서 고통스럽게 죽어가는 것을 기다리는 미식가들에 비하면, 비 오는 날에 짐승을 죽이지 않는 건 역시 아름다운 배려다. 동물과 인간이 한 울 안에서 살면서 생긴 정이 그런 배려를 하게 만드는 것 같다. 인간도 그런 배려를 받을 수 있다면 참 좋겠다. 맑은 날, 고통을 덜 당하면서 신속하게 죽을 수 있는 것이 노인네들이 바라는 최고의 희망이기 때문이다.

　이야기의 중심은 낙타를 기르며 사는 사람들에게서 낙타에게로 옮겨가고 있었다. 저녁때가 되어 다른 낙타들은 모두 울타리가 있는 목장으로 돌아가는데, 혼자 사막에 남아 있는 만삭의 낙타의 고독한 영상이 화면에 나타난다. 피 냄새가 맹수들을 유인할 것을 두려워해서 낙타들은 무리에서 떨어진 곳에서 혼자 출산을 한다는 것이다. 출산 시에 흐른 피를 땅에 떨어뜨리지 않기 위해, 금방 혼자서 아기를 낳은 산모는 털고 일어나 자신이 흘린 피의 갈무리까지 해야 한단다. 사막에 혹한과 암흑의 밤이 온다. 낙타 어미는 새끼를 안을 줄도 모르고 업을 줄도 모르니까, 새끼가 제 발로 걸을 때까지 며칠이고 그런 밤을 혼자 견뎌야 한다.

낙타는 인고의 시간을 잘 견디는 성숙한 동물이다. 하지만 사막에 혼자 서 있는 어미 낙타의 영상은 너무 처절하고 고독해 보인다. 그 외로움을 견디는 모성애가 성스러운 분위기를 자아낸다.

낙타 주인은 새끼가 걸을 만해지면 차를 가지고 찾아온다. 비틀거리는 새끼를 트럭에 태워 편히 데려가기 위해서다. 어미 낙타는 그들에게 아이를 맡기고 혼자 천천히 걸어서 집으로 돌아가면 되는 것이다. 그런데 영문을 모르는 낙타 어미는 새끼를 빼앗길까 봐 겁이 나서 트럭의 뒤를 따라가기 시작한다. 트럭이 속도를 내면 어미는 미친 듯이 달려야 한다. "낙타가 달린다, 어미가 달린다"는 제목으로 방영된 그 부분은 보기에 너무 처참했다. 달려봤자 시속 64킬로가 최고 속도인 낙타의 실력으로는 트럭을 따라잡는 것이 불가능하다. 그의 질주는 필사적이지만 결국 트럭을 놓치고 마는 것이다.

원래 낙타는 달리는 동물이 아니다. 털이 많으니까 달리면 몸이 너무 더워져서 낙타에게는 달리는 것이 아주 고통스러운 일이라 한다. 그래서 "낙타가 달린다"는 것은 결사적인 행위를 의미한다. "낙타가 달린다"가 "어미가 달린다"로 표현되는 이유는, 그 필사적인 달리기가 모성애를 상징하기 때문이다. 새끼를 낳은 지 얼마 되지 않은 상처 진 몸으로, 어미 낙타가 죽기 살기로 새끼를 쫓아 달리고 있다. 기괴하게 생긴 큰 몸집을 정신없이 흔들면서 목숨을 걸고 달리는 어미 낙타의 질주는 타조의 달리기처럼 어설프고 눈물겹다.

　　나는 그 모습에서 우리의 어머니들을 보았다. 아이들을 잔뜩 거느리고 포탄이 떨어지는 험난한 세월을 계속 헤쳐 나올 때, 우리 어머니들은 저 낙타처럼 뛸 줄도 모르는 질주를 저렇게 필사적으로 하고 있었을 것이다. 동물이나 인간이나 모성애는 맹목성을 띠며 본능적이다. 그래서 순수하고, 그래서 아름답다. 그것은 뛸 줄 모르는 낙타를 달리게 하는 기적을 만들어내기 때문이다. 이치를 따질 줄 안다면 누가 저렇게 소용도 없는 무모한 자해 행위를 감행할 수 있겠는가?

2021년 2월

풀꽃 이야기

아침에 문학관 계단 쪽에서 문소리가 나는 것 같아, 아래층으로 내려갔다가 마당에 구절초가 피기 시작한 것을 보았다. 피려는 봉오리는 살짝 분홍빛을 띠고 있고, 이미 핀 꽃은 하얀색인데, 바람에 흔들리는 대로 휘어지고 구부러져서 몇 포기가 아닌데도 제법 풍성해 보였다.

한국은 가을에 피는 꽃이 적다. 국화와 코스모스 정도가 고작이다. 오래 살던 집을 허물고 문학관과 주택을 같이 지었더니 정원이 좁아졌다. 그나마도 콘크리트 위에 30센티 정도의 흙을 덮은 옥상 정원이어서 꽃나무를 심을 수 없다. 봄꽃들이 가고 나면 7월에는 합환목이, 8월에는 목백일홍이 피어 삭막함을 막아주는 것인데, 나무를 못 심으니 6월부터는 꽃구경이 어려워졌다. 그래서 정원사에게 가을에 피는 꽃을 심어달랬더니 쪽도리꽃과 구

196

절초를 심어놓은 것이 철을 만나 개화한 것이다.

정원 만들기에도 유행이 있어서, 2008년에 만든 영인문학관의 정원에는 상록수가 거의 없다. 주차장에 자리를 빼앗겨 열 평 정도밖에 안 되는 정원인데, 한쪽에 조그만 둔덕을 만들어 금낭화, 꿩의 발톱, 패랭이 같은 야생화를 군데군데 심어놓았다. 설계자인 M 여사는 개성이 강해서 내가 먼저 집에서 가져온 소나무를 심는데도 한참을 실랑이를 했다. 자잘한 야생화와 하늘거리는 교목들을 좋아하는 그녀에게는 소나무가 취향에 맞지 않던 것이다. 그녀의 야생화 정원은 디자인이 모던하고 참신해서 사람들이 좋아했다.

그런데 재작년 겨울 추위에 그 꽃들이 거의 다 얼어 죽었다. 다급하니까 내가 허둥지둥 자잘한 풀꽃들을 사다 심었다. 그래도 개관일에 꽃이 핀 것이 거의 없었는데, 그 삭막한 정원의 4월을 할미꽃 하나가 살리고 있었다. 어머니의 산소에서 파 온 것인데, 3년간 자라더니 20센티 정도로 크고 잎도 벌어서 제법 늠름한 꽃나무가 되어 있었다. 할미꽃이 그런 근사한 잎새를 가지고 있는 것을 처음 알았다. 할미꽃은 뿌리가 새끼를 치는 대신에 제 몸만 키우는 종류인 모양이다. 윗부분이 직선으로 잘린 M 여사의 인공적인 목부용 아래에서 몸집이 커진 할미꽃은 오랫동안 고개를 얌전하게 숙인 겸손한 꽃을 피워댔다. 공해로 인해 할미꽃이 희귀 식물이 된 요즘 그 꽃은 전설처럼 나날이 키를 키우며 풍성해져서 관람객들을 즐겁게 했다.

그리고 석 달이 지나자 심어놓고 잊고 있던 구절초가 하늘거리며 피기 시작한다. 개화기를 아는 능력이 영험스럽다. 그 옆 잎만 남은 할미꽃 잎 사이에서 작은 꽃이 하나 쏘옥 올라오고 있다. 이름도 모를 잡초인데, 남의 풍성한 잎새 밑에서 기도 안 죽고 열심히 키를 키워서 드디어 고개를 내밀고 꽃까지 피우려 하고 있는 것이다. 좁쌀 같은 것이 여남은 개가 모인 하얗고 조촐한 꽃봉오리가 딱 하나 달려 있다. 그 작은 꽃송이가 시들어가는 할미꽃 잎새들을 살리고 있다. 할미꽃 잎이 모두 그 꽃의 부속품 같아졌다. 꽃이 너무나 섬세하고 여려서 가슴이 저리게 감동적이다. 할미꽃 그늘에서 여름 내내 스스로를 키워온 잡초의 고집을 생각한다.

델피의 아폴로 신전의 허물어진 돌무더기 사이에 홀로 피어 있던 엉겅퀴꽃 생각이 났다. 엉겅퀴의 보라색이 그렇게 짙고 아름다운 색감을 가지고 있는 것을 처음 알았다. 엉겅퀴는 우리가 논두렁길을 걸을 때 다리를 긁어 흠을 내는 억세고 미운 잎을 가진 풀이다. 전혀 미적 감상의 대상이 아니었다. 그런데 잎은 대부분 돌무더기에 가려지고 촛불처럼 솟은 꽃만 보이니 너무 아름다웠다. 나는 아폴로 신전의 폐허에서 처음으로 엉겅퀴꽃에 압도당했다. 주변에 풀이 없기 때문이었을까? 파르나스산 기슭의 맑은 공기와 풍부한 햇빛 때문이었을까? 허물어진 성전의 돌들 사이에 하나만 피어 있는 그 엉겅퀴꽃은 농염하고 오만하고 아름다웠다. 어디에서 씨앗을 얻어냈을까? 누가 물을 주어 길러 냈을까? 풀꽃 하나로 수천 년 된 폐허를 윤색하고 있는 엉겅퀴 꽃을 보면서 처음으로 엉겅퀴꽃만 그리는 작가 윤후명 선생을 이해할 수 있었다.

우리 집으로 들어오는 남쪽의 통로는 흙 위에 벽돌만 깔아놓아서 틈 사이에서 참 많은 풀꽃들이 올라온다. 봄이 되면 제일 먼저 벽돌 사이에 수를 놓는 것은 민들레다. 붉은 벽돌 틈에 민들레들이 그림을 그린다. 그다음은 돌나물꽃, 좀 더 지나면 노란 꽃을 피우는 애기똥풀들이 릴레이식으로 피고 진다. 가을이면 짙은 하늘색 꽃이 피는 개미취와 때를 같이하여 연지빛 홑꽃을 하나만 단 잡초도 핀다. 잎사귀가 이뻐서 뽑지 않았던 풀인데 연지빛의 작고 여린 홑겹 꽃이 너무 정교하고 아름답다. 직경이 1센티가 겨우 넘는 그 꽃은 작은 것이 아름답다는 일본 사람들의 말을 생각하게 한다.

이쁘기만 한 것이 아니다. 꽃들은 깜짝 놀랄 만큼 생명력이 강하다. 언젠가 아프리카 봉선화들을 보고 경탄한 일이 있다. 그때는 정원이 넓을 때여서 앞뒤 마당에 심을 꽃 30판을 주문해놓고 잠깐 나갔다 왔더니, 오래 다니던 정원사가 망령이 났는지 그 많은 꽃을 한 평 반 정도의 뒷마당에 다 심어버렸다. 모판처럼 빽

빽하고 촘촘하게 심어놓고 물까지 준 후여서 어찌해볼 도리가 없었다.

그런데 놀라운 현상이 생겨났다. 제가끔 햇빛을 보고 싶은 꽃나무들은 얼마나 열심히 키돋이를 했는지, 10센티 정도밖에 안 자라던 것들이 일제히 15센티 이상 키가 커졌다. "저희들끼리 좁은 공간에서 비비적거리다가 적자생존의 원칙에 따라 수가 줄어들겠지" 하고 심란해져 있었는데 그게 아니었다. 차지한 땅이 좁아 영양이 부족하니까 여위기는 했지만, 낙오자가 거의 없이 꽃나무들은 일제히 키를 키워서 자기 몫의 햇빛을 확보하고 있었다. 흥부네 집 아이들이 모두 쪽 고르게 잘 자란 것을 본 것처럼 대견해서, 거름을 보태주고 흙으로 뿌리를 북돋우며 나도 열심히 응원해주었다.

인간에게나 생물에게나 역경이 해롭기만 한 것이 아니라는 사실을 실감하고 뿌듯했다. 전시에 자란 우리 세대는 그 꽃들처럼 고난에 대한 저항력이 강하다. "그때도 살았는데 뭘" 하고 전시를 견뎌낸 생각을 하면 세상에 무서운 일이 없으니까, 옳지 않은 일에 휘말릴 확률이 그만큼 적어졌다. 그건 밑바닥까지 가본 자들의 저력이다. 역경에서 자란 아이들은 성취 의욕이 커질 수밖에 없다. 빽빽이 심어진 꽃나무들은 그 사실을 시각적으로 입증해주고 있었다. 감동적인 장면이다.

"아라비아 사막에는 잡초가 없다"고 말한 것은 『25시』의 작가

게오르규 씨다. 나는 그 말을 참 좋아한다. 식물이 귀한 사막에서는 땅에서 돋아나는 모든 식물이 존귀하게 느껴지니까, 꽃들에 등급 같은 것을 매기지 않는다는 뜻일 것이다. 하나만 떼어놓고 보면 세상에 미운 꽃은 없다. 꽃들은 비교가 되지 않는 독자성을 지니고 저렇게 열심히 제 몫의 삶을 살고 있다. 봄이면 땅을 비집고 돋아나서 풍찬노숙하면서 오로지 꽃 하나를 피우기 위해 가을까지 인종忍從의 시간을 산다. 하늘을 탓하지도 않고, 땅을 미워하지도 않는다. 자신의 외양을 가지고 열등감에 물드는 일도 없고, 빨리 피려고 안달하는 일도 없다.

　아무도 없는 산속을 걷다가 작은 들꽃을 만난 소설가 김지원 씨가, 누가 보건 말건 개의치 않고 성심껏 개화를 하는 잡초의 존재 의식에 감동을 느끼고 쓴 글을 읽은 일이 있다. 그렇게 피고 지고 열매를 만들며 종족을 이어가려는 분명한 의지……. 지원 씨 말대로 존재를 고집하고 있는 들풀들. 아라비아 사람이 아니라도 그걸 어찌 잡초라는 조악한 이름으로 부를 수 있겠는가.

2016년 11월

노인네 망령은 곰국으로 다스려라

친척 중에 부처님 같은 손위 동서가 한 분 계셨다. 그분이 돌아가시기 몇 해 전에 치매 끼가 생겨 가족들이 고생한다는 말을 들었다. 평생 누구와 다투는 일이 없이 늘 조신한 미소를 띠고 살아오셨는데, 왜 그런 증세가 생겨 주변 사람들을 괴롭히는지 이해가 되지 않았다. 일제 말에 혼담이 오갈 때였는데, 신랑이 징집 대상인 것이 흠이라고 매파가 주저하면서 말을 꺼내자, 그 형님이 선뜻 그렇다면 자기가 그리로 시집가겠다고 자원하더란다. 생전 보지도 못한 남잔데 무엇 때문에 그런 위험부담을 안고 결혼하느냐고 언니가 펄쩍 뛰니까 "그런 딱한 처지에 있는 사람 나 아니면 누가 택하겠느냐"고 해서 주변 사람들을 놀라게 했다는 일화가 있으시다. 그 말에 감동을 받은 신랑은 평생 마나님을 항아처럼 받들었다. 신혼 초에는 자기 각시를 부엌에 넣지 말

아달라고 어머니에게 떼를 써서 집안에 소동이 인 일도 있었다
한다.

결혼 후에도 그분의 부처님 같은 행동은 계속되었다. 6·25 동
란이 나서 남편이 월급이 없어졌을 때 석 달 동안 수입이 전혀
없는데, 형님은 소리 없이 전과 비슷한 밥상을 식구들에게 제공
하셨단다. 굶주림을 모르고 그 여름을 편안히 지난 남편이 미심
쩍어서 장롱을 열어보았더니, 부자인 친정에서 풍성하게 해온
혼수 옷이 다 없어졌더란다. 형님은 그것들을 모두 쌀과 바꾸면
서 식구들에게 한마디도 내색을 하지 않은 것이다.

나도 이 형님에게 한 방 얻어맞은 기억이 있다. 신혼 초였는데
저녁 식사 때가 지난 시간에 갑자기 아버님이 오셨다. 진지 잡수
셨느냐고 여쭈었더니 잡쉈다고 하셨다. 그런데 후식 삼아 드시
라고 물만두를 시켜드렸더니 그릇을 말끔히 비우셨다. 식사 전
이었는데 새 며느리가 새로 밥을 짓는 게 미안해서 잡수셨다고
하신 것이다. 그 후 바로 위의 다른 형님 댁에 모시고 갔더니 그
분도 나와 똑같은 행동을 했다. 그런데 그 형님 댁에 갔더니 아
무 말이 없이 부엌에 들어가 상을 차려 가지고 나오셨다. 그때
나는 그 말수 적은 손위 동서에게 완전히 압도당하고 말았다. 그
렇게 하는 것이 너무 좋아 보였던 것이다. 그래서 그 후에 예비
신부들을 만날 기회가 있으면 나는 언제나 형님 이야기를 해주
었다. 시댁 어른이 오시면 무조건 한 상 차려다 드리라는 것 말

이다. 이따금 들르는 자식의 집은 서먹하기도 한 곳이어서 마음이 약한 어르신네는 밥 달라는 말을 하기 어렵다는 것을 알게 되었기 때문이다.

그런 무던한 분이 무슨 이유로 치매에 걸렸는지 궁금해서 먼저 다녀온 시누이에게 증상을 물어보았다. 젊은 여자를 보면 다 자기의 시앗으로 생각해서 남편에게 강짜를 부리는 것이 그분의 치매 증상이라 했다. 친척 아이들도 예외가 아니어서 서방님은 입장이 난처하시니까 가족들에게 마나님이 치매 끼가 있는 것 같다는 말을 하지 않을 수 없는데, 그 일이 또 형님을 노엽게 한다는 것이다. 나는 그때 가슴이 비수로 찔리는 것 같은 통증을 느꼈다. 무슨 일인지 짐작이 갔기 때문이다.

참 금슬이 좋은 부부신데 어쩌다가 서방님이 사고를 친 일이 있다. 수십 년 전의 일이다. 그때 형님은 아무 말도 하지 않고 너무 쿨하게 사태를 수습했다. 몇 달 후에 가보니까 집안이 너무 정상적으로 돌아가서 기이한 느낌을 받았을 정도였다. 그래서 사람들은 형님이 특별히 관대해서 그러는가 보다고 감탄했고, 더러는 좀 둔감한 게 아닌가 하고 고개를 갸웃거리기도 했다. 부처님도 시앗 앞에서는 돌아앉는다는 엄연한 진리를 어겼기 때문이다. 그 평탄하게 넘어간 위기 뒤에서 형님이 얼마나 깊은 상처를 입었는지 이번에야 드러난 것이다. 워낙 참을성이 많은 분이라 배신감을 꾹꾹 눌러놓고 평온한 척한 게 나빴던 모양이다.

발산되지 못한 분노가 수십 년 동안 가슴 밑에서 용암처럼 계속 들끓다가, 늙어서 이성의 통제가 느슨해지자 표면으로 솟아오른 것이다. 그것을 사람들은 또 '망령 끼'라는 말로 간단히 처리하려 하고 있었다.

그렇다면 늦은 감이 있지만 이제라도 화를 내서 응어리를 풀어버리는 쪽이 정신 건강에 좋을 것 같았다. 좀 바람직하지 않은 방법으로 나타나기는 했지만, 참았던 분노를 발산하는 것은 나쁜 일은 아니다 싶었다. 그래야 차유가 되지 않을까? 맺힌 한을 다 털어버려야 가벼운 마음으로 이승을 떠날 수 있을 것이 아닌가? 그편이 남은 사람들도 가슴이 덜 아플 것이다. 문제는 그 일로 서방님이 괴로워하고 있는 데 있었다. 당신의 잘못 때문에 아내가 얼마나 고통스러웠는가를 재확인한 남편은 어찌해야 좋을지 몰라서 우두망찰하고 계셨다. 공기 좋은 곳으로 이사를 하고, 아이들을 가까이 있게 하면서 최선을 다하는데도 차도가 없었기 때문이다. 그때 내가 조심스럽게 뚱딴지같은 처방을 내놓았다. 보약을 드시게 하면 어떻겠느냐는 것이었다. 형님은 그때 체중이 40킬로도 되지 않았다. 몸이 그렇게 나쁘면 정신이 흔들린다는 것을 나는 전에 경험한 일이 있다. 20년 전에 뇌하수체에 혹이 생겨 수술을 받은 적이 있다. 뇌하수체는 뇌의 한복판에 있는데 양쪽으로 혈관이 지나가서, 아주 위험하고 어려운 수술이다. 마취 시간이 열한 시간이나 걸렸다. 그동안 양말을 벗은 채

노출된 발이 냉해져서 깨자마자 위경련까지 왔다. 여름에도 양말을 신고 자는 약골인데 겨울에 맨발로 오래 있었으니 탈이 난 것이다.

수술 경과는 좋았는데, 힘든 수술과 위경련으로 인해 몸이 5킬로나 축이 났다. 갑자기 체중이 크게 주니까 심한 현기증이 따라다녀서 거동이 불편했다. 다리가 후들거리고 불면증이 생기고 귀도 잘 들리지 않았다. 그런 시간이 오래가니까 기억력도 부실해졌다. 나는 지금도 어지간한 전화번호는 외우고 다닐 만큼 기억력이 좋은 편이다. 그런데 그때는 돌아서면 1초 전에 한 말을 까맣게 잊어버렸다. 뇌가 절반쯤 날아간 것처럼 머리가 휘둘리고, 생각은 가위로 오려내버린 것처럼 말끔히 지워지는 공황 상태가 한참 계속되었다. 그대로 영원히 굳어버릴까 봐 겁에 질렸다.

다행히도 시간이 지나 체중이 조금씩 회복되자 그 분량만큼씩 기억력도 돌아왔다. 반년쯤 지나 체중이 거의 다 회복되니 기억력이 복원되었다. 인간의 사고력이 체력과 밀접한 관계가 있다는 사실을 나는 몸으로 체험한 셈이다. 어쩌면 형님도 나처럼 체력이 회복되면 사고력이 복원될 수도 있지 않을까 싶어 보약 처방을 권한 것인데, 효과는 예상을 넘어섰다. 석 달 후에 가 뵈었을 때 형님은 거의 정상으로 돌아와서 우리는 저녁 식사 시간을 즐겁게 보냈다.

최근에 우연히 속담 사전을 뒤적이다가 "늙은이 망령은 곰국으로 다스리고 젊은이 망령은 몽둥이로 다스려라"는 말을 발견했다. 그때 나는 선인들의 지혜에 깊이 감복했다. 체력이 기억력과 밀착되어 있음을 선인들은 이미 훤히 알고 있었던 것이다. 그 속담이 과학의 뒷받침을 받고 있다는 것을 어제 「건강의 벗」에서 확인했다. 곡물과 양질의 담백질과 비타민 B군이 기억력과 사고력을 증진시키는 활력소라는 사실을 의학이 뒷받침해주고 있었다. 망령이 곰국으로 다스려지는 것이라면, 노인들의 악몽인 치매도 그다지 두려워할 일은 아니지 않겠는가? "무릇 하늘 아래 새로운 것이 없나니……." 성경 구절을 외우며 나는 그 내외분의 해피엔딩을 진심으로 축수했다.

2013년 4월

노인성 고집

    예전에 텔레비전에서 「아씨」라는 드라마를 한 일이 있다. 귀한 집 아가씨와 이웃집 도련님은 갑순이와 갑돌이처럼 서로 사랑하는 사이였다. 하지만 그들은 맺어지지 않았다. 각기 마음에 안 드는 대상을 만나 좋은 세월을 다 보냈다. 그러다가 늘그막에 양쪽이 모두 싱글이 되었다. 그래서 예전에 둘이 몰래 만나던 장소에서 다시 만나는 장면이 나왔다. 그들은 모처럼의 만남에 설레어 매무새를 다듬는 손길이 떨린다. 얼마나 오랫동안 그리워하던 사람인가?

    성장을 한 노인 둘이 잔디가 깔려 있는 호젓한 공간 벤치에 나란히 앉는다. 주변은 아늑하고 호젓하고 햇볕이 풍성한 평화로운 풀밭이다. 아씨는 아직도 연연하게 아름답고, 남자는 관록이 붙어 풍채가 좋다. 그들은 평생 상대방을 그리워하던 첫사랑의 남자와 여자니까, 이제라도 새 사랑을 시작할 수 있을 모든 여건이 갖추어져 있다. 서양 사람들 같으면 부여잡고 입맞춤이라도 해야 할 장면이다.

그런데 그게 아니었다. 여자가 정감 있는 목소리로 과거를 회상하면서 자기들이 데이트를 할 당시를 추억하기 시작한다. 그때는 "여기 탑도 있었죠" 하면서 여자는 달콤한 회상에 잠긴다. 그런데 남자가 분연히 일어나 아니라고 주장한다. 탑이 있던 곳이 "여기가 아니고 저기"라는 것이다.

"여기라는데 그러시네."

"아! 게가 아니고 예라고요!"

마지막에는 남자의 언성이 높아진다. 늙은 연인들은 평생 그리워하면서 살던 애틋한 사랑의 감정을 다 잊고, 탑의 위치로 실랑이를 벌이다가 화가 잔뜩 나서 영원히 헤어지고 만다.

노인들에게는 자신의 기억에 절대성을 부여하는 이런 노인성 고집이 있다. 그건 살면서 힘들게 터득한 신념이어서 수정이 쉽지 않다. 그래서 절대로 양보하지 못하는 것이다. 나이 많은 파출부가 신념을 가지고 말을 안 들어서 너무 힘들다고 하소연하는 아픈 친구가 있다. 근대국은 이렇게 끓이는 게 옳고, 동치미는 이렇게 담그는 법이라고 사사건건 자기 방식을 고집해서 주인이 남의 집에 온 것 같은 기분이 든다는 것이다. 그런 고집 때문에 양로원에서는 분쟁이 많고, 노부부는 자주 다툰다. 서로 자기 의견만 고집하기 때문이다. 그러다가 그것이 고착화되어 인지증으로 나타나기 시작한다. 같은 말을 되풀이하는 것이 그 병의 시초다.

그런데 사실 인간의 기억에는 얼마나 많은 오차가 있는가? 과거의 기억은 다른 기억과 겹쳐져서 합성이 되는 경우가 많다. 나는 6·25가 나던 날 삼각지에서 이촌동으로 이사를 했는데, 자꾸만 선린상고에서 원효로로 꺾이는 하얀 길을 리어카를 따라 갔던 것 같은 착각이 생긴다. 전에 청파동에서 월효로로 이사 가던 장면과 잘못 유착된 모양이다. 어떤 때는 남이 한 일이 내 일로 착각이 되기도 하는데, 우리 언니는 때로 내가 한 말을 자기가 했다고 우기기도 한다. 맞받으면 싸움이 되니까 내가 양보한다. 그런가 하면 책에서 읽은 기억이 내 것처럼 착각이 되는 일도 있다. 자기도 같은 것을 느껴야 공감대가 이루어지는 것이니까 표절 시비가 붙은 신경숙 씨의 경우도 그것이 아니었나 싶다. 표절했다는 미시마 유키오의 글이 신 작가 정도의 문인이 표절하기에는 너무 평범했기 때문이다. 늙으면 그런 경향이 더해져서 자기 기억에 대한 고착증으로 발전한다. 나는 기억력이 좋은 편인데, 늙으니까 분명 그날 나는 이런 말을 한 것 같은데 상대방이 아니라고 우기면 막 화가 난다. 화나는 것은 그쪽도 마찬가지일 것이다. 자기를 거짓말쟁이로 모는 게 되지 않는가?

문제는 독선이다. 노인들은 자기 의견이 절대적으로 옳다는 신념을 가지고 있다. 임상 실험을 거쳐 자기 자신이 몸으로 터득한 신념이기 때문이다. 그런 데다가 체력이 쇠약하니 남의 맘을 헤아려줄 기운도 없다. 그래서 아내에게 내 말이 절대적으로 옳으니 당신은 입 다물고 나 하는 대로만 살라는 말을 아무렇지도 않게 하는 노인도 있다. 서로 자기 말만 하려고 하는 것도 문제다. 말할 상대가 없기 때문이다. 개성이 강해서 자기 삶의 방법을 양보하지 않던 부부는 늙으면 부딪힐 일이 더 많다. 친구끼리도 마찬가지다. 어떤 미국 영화를 보니까 매일 만나 싸우다 헤어지는 것이 일과였던 노인이, 막상 상대방이 죽으니 고갱이가 빠진 배추처럼 우그러드는 장면이 있었다. 싸움은 노인들의 애정 표현 방법인지도 모른다. 그래서 젊었을 때는 연상의 어른을 만나면 그분의 기억이 잘못되었더라도 고쳐줄 생각을 하지 않았다. 나보고 성 교수라고 부르는 어른이 있었는데, 그냥 성 교수가 되기로 한 것이다. 몇 번 고치려고 했는데 알고 보니 안 고치는 것이 아니라 수정 키가 고장 난 상태라는 것을 알아냈기 때문이다. 그러니 고집이 아니라 병이다. 그래서 그냥 봐주는 수밖에 없는데, 이쪽도 노인이면 고칠 기운이 없으니 상충살이 끼는 것이다.

　내가 이제 노인이 되었다. 그것도 상노인이다. 그래서 되도록 사람을 만나지 않으려고 노력한다. 같은 말을 되풀이하거나 고

집을 부려 남을 언짢게 할 것 같아서다. 가뜩이나 스산한 노년이 노인성 고집으로 인해 더 쓸쓸해질 것 같아 두렵다.

2021년 4월

강태공의 아내

　어렸을 때 강태공의 이야기를 들으면서 그의 아내가 안됐다는 생각을 한 일이 있다. 중국의 명재상 강태공은 젊었을 때 물가에 낚시를 드리우고 앉아 세월을 보낸 한량이다. 고기를 낚는 대신에 사람을 낚으려고 강가에 곧은 낚시를 드리우고 앉아 있는 것이 그의 일과였다. 그런 세월이 아주 길었다. 그는 느긋하게 기다린 끝에 엄청나게 큰 대어를 낚아, 자신의 경륜을 마음대로 펴는 생활을 할 수 있는 태공이 되었다. 사람을 알아보는 예리한 안목을 지니고 있었고, 기다릴 줄도 아는 큰 인물이었던 것이다. 하지만 자기 집의 생계에 대하여는 관심이 없었다. 그런 신선 같은 인물도 먹어야 사는 거니까 그의 아내는 할 수 없이 품팔이를 해서 그를 연명시켰다. 어느 날 그렇게 힘들게 얻어온 보리를 대껴서 마당에 널어놓고 일하러 가면서, 아내는 남편에게

비가 오면 그것들을 들여만 놓아달라고 간곡하게 부탁했다. 그런데 일을 마치고 돌아와보니 낮에 내린 소낙비에 보리는 모두 흘러가고 자취도 없었다. 남편은 생계에 대한 최소한도의 배려도 하지 않은 것이다. 남편으로서 강태공의 점수는 낙제 수준이다. 여자는 더 이상은 할 수 없어서 그를 버리고 떠난다.

그가 태공이 되어 구종별배 거느리고 거창하게 행차하는 곳에 그의 아내가 나타났다. 태공은 그녀에게 물을 한 동이 길어오라고 시킨다. 그 물을 땅에 쏟아부으라고 말한다. 물을 도로 동이에 걷어 담아보라고 한다. 한번 엎질러진 물은 걷어 담을 수 없다는 것이 태공의 멋있는 대답이었던 것이다. 사람들은 태공이 될 남자를 못 알아보고 버린 여인을 돌로 쳐서 죽였다. 시골에 가면 흔히 볼 수 있는 길가의 돌무더기는 그걸 기념하는 유물이라는 것이 외심촌에게서 들은 강태공 이야기의 줄거리다.

여기에는 짚고 넘어가야 할 쟁점이 있다. 그 여자가 돌에 맞아 죽은 것이 과연 온당한 일인가 하는 것이다. 강태공은 중국의 고대사를 빛내는 인물이고, 어쩌면 우리 집안의 원조인지도 모르지만, 따지고 보면 그는 아내 하나 부양하지 못한 무책임한 가장이다. 제가齊家를 제대로 못한 남편인 것이다. 그것도 아주 죄질이 나쁜 편이다. 아내를 부양하지 못한 것은 그가 한 일의 거룩함으로 상쇄할 수 있을지 모르지만, 아내의 노고에 대한 배려와

감사하는 마음이 전혀 없었던 것은 인간으로서 용서받을 수 없는 결함이다. 막노동을 하여 자기를 벌어먹이고 있는 아내에게 조금이라도 미안한 마음이 있었으면, 그는 아내가 힘들게 마련한 식량이 비에 흘러내려가게 방관하지는 않았을 것이다. 그러니 그는 버려져도 할 말이 없는 남편이다.

　마지막 처사도 마땅치 않기는 마찬가지다. 자기가 그렇게 높은 자리에 올랐으면, 제일 먼저 해야 할 일은 그 여자를 찾는 것이어야 한다. 적어도 그동안 자신이 물질적으로 부양받은 신세는 갚는 것이 도리에 맞기 때문이다. 설사 그녀가 밥을 먹여주는 다른 남자에게 갔더라도 자신이 진 빚은 갚는 게 옳다. 그런데 제 발로 나타난 여인을 돌에 맞아 죽게 만들다니 온당치 않은 처사다. 모든 여자들이 자기 남편이 먼 앞날에 대성할 인물이라는 것을 알아볼 안목을 갖추어야 할 의무는 없다. 결혼에는 최소한도의 규범과 의무가 있다. 아내가 자기 맡은 일을 다 하면, 남편도 기본적인 책임은 완수해야 한다. 적어도 밥은 먹여주어야 한다는 뜻이다. 그것도 못할 형편이면, 얻어먹고 사는 게 미안한 줄은 알아야 한다. 비가 올 때 양식이 흘러내려가는 것을 모르고 있었다는 것은 인간으로서의 기본 도리를 어긴 것이다. 수신제가修身齊家는 치국평천하治國平天下보다 선행하는 유교의 기본율이다. 아내를 굶게 한 남편이 무슨 자격으로 엎질러진 물을 도로 담을 수 없다고 큰소리를 친다는 말인가?

첫 사위를 맞은 장인이 "은장도도 쓰기 마련"이라는 말을 하면서 딸을 부탁했다는 말을 들은 일이 있다. 그러니 여자가 악처惡妻가 되는 것은 남편 책임이라고도 할 수 있다. 소크라테스도 마찬가지다. 삶을 마감하는 자리에서 그는 아스클레피오스에게 진 외상값은 기억하면서 아내의 생계는 염려하지 않았다. 그건 인간적인 결함이다. 가부장제가 판을 치던 시대에는 이런 이치에 맞지 않는 일들이 정당화되는 설화가 많이 떠돌았다. 가장으로서의 기본 책임을 망각한 남자들을 영웅시하는 이야기들 말이다. 사람대접을 제대로 하는 것이 수신修身의 기본항이라면 아내 대접도 제대로 못하는 남편은 기본이 안 된 인간이다. 남에게서 받은 것을 망각하는 것은 어떤 위업으로도 커버될 수 없는 흠결인 것이다. 오죽하면 공자님이 수신제가를 하고 나서 천하를 다스리라고 하였겠는가.

2020년 12월

노인과 아이

　1987년에 우리 아버님은 92세셨다. 그런데 그해에 설악산에도 다녀오셨고, 석굴암도 관람하셨다. 아직도 당신 양말은 손수 빠시고, 마당을 가꾸셨으며, 신기한 새들도 기르셨다. 아름다운 노년이었다. 그런데 식사는 하루에 두 번밖에 들지 않으셨다. 진지를 덜 드시니 영양실조가 염려되어 찾아뵐 때마다 여러 가지로 신경을 썼지만, 그중에서도 가장 열심히 챙기는 것은 분유, 캐러멜, 사탕, 초콜릿 같은 과자류였다.

　그 무렵에 집에 외손자가 와 있었는데, 그 아이 눈에 그게 이상하게 보였던 모양이다. 세 번째로 같이 갔을 때, 내가 봉지에서 분유를 여러 통 꺼내는 걸 보던 아이가 나를 구석으로 끌고 가더니, 왜 할아버지는 아기들이 먹는 음식을 좋아하시느냐고 물었다. 그 말을 듣고 보니 그해 봄에 돌아가신 친정아버지도 오실 때마다 과자류를 챙겨드렸던 생각이 났다. 아이들이 커서 과자를 덜 먹으니 명절 때마다 들어오는 과자류는 거의 모두 할아버지들 차지였다. 천식증이 있으셨던 친정아버지는 노상 단것을 물고 계셔야 했는데, 그중에서도 특히 좋아하시는 것이 알이 굵은 일제 캐러멜이었다. 그래서 이번 추석에 캐러멜 상자를 앞에 놓고 많이 울었다. 과자 상자를 보면서 그 부재不在를 아쉬워하는 점에서도 노인과 아이는 비슷하다.

기호 식품만이 아니다. 늙으면 어린애가 된다는 말 그대로, 노인과 아이 사이에는 그 밖에도 비슷한 점이 많다. 우선 외양부터가 신생아와 노인은 비슷한 데가 있다. 아기들도 노인처럼 주름이 있다. 하얀 긴 옷을 입고 노란 머리털이 듬성듬성 난 아기가 얼굴을 찡그리며 울 때면 노인과 흡사한 순간이 있다. 외양뿐 아니다. 늙으면 사람들은 아기들처럼 기저귀를 차야 하고, 이빨이 사라지며, 잘 걷지도 못하게 되는데, 자꾸 밖에 나가고 싶어 하는 점에서도 어린아이와 비슷하다. 그래서 인지능력이 망가진 노인이 있는 집에서는, 기어다니는 아이가 있는 집처럼 마루에 창살문을 해 달기도 하며, 길을 잃을까 봐 이름표를 달아드리기도 한다.

출생과 사망의 과정에도 유사성이 많다. 태어날 때도 죽을 때도 인간은 알몸이고, 지저분해서 누군가가 씻겨줘야 한다. 태어날 때 씻기고 새 옷을 입히는 것처럼, 노인도 때를 씻은 벗은 몸으로 수의 속에 들어간다. 누렇고 지저분한 모래집 물과 배설물을 묻히고 태어나듯이, 배설물과 욕창을 묻힌 채 세상을 떠나는 것이다. 갓난아기처럼 종일 잠만 자는 그 달고 긴 잠을 또 얼마나 자야 숨이 넘어가는 걸까?

　하지만 노인과 아기의 잠 사이에는 엄청난 격차가 있다. 고개를 들고 한숨 잘 때마다 때를 벗고 하얘지는 누에처럼, 아기들도 한숨 잘 때마다 때를 벗고 변신한다. 그건 축복받은 황홀한 변신이다. 시시각각 발돋움하는 끊임없는 성장의 매듭매듭……. 거무스름한 잔 멸치 같던 자잘한 씨벌레들이 한잠 잘 때마다 뽀얗게 탈색해가서 눈부신 고치로 변환하듯이, 아기들은 잠시도 쉬지 않고 바스락거리며 순간마다 성장한다. 한 모금의 젖이 그 자리에서 생명으로 전환되고, 하룻밤, 하룻낮이 모두 재롱으로 열매를 맺는…… 어린이의 세계는 원광을 두른 천사들의 영역이다.
　그런데 생명이 소멸하는 과정은 그렇게 현란하지 않다. 시간시간이 모두 끊임없는 조락凋落의 과정이기 때문이다. 노인이 되면 모든 아름다운 부분이 몸에서 사라진다. 한잠 자고 나면 한 모서리가 허술해지는 것이 노인의 일상이다. 낮밤이 바뀌는 서슬에 놀라서, 손아귀에 든 모래처럼 목숨이 솔솔 빠져나가는…… 노인의 마지막엔 빛이 없다. 어떤 재물도 어떤 사랑도 도움이 될 수 없는…… 그 절대 고독. 혼자서 가야 하는 이정표도 없는 밤길.

나는 1987년 봄에 아버지를 위해 기저귀를 마련했고, 나는 그 봄에 아버지를 위해 관도 마련했다. 겹철쭉이 날마다 꽃판이 커져가는 올림픽 대로를 지나, 신나는 봄 한철을 나는 기저귀와 관에 갇혀 있었다. 물체처럼 알몸으로, 들것에 실려 검사실과 방사능과로 조리돌림을 당하면서, 필사적으로 몸을 가리려고 애를 쓰는 한 인간의 손이 거기 있었으며, 기저귀를 차지 않고 떠나고 싶어서 이를 악물고 곡기를 거부하던 한 인간의 입술이 거기 있었다. 하지만 의식이 없어지자 '인간'은 사라지고 '본능'만 덩그러니 남아, 입에 들어오는 것은 모두 삼키고 몸이 드러나도 부끄러워하지 않았다. 욕창에 덮여 숨을 거두기 위해 아버지에게는 그런 순서가 마련되어 있었던 것이다.

인간답게 사는 것은 자기 의지로 시도해볼 수 있지만, 인간답게 죽는 것은 누구도 마음대로 할 수 없다는 것을 아버지의 마지막이 가르쳐주었다. 탄생이라고 무어가 다르겠는가? 인간은 누구도 우아하게 태어날 수 없으며, 인간은 누구도 거룩하게 죽음을 맞이할 수 없다. 타인에게 폐를 끼치지 않는 죽음 같은 것은 있을 수 없다. 누구도 제 시신을 스스로 묻어줄 수는 없기 때문이다. 어린애처럼 과자를 먹으면서 노인들이 다다르는 지점은 그런 곳이다. 한 인간이 불가마로 들어가 재가 되는 마당인데, 인간다움 같은 것이 뭐가 문제가 되겠는가. 죽음을 기억하면 전쟁이나 소송 같은 것은 못 하지 않을까 하는 생각이 든다. Memento Mori. 우리가 모두 죽을 존재임을 기억해두기로 하자.

1987년 12월

어느 바보가 본 하늘

어렸을 때 살던 동네에 바보가 하나 살고 있었다. 외지에서 온 중년의 남자였다. 그는 마을 뒷산 양지바른 곳에 움막을 짓고, 존재하지 않는 사람처럼 조용하게 살고 있었다. 어디서 무얼 사다 먹는지 몰라도 그는 거의 동네 가게와 거래가 없었다. 정신적인 거래도 마찬가지다. 늦잠을 자는지 오전에는 기척도 없다가 오후 세 시나 되어서야 어슬렁거리며 마을에 나타나는데, 그것도 거르는 날이 많아서 별로 눈에 띄지 않는 존재였다.

그는 아무 일도 하지 않았다. 취미로라도 무언가 하는 일이 있기 마련인데, 그는 헐렁한 옷을 입고 느릿느릿 걸어다니는 것 외에는 살기 위해 무언가를 하는 법이 없었다. 그렇다고 구걸을 하는 것도 아니었다. 장이 서는 날에는 장마당에서 어슬렁거리다가, 바둑을 두는 사람들이 있으면 뒷짐을 지고 서서 한정 없이 구경하기도 하고, 아이들이 고무줄놀이를 하는 것을 무심히 앉아서 지켜보기도 했으며, 어떤 날은 사람들이 물건을 사고파는 광경을 관람하기도 했다. 그러나 어느 하나에도 깊은 관심을 나타내는 법이 없었다. 이승에서 살아가는 인간들의 모습을 구경하러 온 외계의 손님 같았다. 그는 마을의 누구와도 닮지 않은 예외적인 모습으로 살고 있었고, 누구와도 개인적인 친분을 가지고 싶어 하지 않는 것처럼 보였다. 바람처럼 자유롭고, 산새처럼 외로운 방외인方外人이었던 것이다.

그렇게 끈 떨어진 연처럼 흔들거리며 살면서, 이름을 물어봐도 대답을 하지 않고, 나이나 고향을 물어도 고개를 흔들 뿐인데, 벙어리는 아니니까 동네 사람들은 그를 좀 모자라는 사람으로 자리매김했다. 그렇게 사람들과 거래를 하지 않으면서 인사성은 또 아주 밝아서, 이따금 마을에 나타나면 보는 사람마다 허리를 깊숙이 숙여서 공손하게 인사를 했다. 아이들에게도 마찬가지니 그가 나타나면 장난꾸러기들은 신이 난다. 다른 어른들처럼 잔소리를 하거나 참견하는 법이 없기 때문이다. 어른은 어른인데 막 굴어도 화를 내지 않으니 만만해서 좋고, 그러면서 후미진 곳이 나타나면 의지가 되니 쓸모도 있어서, 아이들은 그를 장난감처럼 마음대로 가지고 놀았다. 손을 잡고 함께 원무를 추자고 하기도 하고, 때로는 고무줄을 잡고 있게도 하면서, 아이들은 그 한가한 어른과 잘 놀았다. 장난기가 많은 아이들은 그를 골탕 먹이려고 음모를 꾸미기도 했고, 등을 꼬챙이 같은 것으로 찔러 해를 입히기도 했지만, 그는 삐치거나 화를 내지 않았다.

어른들에게도 그는 만만한 존재였다. 마을에 바보가 하나 있다는 것은 동네 사람들의 정신 건강을 증진시키는 데 도움을 준다. 모자라 보이는 그 사람으로 인해 동네 사람들은 누구나 우월감을 느꼈고, 그의 선량함 때문에 마음이 푸근해지니, 사람들은 그를 가지고 놀았다. 쓸모도 없지만 해도 없는 인간이었던 것이다.

시간이 지나면서 사람들은 그가 남의 집 제사에 참여하는 걸 좋아한다는 것을 알게 되어 너무 놀라고 있었다. 아무것도 관심이 없어 보이는 사람이 제사에만은 치열한 관심을 보였기 때문이다. 그는 누가 일러준 일도 없는데 온 동네 제삿날을 다 외우고 있었다. 동네에 제사가 있는 날이면, 그는 제주祭主라도 되는 것처럼 목욕을 하고 깨끗한 옷을 입고 나타나서 처음부터 끝까지 의식에 참여했다. 사람들 뒤에 서서 자손들이 곡을 하면 자기도 따라 하고, 절을 하면 그것도 따라 하는데, 표정이 제주들보다 더 엄숙해서 사람들은 그 모습을 지켜보는 것을 재미로 삼았다.

그러다가 그들은 바보의 지능지수에 대해 의심을 품기 시작했다. 한 번도 제사가 있는 집을 잘못 찾아온 일이 없으니, 그렇다면 그는 동네 제삿날을 다 통달하고 있다는 이야기가 되기 때문이다. 그럼 바보가 아니지 않는가? 그가 바본지 아닌지 알아보기 위해 마을 사람들은 음모를 꾸몄다. 다음에 지낼 제사를 시간을 바짝 앞당겨서 일찍 모시고, 제사 시간에는 자는 체하고 일찍부터 불을 끈 후 어둠 속에서 그의 거동을 살펴보기로 한 것이다.

제사 지낼 시간이 되니 그가 나타났다. 불이 꺼져 있자 그는 당황해서 고개를 기우뚱거리면서 뒤꼍으로 돌아가 굴뚝을 점검했다. 굴뚝도 식어가고 있자 그가 구시렁거리는 소리가 들려왔다. "아뿔싸! 이 사람들이 제삿날을 잊었나 보다. 이런 변이 있나." 그가 풀이 죽어 돌아가는 것을 보면서 동네 사람들은 어둠 속에서 킬킬거렸다. 그가 제삿날을 기억하는 것은 입증됐지만, 그래서 그가 바보가 아닌 것도 밝혀졌지만, 사람들은 여전히 그를 바보라고 여기고 싶어 했고, 그가 제삿밥 때문에 제삿날을 기억하는 것으로 치부하고 싶어 했다. 그런데 어둠 속에서 "어이구, 혼백이 섭섭했겠네" 하는 탄식이 들려와서 사람들의 뒤통수를 쳤다. 그는 사자를 위한 위령 행사에 참여하고 싶었던 것이다.

그 후 얼마 안 있다가 그가 동네 사람들 뒤통수를 치는 일이 다시 생겨났다. 우리 고장에는 학사대라는 명승지가 있다. 동대천 하구와 바다가 만나는 지역 서쪽 언덕 위에 화강암과 소나무가 어울려 있는 암벽 지대가 있는데, 경관이 얼마나 아름다운지 신숙주, 김삿갓 같은 왕조시대의 유명한 문인을 위시해서 여러 고장의 시인 묵객들이 많이 찾아왔다. 그들은 바다를 감상하면서 취흥에 겨워서 먹을 갈아 시를 쓰고, 석수들을 불러다 그것을 바위에 음각하게 만들었다. 그래서 산 전체가 시의 동산이 되어

학사대學士臺라고 불리게 된 것이다. 절벽 아래쪽에는 흔들바위가 있고, 그 옆 바다 위에 바위로 둘러싸인 동굴이 있는데, 그 동굴 천장에 함지박만 한 구멍이 뚫려 있어 하늘이 보였다. 단오 축제 때 마을 사람들을 따라 학사대에 간 바보가 어쩌다 그 동굴에 들어갔다. 바다가 찰랑대는 바위에 누워 천장에 뚫린 구멍으로 하늘을 쳐다보던 그가 갑자기 벌떡 일어나더니 큰 소리로 "병한丙漢이 견천見天이라!"고 외친 것이다.

그때 처음으로 동네 사람들은 그의 이름이 병한이라는 것을 알게 되었고, 그가 한문에 소양이 있는 선비라는 것도 알게 되었다. 하지만 사람들의 편견은 고쳐지지 않았다. 그들은 바보가 구멍을 통해 하늘을 보았다고 한 말이 얼마나 멋있는 말인지 이해하지 못해서 여전히 그를 얕보는 말을 했다. "넓은 하늘을 놔두고 하필 자그마한 궁기(구멍)를 통해 하늘을 보시나. 미친놈." 동네 남자들은 그를 비웃으면서 우월감을 가지고 그곳을 떠났다.

덕분에 그 남자는 다시 전처럼 바보로 사는 게 가능했다. 그는 여전히 모든 인간에게 공손하게 허리를 굽혀 절을 했고, 모든 죽어간 영혼들을 위해 경건한 묵도를 올려주었으며, 이따금 좁은 구멍을 통해 넓은 하늘을 보는 역설을 즐기면서, 세금도 징용도 면제되는 바보로서의 삶을 영위해갈 수 있었던 것이다.

2009년 11월

피부 밑에는

2001년 인후암이 재발했을 때의 일이다. 정기검진을 받으러 갔더니, 모니터를 들여다보던 김광현 박사의 안색이 어두워졌다. 암이 재발했다는 것이다. 직접 확인하라면서 선생님은 나를 모니터 앞에 옮겨 앉혔다.

인후암 환자들이 검진받으러 가면, 의사는 어느 환자에게나 똑같은 것을 주문한다. 혀를 거즈로 감싸 쥐고 잔뜩 잡아당기면서 환자에게 다음과 같이 말한다.

"아— 하세요."

"이— 하세요."

나는 별생각 없이 달마다 시키던 대로 그 일을 되풀이했다.

그런데 모니터를 직접 들여다보니 너무 끔찍한 일들이 그 "아—"와 "이—" 사이에서 벌어지고 있었다. 목 안은 터널같이 생겼는데, 목젖이 수문장처럼 양쪽으로 뻗어 나와 있었다. 그런데 목젖과 그 언저리는 온통 흐물흐물한, 벌건 살들이 너덜너덜하게 널려 있었다. 내 목의 동굴 안은 여자의 성기같이 생겨서 쳐다보기가 좀 민망했다. 내가 "아—" 하고 소리를 내자 요란한 일이 그 안에서 벌어졌다. 너덜거리던 목 속의 생살들이 있는 대로 수선을 피우면서 법석을 떨기 시작한 것이다. "아—"에서 "이—"로 옮겨가는 과정은 더 요란했다. "아"와 "이"의 거리가 먼 것 같지 않았는데, 목젖 근처의 벌건 살 자락들이 퍼들거리며 경기를 일으키듯 요란을 떠는 것이다. 사람을 질리게 만드는 광경이다.

겨우 마음을 진정시키고 보니 인후 둘레의 한 지점에 불로 지진 것처럼 딱딱하게 오므라든 암종이 박혀 있었다. 아마추어도 식별할 수 있게 이질적으로 보이는 암종은, 살들이 아무리 난리를 떨어도 움직이지 않고 침착했다. 움직이지 않고 있다는 것은 그 부분이 죽어 있다는 뜻일 것이다. 그렇다면 우리가 살아 있다는 것은 벌건 여린 살들의 끊임없는 경련을 의미하는 것일까?

다행히도 암종은 별로 크지 않아서 간단한 수술로 제거할 수 있다는 말을 들었다. 암 덩어리가 작아서 방심한 탓인지, 그날 나는 암의 재발보다도 목구멍 안의 어수선한 풍경에 더 충격을 받았다. 우리가 누구와 조용조용 정담을 나누고 있는 순간에도 목 속의 근육들이 저렇게 경련하듯 요란을 떨 생각을 하면 너무 정이 떨어져서, 한동안은 말을 하고 싶은 생각이 없었다. 며칠 후에 남편에게 그 이야기를 했더니 자기도 그런 경험이 있다고 했다. 귀가 아파서 병원에 갔는데, 모니터에 확대되어 나타나는 귓속의 털이 부숭부숭한 부위들이 너무 흉측해서 욕지기가 나더란다. 어찌 목이나 귓속만이겠는가.

"눈을 감아도 눈꺼풀 밑의 보는 기능은 그대로 남아 있을 것이 아닌가" 하는 생각을 하게 되자 아쿠타가와 류노스케는 눈꺼풀이 보이기 시작해서 잠을 잘 수 없게 되었다고 한다. 어느 날 밤 문득 자는 동안에도 열심히 펌프질을 하고 있을 심장을 생각하게 되자 이어령 선생도 며칠간 잠을 설쳤다고 했다. 피부 밑 그 물렁한 공간에서 일어나는 일은 모르고 지내야 되는 건데, 의식하게 되면 이렇게 독이 된다. 암세포를 감싸 안고 수선을 떨던 목 안의 벌겋고 흐물거리던 살의 영상은 며칠간 나를 많이 괴롭혔다.

인두겁이라는 말이 있다. 피부로 감싸져서 사람의 형상을 나타내는 외양의 총체가 인두겁이라면, 그 안에 있는 것은 모조리 하마의 입속처럼 말캉말캉한 벌건 살로 채워져 있을 것이 아닌가. 너무나도 노골적인 생명의 알몸을 목격하면서 나는 혐오감과 두려움에 떨었다. 다시는 사람들 앞에서 깔끔한 체해서는 안 되겠다는 생각이 들었다.

T. S. 엘리엇의 「하마」라는 시가 생각났다. "피와 살"로 된 하마의 몸은 "약하고 물렁거린다"는 구절이다. 엘리엇은 용적이 엄청난 하마의 피부 밑의 내용물을 '피와 살' '약하고 물렁거림'

으로 간결하게 요약했다. 인간의 피부 밑이라고 무엇이 다르겠는가? 그런 물렁거리는 것들이 쏟아져 나올까 봐 하나님은 서둘러서 동물의 몸을 피부로 감싸주신 것 같다. 피부는 우리 몸이 뒤집어쓰고 있는 아름다운 겉옷이다. 『25시』의 작가 게오르규는 인간의 피부를 "살갗으로 만든 튜닉tunique de peau"이라고 불렀다. 그 살갗이 고맙다. 고마운 것이 어찌 피부만이겠는가.

우리는 대체로 피부 밑의 세계는 잊고 산다. 하지만 그러면 안 될 것 같다. 백조가 의젓하게 물 위에 떠 있을 수 있는 것은 쉬지 않고 물밑에서 버둥질 치는 시커먼 물갈퀴 덕분이다. 인간도 마찬가지다. 우리가 사람의 형상을 하고 품위를 유지할 수 있는 것은 피와 살이 엉켜 따뜻하게 돌아가는 피부 밑의 소용돌이 덕분이다. 거기에는 우리의 목소리를 조정하려고 혼신의 힘을 다하는 목젖도 있고, 자려고 감은 눈꺼풀 밑에서 숨을 죽이는 동공도 있으며, 밤이나 낮이나 쉬지 않고 펌프질을 해대는 부지런한 심장도 있다. 물 밑에서 버둥거리며 안간힘을 쓰는 백조의 물갈퀴처럼, 우리의 피부 밑의 그 많은 기관들이 제가끔 제 몫을 다하느라고 쉬지 않고 움직여주어서 우리가 여기에 있는 것이다. 살아 있다는 것은 벌건 여린 살들의 끊임없는 움직임을 의미한다. 그 추한 형상까지 합쳐서, 그게 모두 어김없는 우리의 실체인 것이다.

2012년 1월

칼의 주술성

막내가 초등학교 2학년 때, 우리는 평창동으로 이사를 왔다. 주위가 텅 빈 곳에 있는 외딴집이었다. 외등이 달려 있지 않아서 밤이면 동네 전체가 어둠에 휩싸였다. 아이들이 그 어둠 속을 걸어서 과외를 받으러 다녀야 하니 문제가 컸다. 막내는 차마 혼자 내놓을 수 없어 과외활동을 전혀 시킬 수 없으니 그것도 난감했다.

건넛마을에 집이 한 채 있었는데, 다행히도 그 댁 따님이 피아노를 전공했다는 말을 들은 나는 무섭다고 마다하는 막내를 겨우 달래서 그 댁에서 피아노를 배우게 했다. 그 집에서 떠날 때 전화를 하면, 내가 마중을 나가 같이 돌아오기로 한 것이다. 그러던 어느 날 아이에게 "혼자 올 때 무섭지 않더냐"고 물은 일이 있다. 그런데 뜻밖에도 "이게 있어서 참을 만해요" 하면서 주머

231

니에서 작은 접는 칼을 내보였다. 그 아이가 칼을 가지고 다닌다는 게 너무나 싫어서 나는 "그걸로 무얼 하게?" 하고 다급하게 물었다. "무서울 때, 손끝에 닿는 칼집의 감각이 마음을 든든하게 해서 무서움이 한결 가라앉는다"는 대답이 왔다.

그 말에 나는 너무 놀라고 있는데, 한참 잠자코 있던 아이가 "그걸로는 안 통하는 게 있어 문제죠" 하면서 심란한 듯이 고개를 흔들었다. 그게 뭐냐니까 '귀신'이란다. 짐승과 사람에 대한 두려움은 칼의 주술로 진정시킬 수 있는데, 귀신에 대한 무서움은 그보다 훨씬 더 커서 칼이 도움이 되지 않는다는 것을 고백한 것이다. 그리하여 피아노 레슨은 그날로 끝이 났다.

십여 년이 지난 후 칼의 주술성에 대한 또 하나의 사건을 로스앤젤레스에서도 겪었다. 그때 딸네는 할리우드에서 살고 있었다. 'HOLYWOOD'라는 대형 문자가 우측으로 보이는 산 위에 살았는데, 그 동네를 경계로 하여 뒤에 산들이 둘러쳐 있고, 산과 마을 사이에는 철조망이 쳐져 있었다.

그런데 어느 날 초등학교 1학년이던 외손자가 놀러 온 언니들과 나를 데리고 산보를 나가더니, 자꾸 철망 너머의 산길로 가보자고 유혹을 했다. 여러 가지 이유를 대면서 하도 집요하게 권하기에 우리는 별생각 없이 철망이 내려앉은 부분을 통해 산길로 들어섰다. 산 아래로 내려올 무렵에야 '철망을 친 건 다니지 말라는 뜻이겠다'는 깨달음이 와서 다시 아스팔트로 나와 산책을 계속했다. 그런데 집에 와서 겉옷을 벗는 손자의 주머니에서 옛날에 본 것과 비슷한 칼이 떨어졌다. 그 아이가 칼을 넣고 나갔다는 건 두려움 때문이겠는데, 이유를 알 수 없어 딸에게 물어보았더니, 얼마 전에 그 산에서 초등학생이 행방불명된 일이 있었다고 했다. 코요테가 물어갔을 거라는 추측만 남았을 뿐 끝내 시신도 찾지 못했다는 것이다.

아이는 끔찍한 사연이 담긴 그 금단의 땅에 너무나 가보고 싶었던 것이고, 혼자 가는 건 엄두가 안 나니까 할머니들을 꼬신 모양이다. 환한 대낮이었고, 어른이 넷이나 붙어 있는데도 두려움이 가시지 않아, 그는 칼을 주머니에 넣고 간 것이다. 씩씩한 체 우리를 선도하면서도 옛날에 제 외삼촌이 그랬던 것처럼 칼집의 감촉으로 내면의 두려움을 달래고 있었을 손자 아이……. 칼의 주술성에 대한 믿음은 아이들에게는 보편적인 것 같다.

하지만 그들도 조금만 크면 곧 칼의 한계를 깨닫게 되고, 그러면 칼의 주술력은 힘을 잃는다. 귀신만이 아니라 칼로는 컨트롤이 안 되는 너무나 많은 것들이 세상에 존재한다는 걸 깨닫지 않을 수 없기 때문이다. 재난은 혼자 참으며 감당할 수밖에 없다는 것을 깨달을 때, 아이들은 어른이 되는 것이리라.

2003년 10월

질병과 양보

남편을 배웅하고 돌아서려는데 문득 올려다본 하늘이 너무 맑아서, 귀신에 홀린 것처럼 동네를 한 바퀴 돌게 되었다. 꼬불꼬불하게 휜 산모롱이를 따라 만든 길섶에 단풍잎을 닮은 야생초 넝쿨들이 전신주를 감으며 올라가고 있고, 그 줄기에 의지하여 오렌지색 야생화가 조신한 자태를 코발트빛 하늘에 새기고 있었다. 바람은 살랑거리며 옷깃을 스쳐가고, 하늘은 맑고…… 이 계절에 살아 있음이 너무나 황감하여 팔을 휘저으며 걸어가다가 갑자기 나는 그 자리에 멈추어 섰다. 내가 집에서 1킬로나 떨어진 길을 혼자서 걸어왔다는 사실에 새삼스럽게 감격한 것이다.

하늘이 이렇게 청갈하던 지난해 이맘때에 나는 허리를 다쳐서 휠체어를 타고 다녔다. 바닥에 왁스가 묻은 걸 모르고 무심히 걷다가 넘어졌는데, 공교롭게도 디스크가 삐져나온 부분을 다친 것이다. 통증이 심하고 보행이 부자유스러워져서 침을 맞고 뜸을 뜨면서 학교에 나갔다. 굴신할 때만 아픈 거니까 서서 강의를 하는 데는 지장이 없었다. 그러다가 어느 날 허리의 통증이 오른쪽 다리로 옮아갔다. 허리는 몸 전체의 기둥이지만 다리는 두 개니까 절반은 나은 셈이거니 하고 낙관한 것은 큰 오산이었다. 통증은 다음 날부터 세 배 정도 심해져서 발을 디디고 서기는커녕 기어다녀야 할 형편이 되었다. 화장실에 갈 일이 걱정이 되어 사흘이나 물을 안 마셨다가 남편에게 들켜서 혼이 나고…… 병원에도 업혀 가야 할 상태로 추석 무렵의 두 주일을 보냈다.

일어나서 걷지 못하면 인간은 '호모 에렉투스(직립 인간)'일 수가 없다. 네 발로 기어다니는 건 짐승이다. 나는 짐승으로 퇴화하고 있었던 것이다. 그러고도 살아야 하나? 나는 자신이 얼마 전까지만 해도 종일 걸어다니던 직립 인간이었다는 사실을 그리운 마음으로 회상하면서 처서를 보내고 백로를 보냈다. 그러던 어느 날 애들 큰아버지가 허리에 직접 맞는 진통 주사에 관한 정보를 알아오셨다. 척추를 마취하고 나서 주삿바늘로 여러 신경을 쑤셔서 아픈 줄기를 찾아내 거기에 약물을 투입하는 극약적 치료 방법이다. 맞고 나서도 한 시간은 누워 있다가 휠체어를 타고 돌아와야 하는 그 주사는 시체도 자지러들게 만들 정도로 끔찍한 것이었다. 하지만 참을 수 있었다. 짐승처럼 기어다니지만 않는다면 뭔들 못 하랴 싶은 절박한 상태여서, 선택의 여지가 없었던 것이다. 큰 주사를 세 번 맞고, 작은 주사를 또 세 번 맞고, 그렇게 지옥의 고통을 겪고 나서야 나는 겨우 한 번에 몇백 미터 정도 걸을 수 있게 되어 지팡이를 짚고 다니면서 강의를 끝마쳤다. 그리고 몇 달이 지나 봄 학기가 시작될 무렵, 나는 온전한 직립 인간으로 복귀할 수 있었다.

"육체는 슬프다." 말라르메가 한 말이다. 물과 피로 이루어진 우리의 육체는 형편없이 물러서, 어느 한 부분이 고장 나면 전체가 마비된다. 뇌혈관이 몇 센티 막히자 우리 어머니는 식물인간이 되셨고, 장미 가시에 찔려 릴케는 죽었다. 아무리 많은 지식이 그 뇌에 축적되어 있어도 소용이 없고, 아무리 특별한 창조력이 그 심장에 담겨 있어도 소용이 없다. 육체는 그렇게 허망하고 슬픈 것이다.

하지만 질병이, 혹은 재난이 그냥 몽땅 손실만은 아니라는 걸 알게 되는 날이 왔다. 평소에 잔병이 많은 나는 언제나 몸 한구석이 조금씩 고장 나 있다. 나 같은 체질을 가진 시어머니와 사는 친구의 표현을 빌자면 "노상 깽깽거리며 사는 것"이다. 그중에서도 제일 잘 고장 나는 곳이 입안이다. 조금만 피곤해도 금방 입안이 헌다. 그다음은 부종이다. 신장이 약한데 무리를 하며 사니까 붓는 것도 상습이다. 그래서 노상 청둥호박을 비치해놓고 살아야 한다. 그리고 시도 때도 없이 걸리는 결막염……. 그런 잔병치레를 자주 하는 대신에 큰 병에는 잘 걸리지 않는다.

그런데 막상 큰 병이 생겨 누워 지내는 세월이 석 달이 넘으니까 이번에는 잔병들이 고개를 숙이기 시작했다. 사령부가 좌골신경에 시달려 정신을 못 차리는 동안에 나머지 부분들은 노역의 템포를 늦출 수 있었고, 그 휴식이 과로에서 생겨난 자잘한 고장들을 저절로 고쳐지게 만들었다. 아기를 낳고도 일주일 이상 누워 있던 일이 없는 나에게 8개월간의 휴식은 어쩌면 하나의 특혜였는지도 모른다는 생각이 들 정도로, 그동안에 잔병들이 말끔히 없어져서 지금 나는 역사상 가장 건강한 상태에 놓여 있다.

　손가락 끝에 눈이 달린 것처럼 신통하게 고장 난 부분을 찾아내는 지압 치료사가 있었는데, 어느 날 나는 그녀에게 누워 지내는 동안 잔병이 나은 사연을 말했다. 그랬더니 "맞아요, 병이 양보한다구요" 하고 그이가 맞장구를 쳤다. 신체 기관 중에 어느 한 부분이 심하게 고장이 나면 다른 부분이 너 먼저 고치라고 자기 몫을 양보한다는 것이다. 나는 그 표현이 아주 마음에 들었다. 설사 쉬어서 나았다는 내 생각이 맞는 것이라 하더라도 병이 다른 병에게 치료 순위를 양보하는 장면을 상상해보는 것은 고무적이었다. 병이 양보할 줄 안다면 사람은 더 많은 것을 양보할 수 있지 않겠는가. 어느 쪽이 맞든 결론은 질병이라는 억울한 재난이 그냥 그만한 부피의 손실만 주는 것이 아니라 보상을 주는 부분도 있다는 이야기니까, 삶의 다른 고난 앞에서도 주눅이 들지 않고 맞설 수 있는 용기를 얻을 수 있을 것 같았다. 어쩌면 '욥'이 재난 속에서 절망하지 않고 견딘 것은 그 다른 형태의 보상 때문이 아니었을까?

미국에 있는 언니가 망막이 박리되어 수술을 해야 하는데 치료 기간이 길다고 걱정하는 전화를 했다. 나는 자신 있게 언니에게 그 기간이 손실만은 아니라는 말을 하면서, 쉬는 동안에 언니의 잔병이 모두 나아지기를 기원했다.

1997년

4
국문학 산고散稿

나는 왜 문학을 하게 되었을까

　언제부터 문학을 하기로 방향을 정했느냐고 물으시면 대답하기가 좀 어렵습니다. 유년기까지 거슬러 올라가야 하기 때문입니다. 그때 우리는 장백현에 살고 있었는데, 여섯 살 때 이원군에 있는 할머니 집에 1년쯤 와 있던 일이 있습니다. 노할머니가 거동을 못하셔서 고향에 있는 성안집에는 할머니 두 분만 계셨거든요. 그래서 동생과 내가 기쁨조로 차출되어 간 겁니다.

　그 집은 폐허가 된 성터에 남아 있는, 절반만 기와를 인 외딴집이었습니다. 함경남도의 마지막 고을에 있는 그 성터는 높은 산이 둘러싸고 있는 산자락에 있었습니다. 몇만 평 되는 넓은 대지에 보습을 댄 자국이 없어, 목초 같은 자잘한 풀이 돋아나 있는 평화로운 풀밭뿐인데, 강물이 에워싸며 흐르고 있어 아름다웠어요. 하지만 인근에 사람이 없으니, 거기 있으면 내가 버림을 받아 그곳에 있는 것 같은 삭막한 기분이 됩니다. 많이 외롭고요. 내가 볼 수 있는 건 미음으로 연명하는 노할머니와, 이미 환갑을 넘은 자그마한 젊은 할머니, 그리고 네 살짜리 동생밖에 없는 거예요. 동생은 너무 어려 말 상대가 안 되고, 할머니는 노할머니 시중에 바쁘니 밤이나 낮이나 외로웠죠.

사람들은 그 빈 곳을 성안이라고 불렀습니다. 그러니 우리는 성안집 사람들이죠. 험준한 산이 함경북도와의 사이를 가로막고 있는 그곳에는 예전에 큰 성이 있었고, 역참도 있었다는군요. 여진 거란이 쳐들어오던 시기부터 국경선이 된 뒷산은 하늘을 찌르게 높아요. 그래서 그곳의 어둠은 유별나게 짙습니다. 바로 앞에 누가 있어도 알아차리기 어려운 밀도 높은 '암흑'입니다. 무섭죠. 낮에도 무섭지만 밤이 되면 덜덜 떨리게 무서웠어요. 짐승이 내려온다거나 도둑이 든다거나 하는 현실적인 데서 오는 무서움이 아니고, 그건 더 강하고, 더 큰 그 무엇에 대한 공포심이었던 것 같아요. 그 엄청난 공포심을 다스릴 수 있는 약은 딱 하나, 할머니의 옛날이야기입니다. 이야기 속에는 우리 것과는 다른 세계가 있잖아요? 거기에는 언제나 영웅 같은 존재도 있고요. 그러니 어둠도 공포도 다 효력을 잃는 거예요. 우리 할머니는 이야기를 아주 재미있게 하는 분이어서 그 이야기에는 신통력이 있었어요. 그게 내 문학 공부의 첫걸음이었던 것 같아요.

우리 집은 우주같이 넓게 느껴지는 천지 속에 버려져 있는 하

나밖에 없는 외딴집이지만, 다행히도 돌각담[1]이 둘러쳐져 있었
어요. 하지만 일손이 없으니 한 모서리가 주저앉아 있는 곳이 있
었어요. 그 무너져 내리고 있는 돌각담 밑에서 어느 날 나는 호
박순들이 올라오고 있는걸 발견했어요. 너무 반가워서 그걸 지
켜보는 재미로 하루하루를 견뎠습니다. 호박은 씩씩하게 돌담을
타고 올라가기 시작했습니다. 크는 속도가 너무 빠른 거예요. 가
느다란 실 같은 더듬이가 살살 기어가 다음 돌에 다다르는 것을
보고 있으면, 어느새 다음 더듬이가 새로 돋아나고 있거든요. 줄
기에서는 잎이 돋아납니다. 맹렬하게 성장하는 접시만 한 이파
리들입니다. 그리고 꽃이 피어요. 노란 꽃이 망울졌는가 하고 보
면 어느새 벌어지려 하고 있고, 좀 피어 있다가는 금세 오므라들
다가 떨어져 나가죠. 그러면 그 자리에 진주알만 한 애기 호박이
남겨져요. 그것이 또 맹렬한 속도로 커집니다. 달걀만 해졌다가
사과만 해지고, 나중에는 직경이 30센티나 되는 장엄한 청둥호
박으로 성장하는 겁니다. 개화開花와 결실의 과정이 모두 템포가
빠르게 진행됩니다. 삶의 치열한 현장입니다. 그 여름에 나는 호
박꽃에 홀려서 종일 무너진 돌담 근처에서 맴돌았습니다. 그 열
정적인 번식 속도에 압도당하고 있으면서, 마치 내가 그걸 기르

---

1 '돌담'의 방언.

기라도 한 것처럼 뿌듯한 충만감에 젖어 있었거든요.

그런데 서늘한 바람이 아주 살짝 불기 시작하자 호박잎은 성급하게도 시들기 시작합니다. 멍청하게 큰 잎이 오그라들어가고, 가장자리부터 말라갑니다. 줄기도 시들어갑니다. 성장 속도가 숨 가빴던 것처럼 조락凋落의 속도도 빨라서, 보고 있으면 비명이 나올 지경입니다. 청둥호박이 점잖게 또아리를 틀 무렵이 되면 호박 넝쿨은 완전히 파파 할머니가 되어버립니다. 열매만 남고 뿌리에서부터 줄기 끝까지 남루해져서 시래기같이 되어버려요.

전신에 오소소하게 소름이 돋으면서 깊은 상실감이 내습來襲합니다. 선 자리에 그냥 주저앉을 것 같은 기분입니다. 호박잎이 시들어가는 그해의 돌각담 앞에서 나는 감각으로 어떤 불가항력적인 거대한 힘이 우리를 휩쓸어가고 있다는 것을 느꼈습니다. 어머니가 보고 싶어 울며 보내던 세월이었는데, 그건 어머니가 와도 해결할 수 없는 엄청난 재난이었습니다. 다시는 되돌릴 수 없는 그 무엇이 영원히 사라져가고 있음을 몸으로 받아들이고 있었던 겁니다. 그건 내가 처음으로 느낀 소멸消滅의 영상이었습니다. 죽음의 환幻이기도 했고요. 가을이 앗아갈 모든 것에 대한 견딜 수 없는 아쉬움이 밀물처럼 전신을 휩쌌습니다. 가을이 오면 여름이 간다는 것, 지난해의 눈은 다시 볼 수 없다는 것을 감당해낼 수 없었습니다.

전신에 오소소하게 소름이 돋게 하던 그런 깊은 상실감을 나는 1946년에 다시 한번 겪었습니다. 피난 온 서울에서 여덟 살짜리 남동생이 갑자기 폐렴으로 죽은 겁니다. 호박잎이 시드는 속도처럼 빠른 속도였습니다. 열이 나더니 보름도 못 채우고 사라져버린 겁니다. 다시는 되돌릴 수 없는 그 무엇이 영원히 사라져가고 있음을 몸으로 받아들일 수밖에 없었습니다. 나보다 네 살이나 어려서 더 충격이 컸던 것 같습니다. 할머니의 옛날이야기나 어머니의 따뜻한 가슴 같은 것으로는 막아낼 수 없는 그 엄청난 것, 그건 죽음과 소멸이었어요.

그 후부터 어머니는 "못하네"라는 말로 끝나는 찬송가를 자주 부르셨습니다. "울어도 못하네" "참아도 못하네" 하는 거 말이에요. "할 수 없는 죄인이 적막 중에 있으니 어찌 아니 죽을까, 참아도 못하네" 하는 구절이 지금도 머릿속에 새겨져 있습니다. 다행히도 어머니의 찬송가에는 마지막에 구원이 있었습니다. "믿으면 하겠네"로 끝나기 때문이죠. 하지만 나는 믿음이 없어서, '울어도 못하고, 참아도 못하는' 그 불가항력적인 것 앞에 백기를 들고 서 있을 수밖에 없었습니다. 그래서 큰 혼란과 깊은 고뇌 속에서 사춘기를 호되게 앓았습니다.

그때 소설이 눈에 들어왔습니다. 외딴집에서 느낀 어둠에 대한 공포가 할머니의 이야기로 치유받았던 것처럼, 돌각담 앞에서 가버리는 시간을 보며 느낀 것 같은 절망감은, 소설가들이 쓴

다양한 이야기에 의해 조금씩 치유되어 갔던 겁니다. 그래서 미친 듯이 소설을 읽기 시작했습니다. 그게 문학에 발을 들여놓은 결정적 동기입니다.

중3 무렵부터 소설이나 시를 조금씩 써서 친구나 언니에게 읽어주기 시작했습니다. 그런데 하나도 즐겁지 않았어요. 내 글이 마음에 들지 않았기 때문이에요. 아름다운 운율을 찾아내거나 가상의 현실을 창조할 상상력을 나는 타고나지 않았다는 것을 깨달았습니다. 그래서 에세이와 평론으로 방향을 바꾸었습니다. 두 번째 아이를 낳은 다음 해에 곽종원 선생님 추천을 받아서 평론가로 등단했습니다. 석사 과정을 끝낸 1965년의 일입니다. 평생의 연구 과제인 「김동인과 자연주의」가 등단작입니다. 박사 과정은 아이들을 다 길러놓은 1985년에야 끝냈습니다. 논제는 역시 자연주의였습니다. 한 가지에 매달려 평생을 살아온 셈입니다. 환갑이 되던 해에 한일 모더니즘 연구로 옮겨갔습니다. 그런데 겨우 일본에 가서 1년 있는 일이 가능해졌는데, 수속하기 위해 건강검진을 해보니 뇌에 종양이 생겨 있었습니다. 동그란 두개골 한복판에 있는 뇌하수체, 그 콩알만 한 곳에 종양이 생긴 거예요. 뇌를 갈기갈기 찢으며 수술을 해야 하니 위험한 병이죠. 그래서 겨우 얻은 그 귀한 기회를 반납하고 백 일 만에 중도하차 했습니다. 2020년에 평론집 여섯 권을 묶어 평론 전집을 냈습니다. 그게 전부이니 면목이 없습니다만, 평론은 이이 셋을 기르면서, 학교에도 나가면서 쓸 장르가 아니듯이, 80이 지난 노년에도 쓰기 어려운 장르여서 더는 계속할 수가 없습니다. 논문의 주석 글자가 작아 자꾸 눈병이 생기기 때문입니다.

1965년에 등단했지만 책을 본격적으로 쓰기 시작한 것은 정년 퇴임한 후부텁니다. 아이들과 부모님이 다 떠나서, 그 허탈함 속에서 비로소 내 시간을 마음대로 쓸 수 있는 기간이 열리기 시작한 겁니다. 나는 평생을 '책만 읽고 글만 쓰는' 생활을 동경해 왔는데, 가족을 해치지 않고도 그걸 할 수 있는 세월이 마지막에 마련되어 있어서 참 좋았어요. 그 기간이 20년을 넘었으니 축복이지요.

나는 욕심이 많지 않습니다. 그냥 하고 싶은 것만 하며 살면 불만이 없어요. 베스트셀러 작가가 되고 싶지도 않고, 글 쓰는 일을 명예라고 생각한 일도 없습니다. 글 쓰는 일은 내 안에 있는 가장 귀중한 과업일 뿐입니다. 그것을 통해서 나는 인간일 수 있고, 나 자신일 수 있기 때문입니다. 문학은 내가 삶과 인간에 대하여 공부할 수 있는 무한대의 영토입니다. 가장 소중한 과제가 글쓰기가 되는 이유가 거기 있습니다. 그래서 아흔이 넘은 요즈음도 심야의 고요한 시간이 오면 일어나 앉아서 글을 씁니다. 척추가 약해져서 두 시간 이상 앉아 일하는 것이 어려우니까, 낮에는 자료 정리를 하거나 딴 일들을 하면서 되도록 척추를 쉬게 해줍니다. 그리고 밤의 가장 고요한 시간에는 비축해둔 에너지로 글을 씁니다. 글을 쓴다기보다는 글을 고치며 시간을 보낸다고 하는 쪽이 맞을 것 같습니다. 나는 많이 고치는 편입니다. 난시가 있어서 오타를 많이 내니 두어 번은 고쳐야 오타가 없어집니다. 그다음에는 글의 체제를 고칩니다. 블록 이동을 하고, 보충과 삭제의 과정을 거치는 거죠. 그다음에는 충분하게 설명이 되도록 자세하고 길게 고쳐봅니다. 그러고 나서 이번에는 플로베르처럼 형용사 지우기를 하는 겁니다. 그 과정을 나는 글과 논다고 말합니다.

청탁을 받아 쓰는 글이 아니니까 급할 것이 없습니다. 나는 청탁받는 글을 그다지 좋아하지 않습니다. 주문하는 사람의 의견을 고려하지 않을 수 없기 때문에 왜곡이 생기기 쉽기 때문입니다. 자유롭게 밤마다 글과 놀면서 사실은 나 자신과 마주 앉아 있는 그것이 좋습니다. 그거면 됩니다. '나는 어떤 인간인가?' '나는 무엇을 원하며 살아가고 있는가' 하고 물으면, 같은 문제를 안고 있는 이웃들이 보입니다. 내 문제는 인간 모두의 문제이기도 하기 때문이죠. 요즈음은 당연하게도 죽음에 대한 생각을 많이 합니다. 먼저 간 사람들의 마지막 날들을 이해하고 싶어서입니다. 삶의 마지막에 그런 본질적인 것을 생각할 시간을 가질 수 있는 것을 신에게 감사하고 있습니다. 그건 내 문제이기도 하기 때문입니다.

60년을 한 남자와 조용히 살고 있으니까 정치를 하는 친구가,

왜 예술가인데 너희 부부는 그렇게 밋밋하게 사느냐고 묻습니다. 나는 시인도 아니고 소설가도 아니기 때문이라고 대답합니다. 그러니 나는 창조자는 아닌 겁니다. 에세이와 평론은 본래 산문적 문학입니다. 그래서 좋습니다. 적성에 맞기 때문입니다. 그렇게 문학 근처에서 어슬렁거린 셈이지만, 실은 문학은 내 삶이고 본질이었습니다. 가장 소중한 가치였던 겁니다. 그것을 통하여 나는 나라는 한 인간을 키우고 있는 셈입니다.

2023년 11월

옛말과 사투리의 미학

옛말에서 묻어나는 정감

　　　　　　내가 옛말의 아름다움에 눈을 뜬 것은 고3 때 국어 시간에 「동동動動」이라는 고려가요를 배우면서였다. 천막 교사에서 공부하던 피난 시절이어서 고전 전공 선생님이 계시지 않아, 외부에서 강사를 모셔왔다. 연세가 높으신 남자 선생님이었다. 그분이 칠판에 다음과 같은 시를 써놓고 읊기 시작했다.

正月ㅅ 나릿므른
아으 어져 녹져 ᄒᆞ논디
누릿 가온디 나곤
몸하 ᄒᆞ올로 녈셔

아으 動動다리

    국어를 잘하는 편이었는데도 알 수 있는 단어가 '정월' '누리' '하는데(ᄒᆞᆫᄃᆡ)' '몸' 등 네 개밖에 없었다. "무슨 말인지 통 못 알아듣겠지?" 하시면서 선생님은 다시 한번 분위기를 내며 낭송을 시작했다. 억양과 장단을 과장해가며 낭송하니, 운율이 너무나 아름다웠다. 모르는 말이 많아 주문 같은 것이 오히려 신비감을 더해주는 것 같았다.

    나릿믈 = 냇물
    어져 녹져 = 얼었다 녹았다
    몸하 = 몸아
    ᄒᆞ올로 = 홀로
    녈셔 = 살아가는구나

    선생님이 모르는 단어들을 풀이해주셨다. 그 고어들은 지금 우리가 쓰고 있는 현대어보다 훨씬 유현하고 음악적이어서, 나는 곧 그 말들에 사로잡혔다. 옛날에 우리나라에 그런 아름다운 어휘들이 있었다는 사실이 놀랍고도 자랑스러웠다. 그건 어머니가 보시던 옛날 성경책의 난해한 어휘들이 현대어보다 훨씬 시적이고 음악적이었던 것을 상기시켰다.

「동동」 중에서도 특히 마음에 드는 것은 '하'라는 존칭 호격조 사였다. '몸하' '달하' '님하' 하는 말을 악센트를 넣어 발음하면 대상의 품격이 아주 높아지는 느낌이 들어서, 친구들과 다른 명 사에도 '하'를 붙여가며 우리는 한동안 그 일로 즐거웠다.

'정월 나릿물이 어져 녹져' 하며 하느적거리는 풍류 위에, '흐올 로' 살아가는 '몸'의 외로움이 우아하게 얹히면서 「동동」이라는 월령가月令歌의 첫 달이 시작되고, 그 감흥은 열두 달 내내 흥청 거리며 이어져간다.

거기에서 불은 '켜는 것'이 아니라 '혀는 것'이고 '오얏꽃'은 '욋고지'이며 '꾀꼴새'는 '곳고리새'였다. 평창동 외딴집에 이사 왔던 1975년 여름에, 마당에 웬 노란 새가 날아와 '곳고리꼬' 하 는 부드럽고 예쁜 소리를 내면서 우는 것을 들은 일이 있다. 옆 에 계시던 큰동서가 그게 꾀꼬리라는 것을 가르쳐주셨다. 나는 그때 「동동」의 세계에 나타난 옛날 의성어의 음의 정확함과 발 음의 유현함에 다시 한번 경탄했다. 그러면서 새들은 아직도 된 소리를 내지 않고 부드럽게 우는데, 듣는 사람들이 마음이 각박 해져서 그것을 된소리로 듣고 있구나 하는 생각을 했다.

그 밖에도 「동동」에는 오늘날에는 쓰지 않는 '즈싀'라는 인상 적인 낱말이 있었다. 우리 조상들은 외모와 인물의 분위기 전체 를 '즈싀'라는 말로 표현했던 것이다. '무슨 연고로'를 '므슴다' 로 축약한 것도 격이 높아 좋았다.

그 밖에 입시를 위해 배운 옛 시가 중에서는, 송강의 것이 압도적으로 많았다. 당시의 문리대 학장이 송강 숭배자인 방종현 선생이라, 송강의 시는 반드시 나온다고 국어를 담당한 조훈파 선생님이 서울대 지망생들에게 송강의 시가를 철저히 가르쳤다. 수학을 못하는 나는 국어에서 만점을 받아야 합격할 가능성이 생기기 때문에 송강의 시가를 달달 외우고 다녔다. 선생님의 예상대로 입학시험에 그의 시조가 나왔다.

어와 棟梁材(동량재)를 뎌리ᄒᆞ야 어이할고
헐ᄯᅳ더 기운 집에 議論(의논)도 하도할샤
못 지위 고ᄌᆞ자 들고 헤ᄯᅳ다가 말녀ᄂᆞ다

시험이 끝나고 동대신동의 전차 종점에서 친구를 만났는데, 공대를 지망한 그 친구가 무슨 뜻인지 모르겠어서 '동량재'를 '동량질'로, '지위'를 '지위地位'로 해석해서 엉터리로 써버렸다고 떠들어, 줄을 서 있던 수험생들이 한바탕 즐겁게 웃었던 일이 생각난다. '동량재棟梁材'는 대들보감이었고, '지위'는 목수, '고자자'는 목수들의 연장인 먹통과 자였던 것이다. 집은 헐고 뜯어져 엉망이 되었는데, 동량재를 다룰 능력이 없는 서툰 목수들이 연장통을 들고 허둥거리는 한심한 시국이 눈에 훤하게 보이는 시인데, 그 무렵의 언어들이 오늘날의 것과 너무 달라서 그런 코미

디가 벌어졌던 것이다.

송강은 언어의 마술사여서 시들이 너무나 아름다워 입시 공부는 날마다 기쁨을 얻는 환희의 연속이었다. 그중에서도 「훈민가」의 조사법措辭法이 가장 인상적이었다. 형제끼리의 송사를 말리는 시조에서 "종꾀 밧꾀는 엇기에 쉽거니와 / 어디 가 또 어들거시라 흘깃할깃 하난다"라는 구절이 있다. 송사를 할 정도로 얽히고설킨 혈육끼리의 복잡한 갈등을 '흘깃할깃'이라는 의태어 하나로 간단히 처리한 솜씨가 탁월했다. 「훈민가」는 교훈을 목적으로 하는 시인데도 명인의 손에서 나오면 이런 멋진 시가 된다는 사실이 감명 깊었다.

송강에게서는 외국 말처럼 낯선 '고자자'나 '지위' 같은 단어 외에도 '괴다(사랑하다)' '혜뜨다(허둥거리다)' '머흘다(험하다)' '하다(많다)' '소소리 바람(쌀쌀한 바람)' '잔나비(원숭이)' '파람(휘파람)' 같은 옛말들을 배웠다. '괴다'는 사랑한다는 말치고는 덜 예쁜 편이지만, "아소 님하 / 도람 드르샤 괴이쇼셔"(「정과정곡」)처럼 다른 어휘들과 어울리면 다른 말의 음악성이 그 약점을 보완해준다. '혜뜨다'는 '흘깃할깃'처럼 맛깔스러운 어휘이고, '머흘다'는 "산인가 그름인가 머흐도 머흘시고"(「사미인곡」)라는 대목에서처럼 이미 마음이 어긋난 임과 나 사이에 암담하게 펼쳐져 있는 장애 기류를 너무나 실감 있게 표출하는 어휘이며, '하다'도 '많다'보다는 유포니euphony가 넉넉하여 듣기가 좋다.

대학에서는 양주동 선생님에게서 '고려가요'와 '두시언해'를 배우면서 옛말의 아름다움을 좀 더 넓게 터득할 수 있었다. 나는 「서경별곡」에서 다음 구절을 아주 좋아했다.

구스리 바회예 디신들   구슬이 바위에 떨어진들

긴힛돈 그츠리잇가   끈이야 끊어지겠습니까

즈믄 히룰 외오곰 녀신들   천년을 떨어져 산다 한들

信잇돈 그츠리잇가   믿음이야 사라지겠습니까

뜻도 좋지만 말들이 너무 곱다. 우리는 그때 처음으로 '온百' '즈믄千' 같은 고유의 수사數詞를 배웠고, 그 아름다움에 매혹되었다. 그뿐 아니다. '바회(바위)' '외오곰(외롭게)' '긴힛돈(끈이야)' 등의 어휘들은 또 얼마나 시에 적합한 아어雅語들인가.

이렁공 뎌렁공 ᄒ야   이럭저럭하여

나즈란 디내와손뎌   낮은 지내왔는데

오리도 가리도 업슨   올 이도 갈 이도 없는

바므란 ᄯᅩ 엇디 호리라   밤은 또 어찌할 것인가

어듸라 더디던 돌코   어다다 던지던 돌인가

누리라 마치던 돌코   누구를 맞히려던 돌인가

믜리도 괴리도 업시   미워할 이도 사랑할 이도 없이

마자셔 우니노라   맞아서 우노라

이것은 「청산별곡」에서 학생들이 모두 좋아하던 대목이다. '이렁공 뎌렁공'의 음악성이 특출했고 '미워할 이' '사랑할 이'가 '믜리' '괴리'로 압축되는 의미 수용 폭의 넉넉함이 매력적이었다. 하지만 그것만이 아니었다. 거기에는 청산을 무조건 유토피아로 보는 이조 시대의 시들과는 다른 것이 있었다. 청산에서 홀로 밤을 새우는 사람의 처절한 외로움이 그것이다. 그뿐 아니다. 누가 던졌는지, 어디를 향해 던진 건지 알 수 없는 상태에서 원인 모르게 날아온 돌에 맞아 당하는 고통의 질량이 리얼하게 표출된 내용의 무게가 첨가되어, 음악성을 넘어선 감동을 주었던 것이다.

「정읍사」에서의 압권은 '진 데'라는 말의 압축성과 다의성이다. 질척한 곳은 귀로에 있는 길의 흙탕일 수도 있지만, 사내들이 저녁때 빠지기 쉬운 성적인 유혹의 구렁텅이일 수도 있기 때문이다. 나는 이 말을 최근에 어느 글에서 쓴 일이 있다. 어머니를 회억回憶하는 글이었는데, 독립운동에 가담한 남편 때문에 20여 년간을 독수공방한 어머니가, '진 데'를 디디지 않고 살아오신 공덕으로 우리 육남매가 떳떳하게 세상 앞에 서게 된 것을 감사하는 글에서였다.

「용비어천가」에는 "뿌리 깊은 나무는 바람에 아니 흔들리고 / 샘이 깊은 물은 가뭄에 아니 그칠새"라는 아름다운 구절이 있다. 그런데 여기에서 '뿌리'는 '불휘'이고 '흔들리다'는 우아하게도 '믜다'라는 두 음절로 압축되고 있다. 「만전춘」에 나오는 "올하 올하 비오라"의 '올(오리)'과 '접동새' 같은 새들의 이름도 옛 것이 더 시적이다. 그런 언어적 유산에서 "접동 접동 아흐래비 접동" 같은 아름다운 현대시가 생겨난 것이다.

사투리의 묘미

「가시리」에는 "잡ᄉᆞ와 두어리마나ᄂᆞᆫ / 선ᄒᆞ면 아니 올셰라"라는 구절이 있다. 문제는 '선ᄒᆞ면'이라는 단어다. 양주동 선생님은 그것을 '선뜻' '선선' 등의 '선'이라 해석하셨고, 박병채 선생님은 '그악스러우면' 혹은 '까딱 잘못하면'이라고 풀이하고 계시다. 그런데 내 생각에는 '선ᄒᆞ면'은 감정적으로 부담을 느끼는 상태를 의미하는 것으로 보인다. 감정적으로 '덴다'고 표현할 경지이다. 함경도에서는 내가 어릴 적에도 그 말이 사용되고 있었기 때문에 그 뜻을 알 것 같다.

애써 붙잡으면 설마 가기야 하랴마는, 부담이 되어 다시 오지 않으면 어쩌나 염려스러워 그리운 임을 보내주는 것이다. "가시는 닷 도셔 오쇼셔"라는 기원의 말대로 다시 오게 하기 위해 보내주는 것이다. 임자 있는 남자를 오래 거느리려면 현실적으로 부담을 주지 않는 것이 상책이라는 계산이 거기 깔려 있다. 황진이가 "있으라 하면 가랴마는 / 보내고 그리는 정은 나도 몰라 하노라"라고 노래한 것과 같은 문맥이다.

이따금 학자들이 북한 말과 남한 말의 격차에 대해서 이야기하는 것을 보고 있으면, 웃음이 나오는 경우가 있다. 해방 후에 새로 나온 단어들을 나열해가다가, 사투리나 고어를 섞는 경우가 있기 때문이다.

서북지방은 서울에서 멀어 중부지방에서 일어나는 구개음화 현상이 안 일어났다. 그래서 아직도 평양에서는 '던깃불이 번득번득'거리고 있는 것뿐인데, 그런 것을 새로운 변화로 받아들이는 때가 있다. 심지어 '남새밭' 같은 어휘도 해방 후에 생긴 북한 말이라고 경탄하는 학자가 있다. '나무새'는 서울에서도 아직 사용되고 있는 단어다. '나무새밭'을 줄이면 '남새밭'이 되지 않겠는가?

한편 동북지방에서는 순경음이 없어지지 않아서 'ㅂ'이 그대로 발음된다. 그래서 우리 아이들은 외할아버지가 오시면 당황한다. 할아버지가 자기들을 '곱아한다'고 말씀하시기 때문이다.

"엄마, 왜 할아버지는 우리보고 자꾸 고브다고 그래?"

막내가 걱정스러운 듯이 그런 말을 하면, 할아버지의 '곱은 손녀'인 딸아이는 그 말이 외국어 같아 재미있다면서 웃곤 했다.

'우습다'는 말로 마찬가지다. 함경도에서는 '우습다'가 '웃브다'가 되고, '우스워'는 '웃으버'가 된다. 그 점에서는 경상도도 유사한 것 같다. '무서워서'를 '무서바서'라고 하지 않는가?

1940년대까지만 해도 함경도에서는 '아저씨'가 '아재비'였고, '아주머니'는 '아지미'였으며, '처갓집'은 '가스집', '거웃'은 '거부지'였다. 재미있는 점은 '눈썹'을 '눈거부지'라고 한 것이다. 그렇다면 '거부지'는 음모만이 아니라 몸에 난 털 전부를 의미한 것이 아니었을까? 중세국어 연구가인 이남덕 선생님은 언젠가 내가 '말배(물밤)'라는 단어를 알아맞히자 너무 좋아하셨다. '말배'는 외갓집 연못에서 나던 과일이니 아는 것이 당연하다.

호남지방에서는 또 '아래 아'의 음가音價가 '아'가 아니라 '오'였다. 군산에 피난을 가보니 사람들은 '파리'를 '포리'라 하고 있었고, '팥'은 '퐅', '팔뚝'은 '폴뚝'이었다. 제주도와 거제도처럼 서울에서 먼 지방에 표준어와 다른 어휘들이 남아 있는 것도, 북한 말과 같은 경우로 볼 수 있다.

해방 후에 잠시 같은 집에서 산 일이 있는 아버지의 친구분이, 우리 형제들을 보면 '양개 국어를 하는 아이들'이라고 놀리시곤 했다. 남한 말과 북한 말을 다 잘한다는 뜻이다. 하지만 북한 말은 딴 나라 말이 아니다. 옛날 어휘들이 변하지 않고 그대로 남아 있는 것뿐이다. 그러니까 국문과 학생들이 사투리와 고어를 찾으러 어청도나 울릉도 같은 섬으로 가듯이, 평양이나 함흥으로 가서 옛날 말들을 조사해와야 한다. 그래야 해독이 안 되는 고문헌의 어휘들의 뜻이 마저 밝혀질 수 있다.

사투리는 언어 유통에 장애가 되는 지리적 여건이나 거리에서 생겨난다. 중부지방에서는 이미 순경음화, 구개음화가 이루어졌는데, 북쪽 지방에서는 그것이 이루어지지 않았고, 호남지방에서는 '아래 아' 자의 음가가 '오'로 표현되었던 이유가 거기에 있다. 오늘날의 한국처럼 매스컴의 전파력이 확장되면 사투리는 자꾸 없어져간다. "오매! 단풍 들것네"라든가 "가시내야 가시내야 가시내야 가시내야" 같은 오묘한 리듬을 가진 시구들은 더 이상 나오기가 어려울 것 같아 아쉽다.

이 시점에서 생각해볼 것은 고어를 현대적으로 적용하려는 움직임이다. 우리 주변에는 부활하여 현대에도 쓰이는 단어들이 더러 있다. 고어는 쓰다 버린 어휘들이 아니라, 외래어가 들어오기 이전에 우리가 쓰던 본래의 말들이다. 그래서 뜻만 무리 없이 통하면 외래어 대신 그대로 써도 아무런 지장이 없다. '건널목' 같은 것이 그 좋은 예다. 기차 자체가 일제강점기의 산물이기 때문에 우리나라 말에는 기찻길의 '건널목'에 해당되는 단어가 없었다. 그래서 해방 후에도 오랫동안 일본말로 '후미키리'라고 했다. '건널목'은 어색하지 않으면서 '후미키리'의 의미망을 제대로 표현하는 것이어서 쉽게 정착된 것이다.

'갓길'의 경우도 마찬가지다. '노견路肩'이라는 이상한 단어가 오래 쓰이다가. 1990년대 초에 문화부 장관에 의해 '갓길'로 정착되었다. 21세기를 열 때 등장한 '즈믄 해'라는 말도 마찬가지이다. 새로운 세기가 시작될 때 태어난 아이들을 '즈믄 동이'라 부른 것도 재미있다.

　최근에 정착된 좋은 말로는 '나들목'이 있다. 인터체인지라는 긴 외래어를 그 말이 몰아낸 것은 뿌리가 든든하고 어의語義가 적합했기 때문이다. '배움집'[1]식이 아니라 '나들목'식으로 우리 고유의 아름다운 말들이 조금씩 되살아났으면 하는 것이 나의 소망이다.

2006년 11월

1　해방 후에 최현배 선생이 학교를 '배움집'이라고 부르자고 주장한 일이 있다.

박완서의 토착어

얼마 전에 완서 선생의 아치울 집에 놀러 간 일이 있다. 그 댁 응접실은 전망이 좋았다. 앞쪽 저만치에 개울이 있고, 그 너머에 숲이 있다. 그린벨트여서 숲에는 건물이 하나도 없어 더 좋았다. 선생이 차를 준비하는 동안에 살펴보니 숲이 잠시도 쉬지 않고 움직이고 있었다. 사막의 모래톱처럼 그 움직임이 끝없이 이어지는 게 매혹적이었다. 온 세상에 생기를 불어넣는 것 같은 그 녹색의 풍성한 흔들림을 표현할 말이 생각나지 않아서, 일본말로 "모리가 자와메키마스네" 했다. "네, 저 숲이 늘 수런거려요." 박 선생이 조용히 대답했다. 머리를 한 대 맞은 것 같은 기분이었다. 선생의 소설을 읽을 때의 기분도 그와 비슷하다. 독자들이 적합한 낱말을 찾지 못해 헤맬 때, 선생은 족집게처럼 딱 알맞은 정답을 조용히 제시한다. 매번 '수런거린다'처럼 적절한 우리말을 보여주는 것이다.

라틴 문화권과 마찬가지로 한자 문화권에서도 나라들은 제각기 자기 나라의 고유한 토착어를 가지고 있다. 그 토착어로 쓰인 문학이 노블novel이다. 소설은 자기 나라 말로 엮어지는 새롭고 경이로운 장르다. 그런데 우리나라에는 토착어의 보고인 중부지방 출신의 작가가 드물다. 염상섭, 이상, 박종화, 박태원, 그리고 박완서 정도밖에 없지 않은가 싶다. 함경도나 경상도처럼 변방에 있는 고장에서는 우리 말의 어휘 수가 아주 빈약하다. 문화의 사각지대였기 때문에 델리케이트한 감정의 무늬를 제대로 살려낼 아름다운 어휘들이 발달하지 못한 것이다. 그래서 서정시인과 노블리스트가 적게 나온다.

작년에 우리 문학관에서 50년대 작가전을 했는데, 장용학 선생이 우리말 어휘 수가 모자라서 생경한 글을 쓴다는 지적이 나온 일이 있다. 장 선생은 변방 출신인 데다가 일본에서 고등교육을 받고 일어로 소설을 읽었으니, 한국의 토착어 어휘가 부족한게 당연하다. 나도 같은 고장 출신인 데다가 일어로 교육을 받았고 일어로 소설을 읽어서 그 사정을 잘 안다. 우리 고장에는 '귀찮스럽다'라든가 '시난고난' '야젓잖다' 같은 섬세한 뉘앙스를 지니는 어휘가 없다. 그 대신 고어가 그대로 남아 있다. 그런 결핍에서 장 선생의 개성 있는 관념적 문체가 새로 탄생했으니, 문학사적으로 보면 경하할 일이다. 하지만 관념적이 되면 이미 그것은 노블의 권역에서는 일탈하는 조짐이다. 노블은 로만어(자국의 토착어)로 쓰는 구체적 문장을 기반으로 하는 장르이기 때문이다. 노블리스트는 박완서나 염상섭처럼 우리말에 통달해 있어야 한다. 그러니 경기도에서 나서 서울에서 자란 박완서는 토착어가 표준어라는 프리미엄을 가지고 있는 것이다. 그건 대단한 자산이다. 자기네 토착어가 경아리[1] 말과 인연이 먼 변방 출신 작가는 전국적으로 대중의 공감을 얻기가 어려우니 그만큼 불리하기 때문이다.

거기에 타고난 언어 감각이 첨가되어, 족집게로 집어낸 듯이 딱 맞는 놀라운 비유들이 생겨난다. 선생님의 비유어들은 어떤 추상적인 것도 구체화시키는 비법을 가지고 있다. 자신의 글쓰기를 '토악질'이라고 부른 것이 그 한 예이다. 전시의 경험을 글로 쓰는 일이 박완서에게는 사르트르처럼 형이상학적인 구토를 자아내는 것이 아니라, 덜 삭은 음식물이 꾸역꾸역 목구멍으로 되넘어 나오면서 사지가 뒤틀리는 생리적인 토악질이 되는 것이다. 그렇게 생리적 현상으로 구체화되니 작가의 감정이 독자에게 고스란히 전달된다. 그 인상이 너무 강렬해서 단박에 깊은 자국이 남는 것이다. 박완서 선생은 "사라져가는 토착어에 혼을

---

1 예전에 서울 사람을 약고 간사하다고 하여 비속하게 이르던 말.

불어넣는" 마술사다.

선생의 토착어는 인간의 마음의 오지에 도사리고 있는 원초적 감정에 가닿는 딱 맞는 이름을 가지고 있다.(강인숙 「박완서 소설의 씨와 날」) 그것이 가장 극적으로 표출되는 것이 현저동 묘사다. 현저동은 작가 박완서가 서울에서 살던 첫 거주지다. 이 작가는 그 고장을 아주 간략한 세 마디 비유어로 묘사하는 신기를 발휘한다. 우선 현저동은 "천엽 속같이 구질구질한" 동네로 제시된다. 천엽이라는 장기를 잘 모르는 사람도 인간의 창자 내부가 얼마나 지저분한지는 알고 있으니, 이미지가 쉽고 확실하게 전달된다. '천엽 속'을 동네 묘사에 접목시킨 작가는 전에는 없었다. 거기에 박완서의 새로움이 있다. 그다음이 건물을 묘사하는 '한데 뒷간'이라는 말이다. 현저동에서 자신이 들어가 살 집을 선생은 한데에 지은 뒷간에 비유한다. 재래식 변소는 냄새가 나니까 집 밖에 짓는다. 비나 간신히 가리게 허술하게 짓는 것이 상례다. 그러니 '한데 뒷간' 네 자로 집 묘사는 끝난다. 더 이상 설명이 필요 없기 때문이다. 다음에 나오는 단어가 '진국스럽다'이다. '천엽 속' '한데 뒷간' '진국스러움'의 세 단어로 박완서는 40년대 초의 현저동을 완전히 형상화한다.

70년대의 도시 서울을 묘사하는 글 중에 제일 눈에 띄는 비유는 아파트를 '줄행랑'에 비유한 것이다. 시어머니를 이사 갈 아파트에 모시고 갔더니, 노인네가 새로 지은 산뜻한 아파트를 '줄행랑' 같다고 길길이 뛰는 장면이 선생의 소설에 나온다. 졸속으로 형성된 도시의 몰취미함과 획일성, 몰개성성 등이 '줄행랑' 세 글자에 수렴되어버린다. 본래 한국의 큰 집들은 들어갈수록 건물이 웅장해지는 특성을 지니고 있다. 그 건물의 대문과 이어지는 외벽을 이용해 지은 획일적이고 몰취미한 방들이 행랑방이다. 조그만 창문이 높은 곳에 설치된 동일한 규격의 방들이 나란히 이어지는 줄행랑은, 한옥에서 제일 미운 부분이다. 가장 개성적이지 않은 공간이기 때문이다. 기숙사나 승방처럼 같은 구조의 단칸방들이 나열되는 행랑채는 하인들의 거처다. 하인들은 그 단칸방에서 온 식구가 같이 사니 구질구질하다. 그 초라함과 구질구질함이 '줄행랑'이라는 말 속에 다 들어가 있다.

'토악질' '줄행랑' 외에도 선생의 작품에 나오는 토착어들을 추려보면 재미있는 것이 많다. '허드레옷' '자리끼' '오밤중' '좌판' '구정물' '칙간' '명치끝' '골마지' '가장귀' '턱찌끼' '손속' '엠병' '구박데기' 같은 잊혀져가는 낱말들이 거기에 있다. '시적지근하다' '시무룩하다' '스멀스멀거린다' 같은 형용구들도 끝없이 나온다. 그 토착어들이 감동을 유발하는 직접적인 촉진제다. 토착어는 외래어처럼 추상적이 아니라 생활과 밀착되어 있는 구체적인 생활어이기 때문에, 독자의 감성과 쉽게 조응하는 것이다.

선생의 『미망』 새 판에 호원숙 씨가 어머니의 개성 말의 정감 어린 세계에 대한 그리움을 표백하는 글을 썼다. 그녀가 지적한 '나깥줄'('개천'의 개성 사투리)이라는 낱말에 대한 그리움을 이야기하는데, 나도 그 낱말이 그리워 책을 덥기 어려웠다.『미망』은 '지금 여기'의 이야기만 쓰던 노블리스트 박완서 씨가 "고향에 대한 헌사"라면서 쓴 유일한 역사소설이다. 거기에는 예스러운 우리 고유의 개성 말이 더 풍성해서, 폭서의 여름 한때가 즐겁다.

2020년 8월

최인호 소묘 —10주기에 생각나는 것

고래 사냥의 신바람

　　　　최인호의 초기 단편에는 소년이 많이 나온다. 활력에 넘치는 장난꾸러기 소년들이다. 병원에서 입원실의 문패를 몽땅 바꿔놓는 「견습 환자」의 소년, "우리 오마니가 죽어가고 있어"라는 절박한 대사를 외우며 술꾼인 아버지를 찾으러 다니는 동안에, 자신이 술꾼으로 변해 딸꾹질을 하고 다니는 귀여운 주정뱅이(「술꾼」), 문방구 주인의 속임수를 모조리 간파하여 그를 자살하게 만드는 「모범 동화」의 영악한 만물박사 같은 소년들이다.

우리나라 소설에는 오랫동안 그런 소년이 없었다. '어리다'가 '어리석다'와 동의어가 되는, 이조 시대의 이성 존중 문화 때문이다. 춘원이 거기에 반기를 들었다. 춘원은 소년과 청년을 열심히 그렸다. 그건 춘원 문학의 새로움의 징표였다. 하지만 그의 소년들은 춘원 자신처럼 어른스러워서 소년다운 미숙성이 부족했다. 춘원은 소년인 채로 리더가 되었고, 소년인 채로 가장이 되었기 때문이다. 유교 문화 속의 한국에서는 아이들이 아이다운 것이 받아들여지지 않았다. 어른들은 그들이 '숙성'하거나 '음전'하기만 바랐던 것이다. 남자아이들은 더했다. 울거나 까부는 일이 허용되지 않았다. 거기에서 소년들의 조숙성이 생겨난다. 그래서 한국에는 청소년 문화가 없었다.

한국에서 감성적인 청년 문화를 최초로 개발한 작가는 춘원이 아니라 나도향이다. 하지만 그는 '우는 것' 외에는 재주가 없는 감상적인 청소년상밖에 그리지 못했다. 그런데도 감성을 해방해준 청년 문화 때문에, 여러 면에서 미숙한 점이 많은 그의 소설 『환희』는 과남한 박수와 갈채를 받는다. 나도향은 감성의 해방구를 만든 것이다.[1] 하지만 그는 요절해서 청소년들에게 우는 재주밖에 못 가르치고 퇴장한다. 오랜 전시 체제를 겪고 또 겪은 후, 70년대에 가서야 우리 문학에 소년들이 나타난다. 건강하고 영악하면서도 소년다운, 장난기와 웃음을 잃지 않은 순수한 소년상을 만들어낸 작가는 최인호다. 그는 청년보다 한 대 더 내려

1 「나도향론」, 『한국 근대소설 연구』(강인숙 평론 전집 5), 박이정, 2020.

가서 발랄한 소년들을 찾아낸 것이다.

그의 소년들은 춘원처럼 어른 역할을 대신하는 지도자도 아니며, 나도향의 젊은이들처럼 이유 없이 울고 다니는 울보가 아니라, 『레미제라블』에 나오는 가브로슈 같은 낙천적이고 자유로운 장난꾸러기들이다. 그들은 기성의 세계에 넌더리를 내고 있다. 그래서 습성 늑막염을 앓고 있는 한 소년이 "균을 잡아먹는 백혈구" 같아 보이는 어른들을 웃겨보려고 방마다 걸려 있는 번호표를 바꿔놓는 힘든 장난을 치고 있다. 그 아이들은 삶에 대해서 어른 뺨치는 통찰력을 가지고 있으면서 여전히 아이다운 순수함을 잃지 않는다. 그들은 이 세계가 "개백정 문화"(「예행연습」)로 다스려지는 속악한 곳인 것도 알고 있다. 하지만 주눅이 들거나 겁을 내지 않으면서 자기들이 원하는 방식으로 그것에 대응한다. 건강하고 낙천적이면서 소년스러운 호기심을 잃지 않는 이 새로운 형의 소년들이 자라서 『고래 사냥』의 병태 같은 청년이 되어 최인호의 청년 문화의 기수가 되는 것이다.

『고래 사냥』은 최인호가 만들어낸 건강한 청춘 문화를 대표하는 소설이다. 최인호의 청년 문화에는 영웅이 없다. 평범하고, 겁쟁이이고, 보잘것없는, 병태 같은 인물이 있을 뿐이다. 가난하지도 않아서 비장미를 짜낼 구실조차 없는 그 평범한 젊은이들……. 최인호는 그런 젊은이들이 꿈을 찾아 무턱대고 집을 떠나는, 그 일탈에 신바람을 불어넣는 마술사다. 70년대의 아이들은 송창식이 신이 나서 부르는 『고래 사냥』의 주제가를 함께 부르면서 어른이 되어갔다. 병태의 신나는 고래 사냥의 여정은 모든 젊은이들의 꿈을 실은 출발이었기 때문이다. 그 소설의 주제는 주제가 속에 모두 수렴되어 있다.

술 마시고 노래하고 춤을 춰봐도
가슴에는 하나 가득 슬픔뿐이네
무엇을 할 것인가 둘러보아도
보이는 것은 모두가 돌아앉았네
자 떠나자 동해 바다로
삼등삼등 완행열차 기차를 타고
간밤에 꾸었던 꿈의 세계는
아침에 일어나면 잊혀지지만
그래도 생각나는 내 꿈 하나는
조그만 예쁜 고래 한 마리
자 떠나자 동해 바다로
신화처럼 숨을 쉬는 고래 잡으러

어느 날 등록을 하려고 학교에 간 병태는, 느닷없이 "그래!" 하고 일어나 학교와 교정을 등진다. 그리고 고래를 잡으러 혼자 동해 바다를 향해 떠난다. 그의 여정은 예상했던 것보다 더 험난하다. 그는 유일한 군자금인 등록금은 건드리지 않기로 작정을 하고 있어서, 수중에 돈이 없기 때문이다. 통행금지에 걸려 경찰서 유치장에서 첫 밤을 보내면서 그의 고래 사냥은 시작된다. 동냥질과 한뎃잠을 자는 밑바닥 인생의 출발이다. 쓸 수 있는 돈이 떨어지자 그는 할 수 없이 거지 왕초의 부하가 된다. 왕초 민우는 자동차를 훔치고 패싸움에도 말려들어 그들은 여러 번 피투성이가 되며, 냉동차를 타고 이동하는 극단적인 사건도 벌어진다. 그러다가 두 주일도 못 채우고 병태는 집으로 돌아온다. 그것뿐이다. 고래를 잡으러 길을 떠난 아이는 만신창이가 되어 서울역에 내린다. 떠나기 전처럼 그는 아직도 여전히 겁쟁이다.

하지만 그에게는 성역이 남아 있다. 그는 굶으면서도 등록금은 건드리지 않았고, 사람으로서 해서는 안 되는 일에는 언제나 거부권을 행사했으며, 자기보다 약한 사람을 구제하는 일도 한다. 그러면서 그는 삶을 있는 그대로 받아들이게 된다. 그 속에 있는 선도 악도 모두 받아들이지만, 무엇이 옳고 그른가를 가늠하는 자기 나름의 판단력을 얻는 것이다. 이 소설에는 영웅이 없다. 병태, 춘자 같은 이름을 가진 평범한 인물들이 나올 뿐이다. 고래 사냥은 그런 평범한 젊은이들의 이니시에이션 스토리[2]다.

---

2   소년이 어떤 경험을 통하여 어른이 되는 이야기.

자 떠나자 동해 바다로

삼등삼등 완행열차 기차를 타고

그 신명이 나는 노래 속에는 70년대의 청년 문화의 분위기와 신바람과 꿈이 있다. 그리고 최인호가 있다. 깃발 하나로 한 시대를 들뜨게 만들던 마법사 최인호가 있는 것이다.

최인호의 새로움

우리는 그런 자유롭고 명랑한 청소년들에게서 작가의 얼굴을 만날 수 있다. 그들과 같은 싱싱한 소년성을 최인호는 마지막까지 가지고 있었기 때문이다. 최인호는 나이가 들어도 늘 소년 같은 데가 남아 있던 문인이다. 언젠가 내가 그에 대해 글을 쓴 글의 제목이 「신사복을 입은 고교생 최인호」였다. 그때 그는 30대 후반이었는데, 그의 행동거지와 살아가는 방법 속에는 아직도 어딘가에 소년티가 배어 있었다. 그의 옆에는 아버지를 복사해놓은 것 같은 아들과 딸이 나란히 서 있었는데, 그는 영 세속적인 의미의 어른티가 보이지 않는 것이다. 어른이 되어도 굳은살이 박이지 않은 감성의 더듬이를 계속 지니고 있었기 때문이다. 그는 마흔 살이 되어도 '불혹不惑'하지 않았고, 쉰 살이 되어도 '천명天命' 속에 안주하려 하지 않았다. 유교적인 규범과 엄숙주의는 그와는 무관했다. 엄숙주의 대신에 최인호는 기독교적 분위기에서 자랐다. 최인호는 모든 체제를 자유자재로 넘나드는 넓이를 가진 작가지만, 어떤 체제에서도 세상에 처음 나온 아이 같은 시선의 참신성을 잃지 않았다. 그는 마치 세상을 처음 구경하는 사람 같은 눈을 가지고 있다. 오래 함께 살던 아내의 이목구비의 특징을 잊어버리는 남편처럼, 우리가 그 속에 젖어버려서 그냥 스쳐 가버리는 사물의 형태와 특징이, 그의 눈에는 선명하게 투영되는 이유가 거기에 있다.

그에게는 새것 찾기의 집념이 있다. 그런 성향은 문체의 새로움에서도 구현된다. 1970년대에 병렬법, 현재 시제, 감성적인 비유어 같은 것들을 자유롭게 활용하던 그의 감각적인 문체는 그의 새로움의 한 축을 이룬다. 이 작가의 비유어는 대체로 두 갈래로 나뉜다. 숫돌, 태엽, 알루미늄 식기, 직각 등 무기물적이고 메탈릭한 이미지를 나타내는 것과, 단내 나는 몸, 구린내 나는 동전, 쇠녹 냄새, 양파 냄새, 물고기의 비늘, 그리고 꽃밭 같은 생명과 이어지는 것들이다. 그 비유들은 그의 왕성한 상상력의 아이들이기도 하다. 그는 사춘기 아이 같은 민감성을 가진 작가다. 그의 민감성은 형이하학적 구체성을 가지고 확대된다. 서정적이기보다는 감각적인 현실성과 맞닿아 있다. "자기가 만지고 확인할 수 있는 것 외엔 절대로 믿지 마세요" 하고 그의 인물들은 말한다. 우리가 살고 있는 현실이 "개백정 문화"로 이루어져 있는 것을 알기 때문이다.

만년의 최인호는 후배가 참신한 글만 쓰면 찾아가서 격려해주곤 했다는데, 그러면서 그는 후배들의 새로움에 대해 질투를 하고 있었다고 어수웅 씨가 추모의 글(「최인호의 질투」)에서 지적했다. 그 아름다운 질투가 그를 만년 청년이게 하는 원동력이라는 애정 어린 지적이다. 그 질투심 때문에 최인호는 새 작가가 나올 때마다 다시 태어나 새로워진다. 새로움에 대한 집념 때문에 그는 늙을 수가 없는 것이다. 그는 60대 후반에 이승에서 떠났는데, 마치 청년 작가가 세상을 떠난 것 같은 애석함이 남는 것은 그 때문이다.

최인호의 새로움을 형성하는 또 하나의 요인은 정직성이다. 최인호에게는 유교적이고 도덕지상적인 경향이 거의 없다. 그는 유교 문화의 영향을 별로 받지 않고 자란 작가다. 서북지방에는 전통문화가 적게 남아 있다. 5백 년간의 집단 소외 때문이다. 그 틈을 타고 기독교가 일찍 자리를 잡았다. 개인의식, 자유에 대한 갈망, 인간 존중 사상 같은 것들이 기독교와 함께 묻어 들어왔다. 최인호는 기독교를 믿는 서북 출신 홀어머니 밑에서 자랐고, 주로 미션스쿨에 다녔다. 그런 데다가 그에게는 일찍부터 아버지가 없었다. 집에는 만만한 친구 같은 너그러운 형이 있을 뿐이어서 최인호는 가부장적 권위에 눌린 경험이 적으며, 유교의 엄숙주의에 지배당할 겨를도 별로 없었다. 그래서 그는 유교의 도덕주의나 교양주의에 대한 콤플렉스가 없어 자유롭다. 그가 느끼는 대로 아무 말이나 막 하는 것은 그런 환경 탓인지도 모른다. 그에게는 감출 만큼 부끄러운 일이 없었다. 그는 인간이 가진 모든 속성을 거침없이 인정하고 있기 때문이다.

최인호의 매력은 작가가 된 후에도 자신을 선비라고 생각하고 폼을 잡은 일이 없는 데 있다. 최인호의 새로움은 소설이라는 장르에 대한 정직한 인정에서 발현된다. 그는 구애를 받지 않고 자란 자유인이기 때문에 쓰고 싶은 대로 다 쓴다. 그에게는 금기가 없었다. 그는 등단하고 얼마 되지도 않았는데 신문소설을 써서 사람들을 놀라게 했다. 에로티시즘도 노출시켰다. 그때까지 우리나라에는 대중소설 작가가 따로 있었고, 문학하는 사람들은 그들을 높이 평가하지 않았다. 김동인 같은 작가는 자신이 신문에 역사소설을 쓴 것을 훼절이라고 자책하고 있을 정도로 순수소설에 대한 결벽스러운 집착을 가지고 있었다. 그것이 하나의 전통이 되었다. 거기에 유교적인 상문주의尚文主義가 덧붙여져서, 한국의 독자들은 작가에게 너무 많은 것을 요구한다.

최인호에게는 그런 결벽증이 없었다. 그래서 신문소설도 쓰고, 역사소설도 쓰고 싶은 대로 다 썼다. 그의 신문소설의 인기가 치솟자 사람들은 그에게 상업주의 작가라는 딱지를 붙이고 돌을 던지기 시작했다. 문인들은 섬세해서 그런 일을 당하면 풀이 팍 죽는다. 최인호는 아니다. 그는 놀란 얼굴을 하고 나타나

독자들에게 물었다. "소설가가 뭐 대단한 존재라고 신문소설도 못 쓰느냐"고. 소설가는 원래 남의 이야기를 주워다가 윤색해서 글을 만드는 거지에 불과하다는 것이 그의 대답이었다. 소설가는 모든 계급의 제일 위에 서던 왕조시대의 선비 같은 근엄한 도덕군자가 아니라는 것이다. 그 말은 맞다. 문학의 여러 장르 중에서 아주 늦게 출현한 노블은 자장이 넓어서 졸라와 이사야를 함께 포용할 수 있는 융통성을 지니고 있다. 숭고성과 비속성을 모두 함유할 수 있는 가장 폭이 넓은 장르가 노블이어서, 그것은 태생적으로 대중성과 유착되어 있는 것이다. 노블은 상층계급의 문학이 아니라 서민들의 문학이다. 그래서 처음부터 선비들의 언어인 라틴어로 쓰지 않고 로만어(지방어, 일상어)로 쓴 것이다.

그런 것이 소설의 본질인데 왜 작가가 신문소설을 쓰면 안 되느냐고 최인호는 묻고 있다. 자기는 전업 작가여서 다른 수입이 없으니 순수소설만 가지고는 가족을 부양하기 어려운데, 대체 왜 신문소설을 쓰면 안 되느냐는 것이 최인호의 항변이다. 그에게는 작가=선비라는 의식이 전혀 없었다. 그에게는 점잖은 사람이 되고 싶은 생각도 없었다. 새로운 종류의 문인이 새롭게 탄생한 것이다. 그는 천둥벌거숭이처럼 자신의 치부까지 정직하게 다 드러내면서, 자기의 목소리를 있는 그대로 전달하려고 노력했다. 장난꾸러기처럼 낄낄거리고 웃으면서, 라블레처럼 원하는 것만 행하면서, 그는 즐겁게 살고 싶었던 것이다. 부르주아에 속하는 문학인이, 베스트셀러 작가인 젊은 소설가가, 소설이라는 장르가 태생적으로 함유하고 있는 대중성을 과감하게 긍정한 것은 신선했다. 그는 문자 그대로의 의미에서 노블리스트였다고 할 수 있다. 그래서 그는 전축의 볼륨을 맥시멈으로 틀어놓고 재즈를 연주하는 사람들처럼 신명 속에서 글을 썼다. 그 신명이 독자를 불러내는 주문이었던 것이다.

Anti-physics에서 Physics로

그런 정직성은 과감한 금기 깨기를 수반한다. 대표적인 것이 비속어 사용과 성性에 대한 금기 파기이다. 김주연 씨 말대로 그의 문학은 도처에서 단내가 난다.(『타인의 방』 초판본 해설) "핸드폰으로 듣는 음악처럼 큰골에 직수입되는" 생동감, 그런 작열하는 생명에의 희구가 성으로 표출된다. 그는 도처에서 에로스를 본다. 해머를 두드리는 철공에게는 해머가 성교하는 짐승의 눈처럼 보이며, 행군하는 아이들은 발정과도 같은 발걸음으로 걸으며, 비는 "슬쩍 던져보는 수상스러운 눈짓"처럼 온다. 비는 자연과의 교합交合이고, 비 온 후의 나뭇잎의 윤기는 땀과 정액으로 보이는 것이다. 그리고 목욕은 물과 여체와의 교정交情이다. 그의 에로스가 승화되어 교향시를 이루는 것이 황진이가 지족을 만나러 가는 장면이다.(『황진이』) 진이가 욕망에 부풀어 지족을 향하여 신명 나게 걸어가면, 온 천지가 여인의 욕망에 호응하여 술렁거리며 신바람을 피워낸다. 진이와 지족의 만남에서 지족은 물이 되고 나뭇잎이 되며, 그 결합은 산천초목을 거느린 거대한 환희의 교향곡이 되는 것이다. 그에게 있어 "감각은 유일한 돌파구"다. 그것은 언제나 구원을 의미한다. 예행연습자들이 깔린 거리에 내던져진 소년들에게는, 밀착되어오는 몸 밖에는 탈출구가 없기 때문이다. 그것은 불도저 같은 것이 파괴를 일삼는 "개백정 문화"의 범주 안에서 유일한 확신의 지주支柱다. 성을 생성과 풍요의 원동력으로 보는 최인호는 '단내'를 삶의 중요한 원동력으로 간주한다. 그래서 대담하게 성적 금기를 깨트렸고, 그것이 산업사회에서 자란 젊은이들을 열광시켰다.

최인호는 현실에서 사람을 사랑하는 방법도 감각적이다. 술을 마셔 기분이 좋아지면 그는 자기가 사랑하는 사람을 모조리 껴안고 뽀뽀를 하는 버릇이 있다. 남녀노소를 가리지 않는다. 그는 그런 식으로 많은 인간을 사랑했고, 인간에 대한 사랑을 거리낌 없이 표현했다. 그 과감한 탈유교적 정직성은 그가 가지고 있는 귀중한 자산이다.

중세와 근대를 가르는 특징을 anti-physics에서 physics로 이동하는 것으로 본다면, 70년대는 근대가 우리나라에서 제대로 자리를 잡은 시기이고, 최인호는 그 선두에 서 있다고 할 수 있다.

여성의 육체 예찬, 유교적 엄숙주의의 거부, 불혹不惑하기를 거부한 소년적 감수성 등은 그의 문학을 늘 새롭게 하는 요소들이다. 글쓰기를 교양 과목으로 생각하지 않고 본업으로 생각하여 전력투구한, 최초의 전업 작가 세대에 속하는 그는, 다양한 주제를 거침없이 소화한 작가이기도 해서 문학사에 남길 유산이 많다. 특히 후기에 쓴 종교 문제를 다룬 작품들이 일품이고, 『잃어버린 왕국』도 잊히지 않는 소설이다. 고증을 많이 필요로 하는 역사물이나 『길 없는 길』 같은 종교적인 작품은 그의 예술혼의 깊이와 무게를 입증해준다. 『잃어버린 왕국』 같은 소설을 쓰기 위해 그는 일본 책을 읽어야 했을 것이고, 추사와 초의선사의 이야기를 쓰기 위해서는 한문 서적을 뒤적여야 했을 것이다. 그냥 씌어질 글이 아니기 때문이다. 그런데도 최인호를 생각하면 언제나 웃음이 나온다. 그는 남의 앞에서 진지한 자세를 보여준 일이 없는 영원한 장난꾸러기이기 때문이다. 그 웃음이 최인호의 새로움의 또 하나의 요인이 된다.

최인호의 글씨체

이어령 선생이 안 계시던 1981년의 일이었던 것 같다. 어느 날 《문학사상》 편집실에 들렀더니, 기자 하나가 이상한 작업을 하고 있었다. 원고가 잔뜩 쓰인 원고지 행간의 빈

자리에 무언가를 계속 써넣고 있는 것이다. 레이아웃 정도의 간단한 작업이 아니고, 원고지 행간을 메우다시피 하는 이상한 작업이었다. 남의 원고에 저 사람이 지금 무슨 짓을 하고 있는 거야? 나는 걱정이 돼서 참견을 했다. 남의 원고에 손대는 것은 금기이기 때문이다. 그러자 편집실 안이 웃음바다가 됐다. 그건 남의 원고 내용을 수정하는 작업이 아니었다. 최인호 씨는 글씨를 알아보기 어렵게 써서, 편집실에서 새로 써 보내지 않으면 식자공들이 못 알아본다는 것이다. 그 기자는 최인호 전담이어서, 그가 하고 있던 작업은 원고를 행간에 다시 옮겨 쓰는 작업이었던 것이다.

누군가가 최인호의 글씨를 악필이라고 말한 적이 있는데, 그 말은 맞지 않다. 악필이란 글씨가 밉고 획이 서툴게 그어지는 것을 의미한다. 최인호의 글씨체는 동글동글한 곡선 모양을 하고 있어서 시각적으로는 보는 이를 즐겁게 한다. 회화적이기 때문이다. 너무 회화적이어서 알아보기가 어려운 것뿐이다. 그의 글씨의 곡선은 범상하지 않다. 말하자면 펜으로 쓴 초서체草書體라고나 할까. 문제는 이슬람교 사원에 쓰인 코란의 글씨들처럼 그의 글씨들이 판독하기 어렵다는 점에 있다. 그래서 조판공들이 식자植字 작업을 못 하니까, 잡지사나 출판사에서는 전담 기자를 두어 행간에 다시 베껴서 조판소로 넘긴다는 것이다.

우리가 가지고 있는 최인호의 글은 세 편이다. 그중에서『상도

商道』의 서두가 가장 많이 흘겨 써져 있고,『지구인』원고가 보통이고, 제일 알아보기 쉬운 것이 수필『어머니는 죽지 않는다』의 서두다. 패널을 만들기 위해 45센티 넓이의 한지에 크게 쓴 것인데, 그게 가장 읽기가 쉽다. 자기 글씨가 읽어내기 어렵다는 것을 의식해서 가능한 한 반듯하게 쓰려고 노력을 기울인 것이라는 말을 들었다. 그런데 이 세 가지 글씨체 중에서 나는 마지막 것을 가장 덜 사랑한다. 딴 사람의 글씨 같아서기도 하지만, 회화성이 희석되어 예쁘지 않기 때문이다. 그런 글씨는 아무나 쓸 수 있다. 하지만 최인호의 보통 글씨체는 그렇지 않다. 그것은 그의 문학 정신을 표출하는 기호이고 상징이어서 특수한 인력을 지니고 있다.

그의 글씨는 우선 모양이 유니크하다. 아무도 흉내 낼 수 없는 독자성을 지니고 있는 것이다. 그뿐 아니다. 그 글씨체에는 그의 자유롭고 분방한 창조 정신이 드러나 있다. 아무것에도 구애받지 않는 자유로운 기질이 그의 문학의 바탕에 깔려 있어, 그런 서체로 나타나는 것이다. 그다음에 엿볼 수 있는 것은 감성의 풍부함과 유연함이다. 그의 글씨체는 모가 없어 부드럽고 동글동글하다. 거기에는 술에 취하면 좋아하는 사람에게 모조리 뽀뽀를 해대는 그의 따뜻하고 깊은 심성이 스며 있다. 그다음 매력은 곡선을 활용하는 능숙한 손놀림이다. 그는 경아(『별들의 고향』)에서 시작해서 경허 스님과 초의선사를 탁월하게 묘사한 탁월한 작가이고, 누가다 왕녀와 송도 상인들을 동시에 육화시키는 일에 성공을 거둔 유능한 작가다. 작품마다 매번 새로운 분야에 도전하는데, 그는 번번이 성과를 거둔다. 자유로운 낭인 기질과 유연한 감성, 인간에 대한 깊은 사랑—그런 것들을 형상화하는 작가 정신의 철저함이 성공의 비결이라고 할 수 있다. 그 모든 것들이 그의 호방하면서도 감성적인 글씨체에 들어 있다. 그는 끝까지 컴퓨터로 글을 쓰지 않고 펜으로 창작을 했다. 그 동글동글하고 예쁜 글씨체가 아니면 그의 내면을 형상화하는 일이 어려웠던 모양이다. 글씨를 인품 판정의 기준 중 하나로 본 옛 어른들의 생각은 옳은 것 같다. 최인호의 개성적인 글씨체는 최인호 그 자체를 단적으로 드러내주고 있기 때문이다.

우리 집에 최인호 씨가 마지막으로 찾아온 건 2012년 늦봄이었던 것 같다. 그해는 최인호의 마지막 해였다. 그런데도 암을 5년이나 앓은 최인호 씨에게는 풋풋한 소년티가 더러 남아 있었다. 얼굴은 반쪽이 되어 있고, 피부 밑에서 검은 기운이 스며 나오는 것 같은 영락없는 말기 환자였는데, 그날도 반바지를 입고 와서 그는 아이처럼 터무니없는 큰소리를 쳤다.

"나 안 죽어요, 선생님. 걱정 마세요. 아! 황정숙(아내)일 혼자 두고 어떻게 떠납니까?"

웃옷의 깃 속에서 가슴과 목둘레를 여기저기 째고 기운 흔적이 참담하게 들여다보이는데, 입에서는 그런 한가한 말이 흘러나오고 있었다.

영인문학관에서는 그동안 문인의 추모전을 몇 번 한 일이 있다. 그 전시회를 준비할 때마다 나는 유치환 선생님의 「작약꽃 이울 무렵」에 나오는 다음 시구를 외우곤 했다.

꽃이 지는지고
아픈지고
어디메 한 왕국이 슬허지기로
슬픔이 어찌 이에서 더하랴

위의 어른은 어른대로 그 사라짐이 한 왕국이 없어진 것처럼 허탈감을 가져왔고, 같은 연배의 경우는 또 다른 뉘앙스로 절실한 상실감이 몰려왔다. 최인호 씨의 추모전 때는 상실감이 더 컸다. 1주기전을 준비하면서 내내 마음이 너무 무겁고 착잡했다. 후배였기 때문이다. 최인호 씨는 우리 부부와 띠동갑이다. 그러니 12년 연하다. 작은 조카와 동갑이어서 늘 젊다는 느낌을 가지고 조카처럼 대해왔는데, 그가 먼저 가서 내가 1주기전을 준비하는 현실을 받아들이기 어려웠다. 나이가 너무 아까웠다. 오래오래 고통받은 투병 생활이 구비구비 아팠다.

젊은 날에 그에게 재난이 닥쳤을 때, 우리가 걱정을 하니까 "이래 뵈도 내가 최씨에 옥니박이[3]예요. 혼자 잘 견뎌낼 테니 걱정 마세요" 하는 말로 최인호 씨는 우리를 안심시키려 했다. 그 말이 맞다. 그에게는 소년처럼 단순하면서도 아주 강인한 데가 있다. 그 강함이 최인호 문학의 큰 기둥이다. 최씨의 그 치열한 오기가 5년간 암에 시달리면서도 마지막까지 손톱 빠진 자리에 고무 골무를 끼고 『낯익은 타인들의 도시』를 쓴 원동력이 되었을 것이다.

2023년 9월[4]

---

3 옥니(안쪽으로 들어가 난 이)가 난 사람을 낮잡아 이르는 말.

4 여기저기 썼던 토막글을 2023년 최인호 10주기를 기념하여 한데 모은 것이다.

이상, 그가 살았던 1930년대

구인회와 학벌

　　　　이상李箱은 한일 합방이 되던 해 9월, 완전히 일본 식민지가 된 나라에 태어났다. 모든 교육이 식민지식으로 개편되어가던 시기였다. 하지만 그가 고등학교에 다니던 1920년대는 3·1운동을 거치고 시간이 좀 지난 후여서, 모든 것이 조금씩 개선되고 정비되어가던 기간이었다. 여기저기에 학교들이 세워졌다. 그때 한국에는 제국대학이 있었고(1924년), 다른 고등교육 기관들도 거의 갖추어졌다. 그래서 전에는 유학을 가야만 가능했던 대학 교육을 국내에서도 받을 수 있게 된다. 덕분에 이상은 한국 최고의 공과 교육 기관인 경성고공(서울대 공대의 전신)에 진학할 수 있었다. 우수한 성적으로 졸업한 그는, 한국인이라는 핸디캡이 있는데도 불구하고 총독부 건축 기수로 취직이 된다. 병만 아니었으면 일제강점기를 무난하게 보낼 수 있는 기득권을 가지게 된 것이다.

이상만 학벌이 높은 것이 아니다. 구인회는 한국에서는 처음으로 최고 학부 출신들로 이루어진 엘리트들의 문학 모임이었다. 이효석과 김기림, 조용만, 김환태는 제국대학을 졸업했고, 정지용은 도시샤대학 영문과를 나왔으며, 이태준, 박태원도 일본 유학파다. 구인회는 아홉 명 중의 다섯 명이 신문, 잡지의 문화부를 담당하고 있는, 당시 문단의 주도적 그룹이었다.[1] 이상의 「오감도」 같은 전위적인 작품이 신문에 연재될 수 있었던 것은 그런 배경이 있었기 때문에 가능했다고 할 수 있다.

일본에서는 초창기부터 소설가들의 학력이 높았다. 나쓰메 소세키는 영국 유학생이고, 모리 오가이는 독일 유학생이다. 대중소설을 쓴 기쿠치 칸도 교토대학 출신일 정도로 일본 초창기 문인들은 학벌이 높았다. 초창기부터 소설의 위상이 높았던 이유가 거기에 있다. 한국에서도 이광수, 김동인, 현진건, 염상섭 등 초창기의 작가들은 학력이 높은 편이었다. 하지만 1924년에야 제국대학이 생긴 데다가 식민지여서, 여러 가지 여건이 대학을 마치기 어렵게 되어 있었다. 우선 경제력이 문제였다. 유학을 하

---

1   구인회의 9인 중 김기림(조선일보), 이태준(중앙일보), 이무영(동아일보), 조용만(매일신보), 정지용(카톨릭청년) 등 다섯 명이 유명 신문의 문화면 담당자였다.

려면 많은 돈이 필요했기 때문이다. 아직 중고등교육 시설이 미비했던 것도 문제였다. 영어나 수학의 기초 실력이 부실해서 일본에 가도 제대로 수업을 받기가 어려운 사람이 적지 않았다. 춘원처럼 20대에 독립선언문을 써야 한 문인도 있어서, 정치적인 이유로 대학을 졸업하는 일이 어려워진 경우도 있다. 거기에 관동대지진이 겹쳐져서 일단 귀국하고 못 돌아가는 유학생도 많았다. 그래서 구인회가 나올 때(1933년)까지는 대학을 졸업한 문인이 아주 적었다. 문학 전공은 더 적었다. 학벌에서는 구인회를 따를 그룹이 없었던 것이다.

정상적으로 최고 학부를 다닌 작가가 많다는 것은, 한국 문인들이 원서를 읽거나 번역본을 통해 서구의 전문 서적을 읽는 기회를 많이 가질 수 있다는 것을 의미한다. 그러니 일본을 거치지 않고도 직접 유럽의 신문명을 만날 수 있는 기회가 많아서, 일본 학생들과 비슷한 여건이 된 것이다. 그래서 구인회 문인들은 일본과 비슷한 시기에 신사조인 모더니즘을 받아들이는 일이 가능했다. 이상은 이과 출신인 데다가 화가였고, 논을 본 일이 없다는 도시 출신이어서, 모더니스트가 될 여건을 더 많이 갖추고 있었다.

주지적主知的인 문학을 좋아하지 않는 일본에서는 모더니즘이라는 문예사조가 별로 사랑을 받지 못했다. 일본 모더니즘에는 세 파가 있는데, 신감각파나 신심리주의파는 모더니즘이라는 명

288

칭을 잘 쓰지 않았기 때문에 신흥 예술파가 주로 모더니스트로 간주되었다. 그런데 신흥 예술파는 이론 면에서나 창작 면에서 낭만주의파나 자연주의파보다 실력이 부실했고, 문학적 성과도 신통치 않았다. '난센스 문학론'을 내세운 신흥 예술파는 새로운 도시의 풍속도를 피상적으로 그린 가벼운 문학이어서 '에로, 그로, 난센스'[2]라는 말과도 친족성을 지니고 있었다. 그래서 같은 모더니즘 중에서도 신감각파나 신심리주의파보다 격이 좀 낮아서, 일본에서는 모더니즘이 약세에 놓여 있었다.

그런데 구인회에는 정지용, 김기림 이상 같은 최상급의 시인과 이효석, 박태원, 이태준 같은 탁월한 소설가들이 많아서, 작품 면에서는 일본 모더니즘을 능가하는 현상이 나타난다. 그때까지 한국 문학은 10년 이상의 시차를 두고 일본 문학을 뒤따라가고 있는 형편이었는데, 모더니즘 때는 시기도 거의 비슷했고 실력도 우세하여 일본과 거의 대등한 경지에 다다랐다.

30년대와 폐결핵

문제는 문학 외의 여건들이 작품의 질을 커

---

2 에로틱erotic, 그로테스크grotesque, 난센스nonsense의 줄인 말. 일본 모더니즘의 특징 중 하나다.

버해주지 못할 정도로 열악했던 데 있다. 그중의 하나가 가난이고, 그다음이 폐결핵이었다. 아직 치료제가 보급되지 않아서 모더니즘기에는 폐병은 고치기 어려운 병이었다. 일본에서도 모더니즘기에 요코미쓰 리이치의 아내가 그 병으로 죽고, 류탄지 유의 여인도 폐병으로 아이를 유산한다. 폐결핵은 섭생을 잘하고 과로하지 않으면 나을 수도 있는 병이다. 그래서 류탄지의 아내는 병을 고치고 장수한다. 하지만 이상처럼 부양가족이 많은 가난한 가장이나 김유정같이 극도로 가난한 문인에게는 그 병이 정복하기 어려운 적이었다. 더구나 이상은 건강관리에 아주 소홀했다. 폐가 나쁜데도 그는 독한 술을 자주 마셨고, 병원에도 잘 다니지 않아서 김유정과 비슷한 시기에 폐결핵으로 사망한다.

이상은 순전히 폐병 때문에 다니던 직장을 그만두게 되어 몰락의 길로 들어선다. 졸업 후 그는 총독부 건축 기수라는 든든한 직업을 가지고 있어서, 1933년까지 4년 동안 안정된 생활을 하고 있었다. 이 시기에 이상은 하얀 양복에 하얀 구두, 하얀 단장을 들고 멋을 부리며 나다니던 댄디보이였다. 그는 《조선과 건축》에 시와 소설을 발표하고 있었고, 표지 현상 모집에도 입상(1929년)했으며, 화가로서도 선전鮮展에 입선(1931년)한 데다가 문인들과도 친분이 생겨서, 예술적으로나 경제적으로 앞날이 훤히 열려 있었던 셈이다. 그런데 1933년 3월에 각혈을 하며 그는 나락으로 떨어지기 시작한다. 폐병은 전염병이어서 직장을 그만

뒤야 했기 때문이다. 병 요양차 찾아간 배천온천에서 술집 작부와 눈이 맞게 된 것도 간접적으로는 폐병이 원인이었다고 할 수 있다.

그의 소설 「봉별기」를 보면, 첫머리에 "스물셋이요…… 3월이요…… 각혈이다"라는 구절이 나온다. 그 한 줄로 이상이 산 채로 박제가 되어갈 앞날이 확연하게 드러난다. 스물세 살의 젊음과 3월이라는 계절의 상승 무드는, '각혈'이라는 마지막 두 자로 완전히 뭉개지기 때문이다. 배천에서 몇 달 동안 병을 좀 다스리고 서울로 돌아온 이상은 집을 담보로 해서 옛 신신백화점 뒷골목에 '제비'라는 다방을 개업한다. 1933년 7월의 일이다.

다방 차리기와 금홍과의 동거는 그동안 이상을 길러준 백부의 죽음과 관련이 깊다고 할 수 있다. 집안의 어른이 없어지니 그의 일탈을 견제할 사람이 없었던 것이다. 2년 동안 이상은 할 줄도 모르는 다방을 경영하다가 금홍이 떠난 후 1935년 9월경에 '제비'의 문을 닫는다. 그런데 이상에게는 본가에 부양해야 할 가족이 다섯이나 있었다. 다방은 잘 안 되는데 다섯 식구의 생활비를 대야 하는 상황에서, 환자인 이상은 몇 곳에 다방이나 카페를 열고 닫고 하며 허둥대다가 결국 손을 들고 만다. 완전한 실직자가 된 것이다. 연말에 성천 등지를 여행하고 오자 친구 구본웅이 아버지가 경영하는 창문사彰文社의 문학 담당 기자로 취직을 시켜준다.

변동림의 말에 의하면 그녀와 결혼할 무렵에 이상은 건강한 보통 청년이었다고 한다. 어머니가 만들어준 밤색 두루마기가 잘 어울리는 멋있는 신사였던 것이다. 그녀와 사는 동안에는 기침이나 각혈을 한 일도 없었다고 한다. "나는 건강한 청년 이상과 결혼했다"는 것이 변동림의 증언이다.[3] 직장(창문사)도 있었으니 정상적인 청년이었다는 말이 맞다. 하지만 다음 해에 그는 도쿄로 떠나서 다시는 돌아오지 못하고 만다. 사인死因은 폐병이었다.

다방의 30년대적 의미망

　　　　　　　　　앞에서 언급한 것처럼 백부의 죽음은 이상이 술집 작부를 아내로 맞이하거나 다방 주인 노릇을 하게 되는 원인이 되기도 한다. 그의 증조부는 고종 때 정3품인 도정都正 벼슬을 한 사람이어서, 백부 때까지는 가난하지 않았다. 그런 백부 덕에 이상은 고등교육을 받게 된다. 그가 선전鮮展에 입선할 만큼 그림에 소질이 있는데도 미술을 전공하지 못한 것은 백부 때문이다. 백부는 이상을 양자인 동시에 한 집안을 짊어지고 갈 종손으로 극진하게 대접했고, 이상도 백부를 어려워했다.

3　김향안, 「이젠 이상의 진실을 알리고 싶다」, 《문학사상》, 1986년 5월호.

통인동에 있던 그의 집은 10대조 때부터 대대로 살아오던 가옥이다. 3백 평이나 되는 큰 집이었다고 한다. 그걸 저당 잡혀서 다방을 하는 일은 백부가 허락하지 않았을 것이다. 금홍이와의 동거 역시 허락되지 못했을 것이니, 백부가 생존했으면 다방을 하는 대신에 무언가 다른 일을 도모하게 되었을지도 모른다.

실직한 이상이 왜 하필 다방을 하게 되었는가 하는 문제는 오늘의 안목으로 보면 납득이 잘 되지 않을 부분이다. 이상은 다른 일을 알아보기도 전에 대뜸 다방이라는 직종을 선택했기 때문이다. 금홍과 같이 할 일거리가 그것밖에 없는 데도 이유가 있었을 것이다. 하지만 그는 금홍이가 떠난 후에도 여전히 카페나 다방에 손을 댄다. 그건 그가 다방을 하고 싶어 했다는 증거가 된다. 그는 다방이나 카페를 아주 좋아하는 모던보이였다. 시골에 가면 제일 그리운 곳이 카페와 바였다고 한다.(「첫 번째 방랑」) 종일 카페 순례를 하며 커피를 연거푸 마시고 다니던 당대의 모던보이들처럼 이상도 카페 애호가였다. 그는 자신의 다방의 실내 장식을 직접 했으며, 카페 '낙랑 파라'의 외부 장식도 맡아 한 일이 있다. 그러다가 자신이 다방을 직접 경영하는 단계에 다다르는 것이다.

한국 모던보이들의 다방 선호는 일본에서 영향을 받은 것이다. 당시 일본에서 다방이나 카페가 모던한 직종으로 주목을 받고 있었기 때문이다. 1911년에 긴자에 카페가 생겨난다. 카페 프랭탕, 카페 라이온, 카페 파울리스타라는 세 개의 카페다. 셋 다 국적이 다른 외국어 이름을 가진 서양식 카페다. 도쿄 대지진 후에 카페는 더욱 번성한다. 지진으로 폐허가 된 도쿄는 역설적으로 새 도시로 환생하는데, 그 시기가 모더니즘기와 오버랩되어 있다. 모더니즘은 '진재震災 문학'이었던 것이다. 그래서 카페는 일본의 모던보이들이 서양식 생활양식으로 다가서는 지름길이 되었다. 새로 생겨난 도시를 대표하는 것이 카페, 바, 백화점 같은 새로운 업소들이었기 때문이다. 박래품 물건을 파는 가게도 새로운 직종으로 간주되어서, 류탄지 유의 데뷔작 「아파트 여인들과 나와」의 주인공은 작은 가게의 숍걸로 설정되어 있다. 점원이 아니라 숍걸이라 부르며, 그녀들의 주거를 아파트로 설정한 데서 작가의 서구 취향을 엿볼 수 있다. 그 당시에 카페는 모던한 사람들이 휴식을 취하거나 서비스를 받으면서 느긋하게 마시고 담소할 수 있는 새로운 문화 공간이었다. 설비와 인테리어가 모두 서양식이었다. 음료수와 일품요리도 서양 것이었고 탁자와 의자도 서양식이어서, 서양 문화를 가장 쉽고 실감 있게 느낄 수 있는 쾌적한 장소가 카페였다. 1920년대의 카페는 서양의 문화 살롱 같은 것을 지향하는, 격이 높은 유흥 시설이었다. 이상이 다방을 시작하던 1930년대가 되면 일본의 다방은 기업화되고, 대형화되며, 더욱 번성한다.

　일본의 영향을 받아 한국에서도 다방이 생겨난다. 일본인이

1920년대에 충무로에서 다방을 시작하자 다방이 늘어나다가, 1930년대가 되면 도쿄미술학교를 졸업한 이순석이 본격적인 카페 '낙랑 파라'를 시작하게 된다. '낙랑 파라'의 외부 장식을 이상이 맡았고, 내부 장식은 구본웅이 했다.[4] 예술가나 인텔리 남성들이 다방이나 영화에 참여한 점도 일본에서 영향을 받았을 가능성이 많다. 일본에서는 첫 카페인 '카페 프랭탕' 때부터 그런 경향이 드러난다. 서양화가 마쓰야마 쇼조와 히라오카 곤파치로가 프랭탕을 창업했기 때문이다. 카페가 애초부터 문화 살롱적인 것을 지향했기 때문에, 일본에서도 소설가, 극작가, 화가 등 이름이 알려져 있는 예술가들이 카페를 여는 데 간여하는 일이 흔했다.[5] 이상은 거기에서 자극을 받아 다방을 했을 가능성이 많다. 이상의 친구인 동림의 오빠는 이상처럼 환자도 아니고 가난하지도 않은데 '낙랑 파라'에서 디스크 플레이를 맡고 있었다. 금홍이 다방 마담을 마다한 이유도 알 것 같다. 그건 시골 작부인 금홍이가 감당할 수 있는 자리가 아니었다. 금홍과 헤어진 이상은 그녀의 오빠의 다방에서 변동림을 만난다. 카페나 다방은

---

4 양윤옥 편, 『李箱評傳 ─ 슬픈 이상』, 한겨레출판사, 1985.

5 처음 생긴 카페에 자유극장 주재자가 고문으로 참여하며, 소설가 중에서도 다니자키 준이치로, 시마무라 호게쓰 등이 신문화에 많이 관여한 일이 있다. 井上章一, 齊藤光 편저, 《ヌ─ドの東アジアー風俗の近代史》(日文硏 공동연구보고서 169).

모던보이가 모던걸을 만나는 세련된 장소기도 했던 것이다.

한일 모더니즘에 나타난 모던걸의 차이

(1) 모던걸과 신여성

한국에 처음으로 나타난 모던걸 그룹은 나혜석, 김일엽처럼 초창기에 도쿄 유학을 한 지적 엘리트들이었다. 그들은 모던걸이라 불리지 않고 '신여성'이라 불렸다. 신여성은 "새로운 교육을 받은 자각한 여성"이라는 긍정적인 이미지를 가지고 있었다. 하지만 아직 봉건사상에 젖어 있던 시대여서 여자들의 자각은 좋은 평을 받지 못했다. 그중에서도 미운 털이 박힌 부분은 자유연애 사상이었다. 그 시절의 신여성을 죽이는 가장 좋은 방법은 자유연애를 걸고 넘어지는 것이다. 남자 문인들이 신여성 공격에 나섰다. 김동인의 「김연실전」이 그 대표적 예이다. 그는 김연실을 완전히 희화戲畫로 만들어버린다.

김동인과는 세대가 다른데도 이상은 자유연애 사상을 좋아하지 않았다. 그래서 이상은 신여성과 모던걸을 싸잡아서 "노라의 따님, 콜론타이[6]의 누이동생"이라고 매도하고 있는데, 나혜석 그룹이야말로 대책 없이 집부터 나서는 노라의 따님들이었고, 자유연애라는 구호를 깃발처럼 흔들고 다니는 콜론타이의 누이들이었다. 그들은 지적 엘리트이고 인간 평등사상에 홀려 있었기 때문에 주가가 높았다. 그들은 자신을 선구자라고 생각하고 있었던 것이다. 인간 평등의 새 구호는 남자들보다 여자들을 더 매혹시켰다. 여자들은 피압박 계층이었기 때문이다. 그래서 1기의 모던걸들은 지나치게 과감해졌다. 억압의 강도가 셌던 만큼 반발의 강도도 세지지 않을 수 없었던 것이다.

나혜석은 변호사와 결혼하면서 "자신의 전공을 지켜줄 것"과 "결혼 후의 이성 관계는 서로 참견을 하지 말 것" 등을 서약받는다. 그리고 신혼여행을 자신의 첫사랑 남자의 무덤으로 간다. 이미 명성이 있는 화가였던 그녀는 한술 더 떠서 4남매의 아이들을 시어머니께 맡겨두고 남편과 장기 체류하는 유럽 여행을 떠난다. 남편이 공무를 보는 동안에 혼자 파리로 가서 그림 공부를 하려 한 것이다. 그런데 그곳에서 탈선을 하자 갑자기 나혜석은 몰락의 길로 접어든다. 여자들에게 강요되어 왔던 전통적인 성적 결벽증이 반격의 표적 구호가 된 것이다. 아직 준비가 안 된 사회적 분위기를 현실로 오해한 착각 때문에 초창기의 신여성들은 너무 큰 벌을 받는다. 행려병자가 되어 길에서 죽거나 정신병원에 실려 가게 된 것이다.

---

6 알렉산드라 콜론타이(1872~1952). 러시아의 여성 정치가이자 혁명가. 사회주의 체제하에서 여성 문제와 자유연애에 대해 최초로 문제 제기했다.

그런 착각이 생기게 만든 장본인은 물론 모던보이들이다. 그 시기에는 남자들도 여자들처럼 모던해지는 일에 들떠 있었다. 그들은 신여성들을 신주 모시듯이 했고, 서양 사람들처럼 무릎을 꿇고 그녀들 앞에 엎드리는 일도 서슴지 않았다. 하지만 모던보이들은 곧 그런 신여성 숭배를 집어치운다. 막상 신여성과 살아보니 자기주장이 세서 재미가 없었기 때문이다. 그래서 그들은 빌려 입었던 모던보이의 의상을 벗어던지고, 이조의 안방으로 퇴각한다. 서로의 이성 관계는 참견하지 않기로 약속하고 쿨하게 결혼한 모던보이는, 막상 아내가 다른 남자와 어울리자 이혼해버리고 말 잘 듣는 구식 여자와 재혼을 하는 것이다. 그것이 1920년대의 한국 모던보이들의 남녀평등론의 한계였다. 문제는 노라의 따님들이 그걸 새로운 신사도로 착각한 데 있었다. 남자들이 손을 들고 떠나버리자 선구적 삶을 지향하던 신여성들에게는 돌아갈 곳이 없어졌다. 한눈만 팔아도 자녀목恣女木에 묶이어 조리돌림을 당하던 이조의 안방에서 대뜸 콜론타이네 마당으로 건너뛰려던 신여성들은, 보폭이 좁아서 크레바스에 빠지고 만 것이다.

그런 1기의 개화된 여성들을 사람들은 모던걸이라 부르지 않고 신여성이라고 불렀다. 신여성이라는 말은 신식 교육을 받아 인간으로서의 자각이 생긴 새로운 여성들을 높이 평가한 호칭이다. 1923년에는 《신여성》이라는 잡지도 '개벽사'에서 간행된다. 신식 교육을 받은 여성의 수는 나날이 증가한다. 하지만 1930년대가 되면 '신여성'이라는 말보다 모던걸이라는 명칭이 더 애용되게 된다. '신여성'을 특징짓는 조건은 신교육과 인간 평등사상이다. 그런데 '모던걸'이라는 명사는 패션과 외양의 변화 쪽에 무게가 주어져 있다.[7] 신여성의 패션은 전시대와 그다지 다르지 않았다. 신여성들은 한복의 치마 길이를 짧게 하여 통치마로 만들어 입고, 하이힐에 히사시가미(일본식 머리형)를 하는 정도에서 끝났다. 그런데 모던걸의 패션은 달랐다. 한복과는 아주 다른, 양장이었기 때문이다. 모던걸들은 머리도 잘라서 단발을 했다. 그리고 핸드백을 들고 하이힐을 신었다.

카페의 여급이나 기생들도 그런 차림을 하고 다녔다. 1930년대에 웨이트리스의 상품화 경향이 생겨나자 그들의 옷치장이 차츰 고급화되어 갔고, 다른 모던걸들도 덩달아 사치해져갔다. 모던걸들이 사치와 과소비의 경향 때문에 비난을 받은 이유가 거기에 있다. 이상이 다방을 차리던 1930년대가 되면 그런 패션은 진일보한다. 패션이 주도하니까 모던걸에는 신교육을 받지

---

[7] 신여성보다 모던걸은 범위가 넓다. 신여성은 신식 교육을 받은 여성을 의미하는데, 모던걸은 양장한 사람의 이미지가 강하여 범위가 넓어지는 것이다. 카페의 웨이트리스 같은 직종도 포함될 만큼 범위가 넓어진 것은 외양 중심으로 판단했기 때문이다. 새 교육이 보급되어 신여성의 숫자가 증가한 것도 그 이유 중의 하나일 것이다. 1920년대에는 신여성이, 1930년대에는 모던걸이라는 명칭이 주로 쓰였다. (《ヌ_ドの東アジアー風俗の近代史》참조)

않은 여성들까지 포함되는 경향이 생겨난다. 그러자 그런 업종의 종사자들에 대한 평가도 달라진다. 유명한 예술가들이 다방을 운영하는 일이 늘어났고, 종업원들에 대한 평가도 높아진 것이다. 그래서 경제적으로 자립한 여성이라는 점이 부각되면서 기생이나 웨이트리스 등을 새로 출현한 전문직 신여성들과 비슷한 반열에 올려놓으려는 경향까지 생겨난다. 그런 업종의 종사자 중에는 신식 교육을 받은 사람도 적지 않았기 때문이다. 그런 경향은 한국에도 영향을 주어서, 결혼한 후에 변동림도 카페의 웨이트리스로 나간다. 그녀는 학벌이 좋아서 다른 일을 할 수도 있었을 텐데, 쉽게 그런 선택을 한 것을 보면 당시 모던걸 속에 웨이트리스도 포함시킨 이유를 알 것 같다. 일하여 봉급을 받는 직업여성 전체를 모던걸로 간주하는 풍조가 그런 선택을 낳게 만들었다. 웨이트리스가 수입이 많았던 것도 그런 풍조를 낳는 요인 중의 하나였을 것이다.

나혜석 세대의 몰락은 다음 세대에게 반면교사로 작용한다. 문단에서는 그들의 뒤를 이은 것이 모윤숙, 최정희, 노천명의 세대인데, 그들은 선배들에게서 인간 평등사상을 계승 받지만, 자유연애 사상에서는 자제력을 발휘해서 신여성의 이미지가 개선된다. 그들은 전문학교를 나왔고, 남성들 못지않은 작품을 쓰는 인정받은 예술가인 데다가 성실한 직장인이이도 해서, 실력을 구비한 새로운 여성상을 보여준 것이다. 의사나 기자, 교사 등이 나타나면서 경제적 자립을 얻는 신여성들이 많아져서, 그들의 '자각한 여성'의 이미지가 다져진다. 그래서 패션만으로 판가름되는 모던걸은 급수가 좀 낮아진다. 이상이 사귄 변동림은 모윤숙 세대지만, 신여성적인 자립정신과 함께 모던걸의 시크한 양장 취미도 갖추고 있는 새로운 타입이었다. 신여성과 모던걸이 공존하는 유형이었다고 할 수 있다.

(2) 류탄지 유의 마코와 이상의 임이

그 시대의 모든 문인들처럼 이상도 일본 모더니즘에서 많은 영향을 받았다. 신감각파의 요코미쓰 리이치에게서는 언어의 감각화와 형식에 대한 실험 정신을, 신심리주의파의 이토 세이에게서는 내면을 심층적으로 탐색하는 기법을 습득했듯이, 신흥 예술파의 류탄지 유에게서는 '난센스 문학론'과 모던걸의 생태 묘사를 이어받았을 가능성이 높다. 일본 모더니스트 중에서 파격적인 모던걸의 행태를 그려서 인기를 얻은 작가는 류탄지 유 하나밖에 없는데, 이상도 후기 작품의 태반이 모던걸의 생태 묘사에 집중되어 있기 때문이다.

이상의 작품을 보면 모던걸인 임姙이(「동해」)는 모던한 패션을 따르고 있다. 그녀는 슈트케이스를 들고 남자의 집으로 동거하러 들어간다. 곧바로 같이 살기 시작하고, 후에 둘만의 결혼식을 올리는 것이다. 남자 집에 오자마자 임이는 '단발'부터 하고,

입고 온 한복을 쓰레기통에 버린다. 하이힐을 신고 양장을 한 그녀는 카스테라와 나쓰미캉, 산양유 같은 것으로 식사를 하려 든다. 식생활의 패턴까지 바꾸는 것이다. 그러면서 그녀는 인간 평등사상에 대해 남자와 당당하게 논쟁을 하는 지성도 겸비하고 있다.

거기까지는 이상도 같다. 그도 모던보이 패션을 하고 양풍의 음식들을 즐기는 지적인 인물이었기 때문에, 그 면에서 두 사람은 공통점을 보여준다. 이상도 병이 나기 전까지 패션에 신경을 많이 쓰는 댄디보이였다. 흰 양복에 흰 구두를 신고 단장까지 백색으로 코디해서 멋을 부리고 다닌 것이다. 이상 소설의 주인공들은 집에서도 코르덴 바지에 터틀넥 세타를 입고 있고(「날개」), 라이온 치마분(가루 치약 이름)으로 이빨을 닦으며, 돋보기로 지리가미(휴지)를 태우는 작란을 하며 논다. 그도 임이처럼 모던한 식성을 가지고 있다. 성천에 여행을 간 이상이 제일 그리워한 것은 MJB 커피의 향기였고, 죽기 전에 마지막으로 찾은 음식도 센비키야[8]의 멜론이었다. 모던 취미는 남자 여자를 가리지 않고 그 당시의 젊은 남녀를 매혹시켰던 것이다. 그런데 동림과 이상의 모던 취미에 대한 공감은 거기에서 끝난다. 임이의 남녀평등 사

---

8   일본의 과일 전문점.

상과 자유연애 사상을 이상이 받아들이지 못하기 때문이다. 이 상은 임이의 모던걸 패션과 모던 취향만 수용하고, 남녀평등 사상은 받아들이지 않는 양면성을 지니고 있다.

류탄지와 이상의 모던걸의 패턴의 차이를 검색하기 위해, 마코와 금홍, 변동림을 비교해보면 차이가 명료하게 드러난다. 금홍에게서는 체구가 작은 것, 가족이 없어 자유로운 것, 유아적인 성격 등이 마코(류탄지의 여주인공은 대부분이 이름이 마코다)와의 유사성으로 부각된다. 하지만 그 밖의 점에서는 금홍은 전혀 마코와 공통점이 없다. 일본에서도 마코와 그 이전 세대의 여성들을 구별하는 변별 특징이 속옷으로 제시되고 있는데, 이상의 여자들도 그런 것으로 차이화할 수 있다. 금홍은 단속곳을 입고 보선을 신고 다니는 여자다. 임이는 아니다. 그녀는 드로어즈, 슈미즈, 캐미솔 등의 서양식 속옷을 제대로 입고 멋을 부린다. 단속곳을 입고 다니는 금홍은 자유연애 사상 같은 것에는 관심이 없다. 그녀는 육자배기를 노래하고 익모초 냄새를 풍기는 전통적인 구식 시골 작부다. 그녀가 다방업에 취미를 가질 수 없는 것은 다방 문화의 모던 취미가 적성에 맞지 않기 때문이다. 그래서 그녀는 옛날의 시골 술집으로 돌아간다. 이상은 그런 그녀에게 반해서 금홍식 생활양식을 받아들이면서 3년을 그녀와 동거한다. 하지만 금홍은 모든 면에서 자유로운 삶을 누리는 마코나 임이의 동류가 아니다. 그러니 이상의 세계에서 마코와 비교할 여성은 변동립밖에 없다.

'난센스 문학'의 주창자답게 류탄지 유는 경쾌하게 새로운 양식의 삶을 사는 새로운 모던걸을 창안해냈다. 자신의 문학의 지향점에 대하여 류탄지 유는 다음과 같은 파격적인 선언문을 발표한다.

사회생활에 있어서의 엄격한 인과관계의 구속도 받지 않고, 공리성에도 무관심하며, 양적인 크기, 질적인 무게도 없고, 담벼락을 거쳐가며 부는 바람처럼 모든 사회율社會律 사이를 표표하게 불어나가, 현실의 어둡고 추한 면을 못 본 체하며, 그렇다고 황금의 광휘나 명예 같은 것에도 집착이 없는 자, 그러고 보면 붙잡을 건덕지가 거의 없지만, 그러나 그것이 난센스 문학의 특색이다.[9]

인습 탈피, 반공리주의, 현실에 대한 무관심, 집착에서의 해방 등을 주장하는 류탄지는 삶에서 상식이나 모럴을 모조리 거세해버리고, 전혀 구애를 받지 않는 '농샬랑nonchallant'[10]한 삶을 지

---

9 「난센스 문학론」, 『류탄지 유 전집』 5권.

10 무관심 혹은 무사태평한 상태를 의미하는 프랑스어. 신흥 예술과 사람들은 이 말을 애용했다. 자유로움의 극치를 나타내기 때문이다.

향한다. 그의 새것 취미 속에는 박래품 숭배와 외래어 남용등도 들어 있다. 이상은 그것도 물려받는다. 그는 박래품 애용자였으며, 외래어를 즐겨 쓰는 모던보이였다. 그래서 그의 모던걸 애인은 마코와 닮은 점이 많다. 그녀도 마코처럼 박래품 식품을 즐기고 단발머리를 하고 있다. 모던 패션과 모던 취미는 마코와 동림을 엮는 가장 중요한 끈이다. 마코와 동림은 출신 계급도 비슷하고. 재래식 결혼식을 싫어해서 곧바로 동거 생활로 들어가는 점도 같다. 그들은 인습에 관심이 없는 자유로운 여성이다. 하지만 마코와 동림의 공통점은 패션과 취미의 차원에서 끝이 난다.

　마코는 삶에서 되도록 의미를 거세하여 '농샬랑'해지려고 하는, 일본 모더니즘의 사생아다. 그녀는 노라의 따님도 아니고, 콜론타이의 누이동생도 아니다. 그래서 인간 평등사상 같은 것에는 관심이 없다. 자유연애 사상도 마찬가지다. 그녀는 이미 그런 것을 해보았고, 그녀의 남자는 그녀를 충분히 존중하고 있다. 그러니 노라처럼 자아를 찾겠다고 가출해서 고생할 이유가 없다. 고아여서 자유롭다는 것, 중성적이면서 난숙한 부분도 있는 불균형한 미인이라는 것, 상식이 없고 감각에만 의존한다는 것, 폐가 나쁜데도 낙천주의자라는 것이 그녀의 특성의 전부다. 그녀는 살기 위해 하는 일이 거의 없다. 연애도 하지 않고, 독서도 하지 않고, 살림도 하지 않고, 혼인신고도 하지 않는다. 나혜석이 문서를 쓰게 하며 다짐받은 항목이 그녀에게는 공짜로 모두 주

어져 있기 때문이다. 한 남자에게 전적으로 의존해 살면서 마코
는 불만이 없다. 자각도 집착도 없기 때문이다. 현대적 취미와
살림 냄새가 나지 않는 점만 빼면 남는 것이 별로 없는 여성상이
다. 그 텅 빈 순진함이 류탄지 유식 '농샬랑' 취미에 맞은 것이
다. 그 점이 일본에서 환영받은 그녀의 참신성의 전부라고 할 수
있다. 전적으로 남자에게 기식寄食하면서 아무런 자의식도 가지
지 않는 그 무위성無爲性이 여기에서는 현대적 매력으로 간주되
고 있기 때문이다. 일본 사람들은 그녀의 무성격성에 '메르
헨'(동화)이라는 이름을 붙이고 싶어 한다. 그 남녀는 변하지 않
는 사랑을 양쪽에서 똑같이 시작한다. 로미오와 줄리엣처럼 변
하지 않는 사랑이다. 그래서 마코는 류탄지식 난센스 문학을 대
표하는 현대적 동화의 주인공이 된다.

변동림은 어느 모로 보아도 동화의 주인공은 아니다. 그녀는
전문학교 영문과를 다닌 지적 엘리트다. 그녀는 날카로운 심미
안을 가지고 있고, 유능하고, 오만하다. 여자의 인권에 대한 뚜렷
한 자각을 가지고 있으며, 스스로 일어설 수 있는 자립심도 지니
고 있다. 그녀는 매사에 자신이 있고, 주장이 뚜렷하다. 그녀는
사람을 볼 줄도 안다. 이상과 김환기라는 두 천재의 예술적 가치
를 미리 알아보는 예술적 안목도 지니고 있었던 것이다. 그녀는
그 특출한 남자들을 위해 전력투구할 각오가 되어 있었다. 희귀
한 투시력을 가진 이 여인은, 자아도 살리면서 적극적으로 남자

를 돕는 유능하고 현실적인 조력자였다. 그녀는 줄창 자살할 궁리만 하는 이상에게 "살려줄게 죽지말자"는 통 큰 제안을 한다. 중산층 출신인데도 그녀는 이상의 어두운 셋방에 들어가 소리 없이 살 정도로 이해타산을 초월하는 면도 가지고 있다. 생계를 위해 카페에 나가는 과감성도 지니고 있는 임이는 사는 일에 자신이 만만하다. "살려줄게 같이 살아보자"는 그녀의 말은 공염불이 아니었을 가능성이 많다. 그녀는 나중에 김환기를 살려주는 일에 성공하기 때문이다. 그러니까 만약 이상이 동림이 갈 때까지 도쿄에서 살아만 있었다면, 동림은 어쩌면 이상을 살려냈을지도 모른다. 게다가 모던걸적인 댄디즘도 가지고 있다. 애초에 이상은 그녀를 좋아해서 그녀 앞에서는 말도 잘 못했다는 일화가 있다. 동림은 이상에게 존중하고 사랑할 만한 모던한 여인이었던 것이다.

(3) 이상의 모던 취향의 앰비벌런스

문제는 여자가 아니라 남자에게 있다. 류탄지의 남자는 하나님이 창조한 그대로 텅 빈 것 같은 마코에게 백 퍼센트 만족하고 있다. 오캇파[11]머리를 한 그 소

---

11   앞머리를 일자로 자르고 옆머리는 귀 근처까지 자르는 단발머리.

녀는 풍만한 엉덩이를 가지고 있는가 하면 다른 부분은 소년 같고, 결혼을 했는데 아직도 캐러멜을 빨다가 그냥 잠이 드는 유아적인 면도 남아 있다. 아이와 여자를 섞어놓은 것 같은 그 불균형하고 중성적인 소녀는, 사내애들처럼 몸에 털이 나 있다. 남자는 그 아이를 욕탕에 앉혀놓고 주기적으로 면도로 털을 밀어주면서 행복하다. 그들은 둘 다 인습에서 완전히 자유로울 뿐 아니라 살림 냄새와 거리가 먼, 비상식적인 부부다. 마코가 동화의 주인공으로 보이는 것은 그런 비현실성 때문이다. 그런 종족은 당시의 일본에도 있은 일이 거의 없었다. 없는 것을 만들어냈다는 것이 마코의 새로움이며 인기의 원천이다.

이바라기현의 여유 있는 과학자 집안에 태어난 류탄지 유는, 원하는 대로 자라는 것이 허용되는, 당시의 일본에서는 보기 드문 자유로운 환경에서 자라났다. 그는 이상보다는 여러 면에서 유리한 자리에 서 있는 '유쾌한 보헤미안'이다. 그 자신을 닮은 그의 인물들은 우선 건강하다. 이상처럼 과학자인 그들은 다재다능하고 건강해서 가난하지 않으며, 고아여서 자유롭다. 그들은 가난하지 않고 건강한 보헤미안이다. 류탄지의 남자들은 과학자이고 기술자여서 산업화되어가는 현실에서 할 수 있는 일이 많아 경제적으로도 여유가 있다. 그들은 울트라모던한 세계에서 원하는 대로 살고 있다. 무선전화 연구를 하고, 부유浮游 발전기도 만들고, 오케스트라 지휘도 하며, 하고 싶은 일만 하면서 즐겁게 살고 있다. 전시의 결핍 속에서도 풍력발전기로 만든 전기로 방을 밝히고, 감자로 곤냐쿠[12]를 만들어 먹으며 웃고 있는 것이 류탄지 유의 남자들이다. 건강한 호모 파베르(기능 인간)들인 것이다. 그들은 인습에 구애를 받지 않는 데다가 욕심이 없고, 경쟁심도 없으며, 집착도 없다. 옵티미스트여서 걱정 같은 것을 하지 않는다. 규범에서의 탈출, 일상성의 배제, 예술 유희론 등은 모두 낭만주의에 속한다. 하지만 그들은 낭만주의자들처럼 감성적이 아니다. 그들은 낭만주의자들처럼 삶을 진지하게 생각하고 바닥 모를 고뇌에 빠져 있는 일이 없다. 현대적인 도시의 좋은 점만 누리며 감각적인 삶을 즐겁게 영위하고 있을 뿐이다. 모더니즘기는 세계적으로 경제 공황과 전쟁에 휩쓸려 있던 험난한 시기였지만, 류탄지의 인물들은 그런 것에 개의치 않는다. '현실의 어둡고 추한 면은 모른 체하는' 것이 그들의 모토이기 때문이다. 마코는 폐병에 걸려 아이를 유산하기도 하는데 그 와중에도 그 남녀는 태평하다. 그들은 당시의 일본에서도 찾아보기 어려운 예외적으로 '농샬랑'한 커플이었고, 그 점이 주목을 받는 이유였다.

여자는 남자보다 더 낙천적이고 더 '농샬랑'하다. 그녀는 일도

---

12 우뭇가사리 따위를 끓여서 식혀 만든 끈끈한 음식.

안 하고 돈도 안 벌면서 늘 화창한 얼굴을 하고 있다. 그런데도 류탄지 유의 문학사적 공로는 "마코라고 하는 모던걸의 한 유형을 창조한 데 있다"고 가와바타 야스나리는 말하고 있다.

류탄지의 「방랑 시대」는 내게는 미지에 가까운 생활이 그려져 있어서 보기 드물게 재미있게 읽었습니다. 특히 그 마코라는 아가씨 말입니다. 일종의 새로운 여자가 이 정도로 자연스럽고 아름답게 그려진 것은 드문 일입니다. (……) 명랑하고 한가한 보헤미안 같은 생활은 자연스럽게 흘러가고 있고, 누선을 자극할 부분은 정확하게 억제하며 마음의 아름다움을 묘출하고 있다고 봅니다.

마코는 현실의 여자라기보다는 '농샬랑'한 삶을 갈망한 1920, 1930년대 일본 모던보이들이 추구하던 꿈의 여자하고 할 수 있다. 그런데 다분히 비현실적인 그 소녀의 모델은 류탄지의 아내다. 평생을 같이 산 아내인 것이다. 상식이 없는 류탄지 유는 실지로 소설처럼 인생을 살았다. 류탄지는 자신이 사랑한 마코만을 되풀이하여 그렸고, 그런 여자와 자족하는 삶을 현실에서 누렸다. 그는 자기들이 살고 있는 모던한 삶의 패턴에 맞는 여인에게 모두 마코라는 이름을 붙여주었다. 그는 마코라는 여자를 통해서 모던한 세계를 창안해내다시피 했고, 그 첨단적인 샘플을 보여준 것이다. 지진이 휩쓸고 간 암담한 세계에 세워진 밝고 단순한 마코 부부의 영상은 새 도시 사람들을 매료시켰다. 전쟁과 불황에 시달리고 있던 1920, 1930년대의 일본 독자들은 그들처럼 '농샬랑'해지고 싶었던 것이다.

하지만 실지로 지진 전후의 도쿄의 근대화는 그다지 신통한 수준은 아니었다. 류탄지는 '아파트'라는 새로운 주거 공간을 그려서 이목을 끈 작가지만, 「아파트의 여자들과 나와」에 나오는 도모에네 아파트는 고작해야 다다미를 깐 평면적인 작은 공간이다. 그리고 그의 모던걸들은 이상도 꿈도 없는 미성년자에 불과하다. 하지만 류탄지 유는 그런 여자와 환경에 대해 불평이 없다. 무엇에도 구애를 받지 않기 때문이다. 그러니 류탄지에게는 갈등이 없다. 그는 농샬랑한 모던보이로 시종始終하고 있다. 그래서 그는 마코물 이외의 작품을 새로 쓸 자료가 없다. 그러니 그의 문학은 모던 취미에 대한 열풍이 잦아들자 쉽게 바닥을 드러낸다. 가와바타 야스나리를 비판하다가 문단에서 쫓겨나자, 류탄지 유는 거기서 일단 문학에서는 손을 떼고, 서슴지 않고 사보텐(선인장) 전문가로 변신하여 세계적인 권위자가 되어버린다. 그래서 마코 열풍도 사그라든다. 그게 '난센스 문학론'의 난센스성이다.

이상도 류탄지처럼 인습에 얽매이지 않는 면이 있다. 그도 고아나 마찬가지여서 간섭하는 사람이 없는 자유인이다. 자신의

성을 마음대로 바꾸는 비상식적인 행동이 용납되는 환경인 것이다. 그는 대대로 살아오던 집을 저당 잡혀 다방을 차리는 비상식적인 종손이고, 결혼도 하지 않고 술집 작부와 동거하며 그녀를 꼬박꼬박 아내라고 부른 이상한 청년이다. 스물셋에 그가 발견한 여자도 "바람처럼 자유로운" 고아였고, 마코처럼 감각적인 삶을 즐기는 미숙아 같은 여자다. 이상은 그녀에게 불만이 없었고, 그들도 낄낄거리며 류탄지의 커플처럼 사이좋게 살았다. 같이 산 기간이 3년밖에 되지 않았던 것뿐이다.

하지만 이상은 류탄지처럼 과감한 자유인은 아니었다. 그는 인습과 사회적 규범에서 완전히 벗어날 수가 없었다. 그가 말하는 "19세기식"이 그의 내면에 남아 있었기 때문에 그는 매사를 '논샬랑'하게 볼 수 없었다. 그런 데다가 이상에게는 부양가족이 다섯이나 달려 있었다. 그래서 돈이 절실하게 필요한데, 다방이 망하자 그에게는 할 일이 없었다. 그런 데다가 이상의 정신세계는 금홍의 세계와 너무 차원이 달랐다. 금홍은 문맹이었을 가능성이 많다. 이상은 첨단적 모더니즘 문학을 지향하고 있는데, 금홍은 전혀 20세기적이 아니었다. 그래서 그들은 헤어지는데, 그의 「봉별기」 가락에는 뜻밖에도 따뜻하고 끈끈한 정한이 서려 있다. 상대방에 대한 미련이다. 그들은 서로 사랑했지만 환경이 너무 다르고, 먹고살 방도가 없어서 할 수 없이 헤어졌기 때문이다. 그 소설은 이상의 영변가寧邊歌와 금홍이의 육자배기 노래의

합주로 끝이 난다. "속아도 꿈결 속여도 꿈결 굽이굽이 뜨내기 세상世上 그늘진 심정心情에 불질러버려라" 하는 것이 「봉별기」의 피날레다. 그의 장기인 위트와 패러독스가 넘볼 수 없는 예스러운 정념의 세계다. 페단틱pedantic한 이상의 취미에 제일 맞지 않는 작품이 「봉별기」다. 하지만 거기에는 끈끈한 19세기식 이별의 아픔이 있다. 이상의 소설 중에서 가장 따뜻하게 남녀 관계가 그려져 있는 작품이 「봉별기」인 것은 그에게 남아 있는 '19세기식' 정감의 잔재다. 류탄지가 마코를 있는 그대로 사랑했듯이, 이상이 있는 그대로 사랑한 것은 금홍이다. 그 19세기식 여자를 그는 19세기식으로 사랑했던 것이다.

「봉별기」가 끝난 뒤에 이상은 변동림과 데이트를 시작한다. 동림은 금홍과는 성격이 전혀 다른 신여성이다. 하지만 이상은 두 여자를 모두 있는 그대로 받아들일 수 없는 복잡한 내면을 가지고 있었다. 그는 작부가 작부스럽게 19세기식으로 사는 것도 결국 용납하지 못했고, 모던걸이 모던걸답게 20세기식으로 사는 것도 받아들일 수 없었다. 인습에서 탈각할 수 없는 보수성이 남아 있었기 때문이다. 서울 토박이의 보수성이다. 이 모던보이는 남녀평등을 부르짖는 여자에게 "여기가 피데칸트롭스 시댄 줄 아느냐?"고 소리를 지른다. 그리고 남자에게는 지문이 묻어 있어도 되고, 여자에게는 그게 허용되지 않는다고 당당하게 공언한다. 이상 안에는 19세기와 20세기가 이런 식을 강력하게 얽혀 있어서, 그는 늘 갈등 속에 놓여 있었다. 이상은 그것을 "19세기식"이라고 부른다. 뿌리가 깊어서 그는 19세기식에서 벗어날 수 없다. 버리고 싶어도 버려지지 않는 자기 안의 19세기다.

그의 여성관은 거기에 뿌리를 내리고 있다. 자기 여동생 남자 친구에게 보낸 편지에는 아주 상식적인 구식 여성관을 보여주고 있다. 문제는 그러면서 그가 류탄지 유처럼 농살랑한 자유로운 모던걸과 논살랑하게 사는 것을 갈망했던 데 있다. 그런 복합적인 내면 때문에 이상은 안주할 땅을 못 찾은 것이다.

류탄지 유의 농살랑한 세계는 '인습에 구애를 받지 않는' 데서 나온다. 그는 경쟁심도 없으며, 질투심도 없다. 옵티미스트여서 걱정 같은 것도 하지 않는다. 그의 최대의 관심사는 바캉스를 어디로 가느냐 하는 것 정도다. 바람처럼 자유로운 그 모더니스트는 초현대적인 도시의 좋은 점만 즐기는 감각적인 삶을 즐겁게 영위하고 있다. 그의 시대는 경제공황과 전쟁이 이어진 험난한 시기였지만, 류탄지의 인물들은 그런 것에 개의치 않는다. "어둡고 추한 것"은 보지 않기로 했기 때문이다. 마코는 폐병에 걸려 아이를 유산하기도 하는데 그 와중에도 남녀는 둘 다 태평하다. 죽음에도 출산에도 집착하지 않기 때문이다. 그들은 당시의 일본에서도 찾아보기 어려운 예외적인 모던 커플이었다.

하지만 이상은 절대로 류탄지의 남자들처럼 농살랑해질 수 없다. 그는 자기가 사랑하는 모던걸은 소녀처럼 정결해야 한다는 고정관념을 가지고 있기 때문에 그 주술에서 헤어나올 수 없다. 그래서 자유연애를 부르짖는 모던걸의 피부에 이미 묻어 있을 다른 남자의 지문 같은 것을 그는 도저히 용납할 수 없다. 그러고 보면 이상은 변동림보다는 금홍이와 더 잘 어울리는 남자였던 것 같다. 이상은 "돈 주고 사는 매춘부는 매춘부다워서 순수해 보인다"고 말하고 있기 때문이다. 그래서 금홍이의 과거는 문제 삼지 않았다는 것이다. 금홍이는 몸을 팔아 번 돈을 남편에게 자랑하는 정직성을 가지고 있기 때문이라는 것이 이상의 변이다. 그러다가 금홍이가 남편을 속이기 시작하자 그들은 파탄에 이른다(「봉별기」 참조). 이상은 금홍이의 모든 것을 잘 참고 3년 동안 그녀가 시키는 대로 살았으며, 가출하면 목을 빼고 기다렸다. 그녀와의 만남과 이별을 다룬 「봉별기」와 「지주회시」 같은 소설을 보면, 금홍에 대한 집착과 연민이 글 밑에 절절하게 깔려 있다.

사실 지문지수指紋指數로 따진다면 금홍은 변동림과 비교가 되지 않는 여자다. 이상 자신도 마찬가지다. 그는 술집 작부와 몇 년간 살다 온 낡은 남자다. 미혼인 여자의 자유연애 경력에 대해 가타부타할 자격이 없다. 이상도 그걸 안다. 그래서 여자가 따지고 나오니까 "그다음은 내 교과서에는 없다"고 꼬리를 내린다. 하지만 여전히 '임이'의 몸에 묻어 있을 지문에서 이상은 벗어날 수 없다. 그래서 그는 편할 날이 없었다.

그런 데다가 이상에게는 겨우 손에 넣은 모던걸에 대한 연민이 없다. 너무 강해 보이기 때문인지도 모른다. 종일 카페에 나가서 손님에게 시달린 카페의 웨이트리스를 붙잡고, 이상은 쉬지 않고 지문 문제를 취조한다. 그는 모노매니악monomaniac한 데가 있다. 금홍이에게서는 중요하지 않던 정조가 왜 '임이'에게서는 절대적 가치로 부각되는가 하는 문제는 전문적으로 탐색해야 할 정신의학적 과제라고 생각한다. 그런 성적 결벽증이 생긴 그 저변에는 어쩌면 열등감이 도사리고 있었는지도 모른다. 모던한 생각을 가진 소녀와의 사랑을 통해 이상은 한국 모더니즘에서도 현대적 메르헨을 창출하고 싶었는지 모르지만, 그의 모던걸을 다룬 소설에서는 지문 이외의 문제는 몰각되고 있다.

그가 모던걸과는 갈등을 겪는 이유는 어쩌면 상대방을 너무 높이 평가한 데 있었는지도 모른다. 변동림은 너무 유능하고 박식했던 것이다. 그게 아니라면 사랑에 대한 자신自信의 결여에서 오는 폐병 환자의 콤플렉스였을 수도 있고, 복잡한 환경에서 자란 데서 오는 인간 불신 때문일 수도 있다. 어쨌든 그는 여자의 과거 이성 관계에 대한 과잉 집착으로 편할 날이 없었다. 그 한복판에서 그의 도쿄행이 결정되고, 결말을 보지 못한 채 이상은 지문병을 안고 저승으로 떠난다. 그런 편집증의 증상은 류탄지에게는 없다. 일본의 난센스 문학에 고뇌가 없는 점이 전쟁에 지친 사람들에게 매력으로 느껴지는 이유를 짐작할 것 같다.

이상 안의 19세기와 20세기

이상에게는 류탄지에게는 없는 것이 많다. 폐결핵과, 식민지 백성이라는 팻말과, 벗어버릴 수 없는 가난과, 인습에 대한 집착이다. 그는 치명적 질병인 폐결핵 때문에 장래가 보장되는 총독부 건축 기수라는 직업을 버리게 된다. 어려운 세월을 보내다가 1936년 10월에 그는 큰맘 먹고 마지막으로 털고 일어나 도쿄에 간다. 다시 한번 날아보고 싶었던 것이다. 그때 그는 도쿄 문단에 진출할 희망도 가지고 있었다 한다. 자존심이 강한 이상은 그걸 동림이 없이 혼자서 해내고 싶었는지도 모른다. 그런데 넉 달 만에 그는 죄도 없는데 경찰에 체포된다. 그리고 감옥에서 폐결핵이 악화되어 숨을 거둔다. 이상은 날개에서 자신을 '박제된 천재'라고 자칭하는데, 그를 '박제된 천재'로 만든 첫째 요인은 잘 먹고 공기 좋은 곳에서 쉬면 낳기도 하는 폐결핵이었다. 잘 먹을 수도, 편히 쉴 수도 없는 처지였던 이상은 결국 그 병으로 목숨을 잃는다. 한국의 가난한 1930년대인이었기 때문이다. 지금 한국에는 폐결핵으로 목숨을 잃는 사람이 없다. 폐결핵은 19세기의 유물이었다.

두 번째 요인은 식민지에서 태어난 것이다. 그는 게으른 데다가 몸이 아프니 모양새가 말이 아니었을 것은 짐작이 간다. 하지만 외양을 지저분하게 하고 다니는 것은 법에 걸리는 사항은 아니다. 그런데 수척한 조선인 인텔리라는 이유 하나로 그는 1937년

2월에 도쿄의 길거리에서 체포된다. 하숙에 몇 권의 별 볼 일 없는 불온서적을 가지고 있었던 것과, 외양이 불령不逞해 보인다는 것이 죄목의 전부였다. 그는 윤동주처럼 사촌을 따라 독립운동에 간여한 일도 없었으니, 잡혀갈 이유가 전혀 없었다. 구인회는 카프에 맞서기 위해 만든 탈정치적 모임이어서 일본 경찰이 싫어하는 공산주의나 반일 운동에 간여하지 않았는데, 아이러닉하게도 반일, 친공 한인을 지칭하는 '불령선인'이라는 죄목으로 이상은 감옥에 갇혀서 죽음을 맞이한다. 순전히 식민지 백성이었기 때문이다.

류탄지에게 없는 이상의 세 번째 문제점은 가난이다. 선전에 입선된 화가이고, 공고 출신인데도 불구하고 그는 병 때문에 가난했다. 그에게는 할머니와 친부모, 그리고 동생이 둘이나 있는데, 그들은 모두 그의 부양가족이었다. 그들을 봉양해야 해서 가뜩이나 부실했던 이상의 다방은 망하고 만다. 그리고 몸을 파는 아내에게 '모이'를 얻어먹으며 사는 참담한 '날개'의 세월이 온다. 그의 가난은 시대상과는 관계가 없다. 식민지라는 것과도 관계가 없다. 19세기적인 것은 가난이 아니다. 가족 부양의 책임감에서 벗어나지 못하는 이상의 정통론적 사고방식에 있는 것이다. 이상은 어릴 때부터 큰댁에 가서 자라서 친가의 가족에게 갚아야 할 빚도 없다. 그의 고민은 자기가 그들을 진정으로 사랑하지 못하는 데도 있었다. 그런데도 그는 장자로서의 책임감에 늘 시달렸다. 병들어 요양하러 간 시골까지 그들의 영상은 쫓아와서 밤마다 "포로들처럼 늘어서서" 병든 환자에게 걱정을 시킨다.(「성천 기행」) 그걸 이상은 "피의 원가 상환을 요구한다"고 표현한다.

그다음은 여인의 순결에 대한 편협한 고정관념이다. 이상은 비로소 자신과 지적 레벨이 맞는 이상적인 파트너를 만났다. 그녀는 이상이 동경하던 모던걸이다. 변동림을 만난 이상은 너무 긴장해서 탁상의 각설탕을 자꾸 주물러 더럽혀놓아서 레지에게 야단을 맞았다고 한다. 변동림은 이상에게 그렇게 높고 어려운 존재였다. 그는 날마다 그녀의 하굣길에서 기다렸다. 마음에 들면 누구나 데리고 잘 수 있는 금홍이와는 차원이 다르다. 그래서 이상은 그녀의 첫 남자이고 싶었던 것 건지도 모른다. 그에게는 그녀의 처녀성과 헌신적 사랑이 필요했던 것이다. 그런데 그녀는 그의 친구의 여인이었다. 첫 남자가 아니었던 것이다. 이상은 동림이 자유연애 신봉자인 것을 다 알면서 그녀에게 사랑을 고백한다. 예상외로 여자가 쉽게 응낙해서 그는 결혼에 성공한다. 그래놓고 여자의 과거를 견딜 수 없어 미치는 것이다. 갈망하던 여인과 결혼하지만, 그 사랑은 류탄지의 그것처럼 '농살랑'한 것이 될 수 없었다. 이상의 앰비벌런트한 여성관 때문이다. 그는 여자의 자유로운 사상을 견딜 수 없었고, 여자의 과거에 범연할 수 없었으며, 자신을 향한 사랑에도 확신이 없어서 의심에 시달리는 고달픈 남편이 된 것이다.

김향안(변동림)은 붙임성이 있는 편한 여인은 아니었다. 그 대신 두뇌 회전이 빠르고 유능한 미술관장이었으며, 화가였고, 문인이었다. 심미안이 탁월했고 박식했다. 그녀에게는 예술가의 천재성을 알아보는 혜안도 있었다. 그녀가 많은 사람 중에서 조건이 좋지 못한 폐결핵 환자인 이상을 선택한 것은 그의 천재성에 대한 믿음 때문이었을 가능성이 많다. 그녀는 이상에 대한 분노를 내장하고 살았으면서도, 마지막 날에 이상의 시비를 세워주고 간다. 그것은 이상의 천재성에 대한 순수한 오마주였다고 생각한다. 그녀의 결혼은 두 번 다 주판을 튀기는 대신에 상대방의 천재성에 모든 것을 거는 성격의 것이었다. 이상은 모르겠지만 김환기만 놓고 보면, 김향안은 헌신적인 아내였다고 할 수 있다. 그녀는 환기를 세계에 알리는 데 크게 기여했고, 현실적인 면에서 많은 도움을 준 유능한 아내다. 수화[13]는 거기에 사랑으로 보답한다. 김환기의 편지 속 김향안은 "鄕岸! 鄕岸! 鄕岸! 鄕岸!" 하고 남편이 간절하게 부르는 사랑받는 아내다.[14] 은장도도 쓰기 나름이라는 말이 있다. 변동림은 이상에게는 의심스럽고

---

13 김환기의 호.

14 『김환기의 편지 그림』, 환기 미술관, 1998.

버겁고 흠이 있는 파트너였지만, 환기에게는 믿고 의지할 수 있는 유능하고 사랑스러운 아내였던 것 같다.

이상은, 어쩌면 인간을 믿지 못하는 병을 가진 인물이었는지도 모른다. 세 살 때 부모 곁을 떠난 이상은 팔자가 사나운 아이였다. 조부모와 백부의 지나친 사랑과 백모의 눈칫밥을 동시에 먹으며 자랐기 때문이다. 조부모나 백부의 지나친 사랑에도 문제가 있지만, 백모의 눈칫밥에는 더 큰 문제가 있다. 이상과 동갑인 아이를 데리고 결혼한 백모는 혼자 조모와 백부의 사랑을 받는 이상이 사랑스러울 수 없었을 것이기 때문이다. 유아기부터 이유를 모르는 눈치를 받으며 자란 아이는, 그 일로 인해 인간 불신 증세를 굳혀갔을 가능성이 있다. 그것이 사랑하는 여인에 대한 의심증으로 결실된 건지도 모른다.

이상은 자기 안에 남아 있는 '19세기식'을 의식하고 있던 작가다.

슬퍼? 응―슬플 밖에―20세기를 생활하는데 19세기의 도덕성밖에는 없으니 나는 영원한 절름발이로다.(「실화」)

이태백이 노든 달아! 너도 차라리 19세기와 함께 운명하여버렸었던들 작히나 좋았을까.(「동경」)

그런 복잡한 자의식은 아무도 보지 않는 허공에 외롭게 떠 있는 달에 대한 연민으로 표출되고 있다. 그건 자신에게 하는 이상의 탄식이라고 할 수 있다. 울트라모던한 문학을 하고 있는데, 계속 19세기가 쳐들어와 훼방을 놓는 걸 보면서 이상은 편할 날이 없었을 것이다. 가장 20세기적인 아방가르드 시인이었던 이상은 19세기식 의식이 빚어내는 치열한 갈등에 시달리다가 요절한다. 19세기와 20세기의 그 치열한 갈등이 이상 문학의 바탕이 아니었을까 하는 생각이 든다.

2024년 5월

나는 글과 오래 논다

초판 1쇄 인쇄 2024년 12월 20일
초판 1쇄 발행 2024년 12월 30일

지은이 강인숙
펴낸이 정중모
펴낸곳 도서출판 열림원
출판등록 1980년 5월 19일(제406-2000-000204호)
주소 경기도 파주시 회동길 152
전화 031-955-0700
팩스 031-955-0661
홈페이지 www.yolimwon.com
이메일 editor@yolimwon.com

페이스북 /yolimwon
트위터 @yolimwon
인스타그램 @yolimwon

주간 김종숙
책임편집 박지혜
편집 김은혜 정소영 김혜원
디자인 강희철

기획실 정진우 정재우
마케팅 홍보 김선규 고다희
디지털콘텐츠 구지영
제작 관리 윤준수 고은정 홍수진

ⓒ 강인숙, 2024

ISBN 979-11-7040-305-0 03810